زارۆکانی زاگرۆس

زارۆکانی زاگرۆس

نووسەر شاد ڕەئووف
وەرگێڕ ئازاد قەزاز

ناوی کتێب: زارۆکانی زاگرۆس
نوسەر: شاد ڕەووف قەزاز
بابەت: ڕۆمان
وەرگێر لە هۆڵەندییەوە : ئازاد قەزاز
نەخشەی بەرگ: محمد نیبل فەتحی، ئالان سەلام محمد، Julian Brzozowski
پێداچوونەوە: عەلی زەلمی
هەڵەبڕ: رابەر مەستی
ژمارەی کتێب لە ئینتەرناشناڵ: ISBN: 979-8-89496-311-2
تیراژ: 500 دانە
ساڵی چاپ : 2024
نۆبەی چاپ: یەکەم
چاپخانە: کارۆ
نرخ: 7000 دینار

لە بەڕێوبەرایەتی گشتی کتێبخانە گشتییەکان
ژمارەی (   )ی ساڵی (2024) پێدراوە

بۆ هەموو ئەوانەی وێڵن
بە بنەچەی خۆیان نامۆن
بە هیوام ئەم پێشکەشی دڵە
ڕێگاتان بەرەو ماڵ ڕۆشنکاتەوە

١

شەهید

١

کۆتا چییە گەر سەرەتا نەبێ؟ کاتێ ئەو ڕووداوانەی کە ئێمەیان درووستکردووە، کۆتایی دێ، ئەوکاتە ئەو چیرۆکە دەبینین کە ئێمەی بەرەو ئێرە هێناوە. هەر سەرەتایەک دەستبەردانێکە لە بەشێکی خۆمان، جا بە ئازار یا گوشادییەوە بێ، بە گرژیی یا بە حەساوەییەوە بێ، هەمیشە لە دایکبوونەوەیەکی نوێیە.

لەو کاتەدایە کۆن بە ناو نوێدا دەچێ، کۆتایی بە سەرەتایەک ئاوس دەبێ، ئەوە ئەو ساتەیە شازادەکەمان خۆی دەدۆزێتەوە و لە هەموو ئەوانەی ناو کۆشکی شاهانە، خۆی دەشارێتەوە.

شا و شاژن سێ جێگرەوەی نێرینەیان هەبوو بۆ ئەوەی شوێنیان بگرنەوە. هێندەی ئەو شانشینە پێویستیی بووبێ، ئەوان بەهرەدار و کارامە بوون. کەچی لە شەوێکی سەرجێگەی خۆیاندا، شا و شاژن، کیژە گچکەکەیان بۆ جێگرەوەی شانشینی دەسنیشانکرد.

شاژن هەر لە یەکەم ڕۆژی شیردانی شازادە گەنجەکەیدا نیگایەکی قووڵی کچەکەی سەرنجی بە وردی ڕاکێشا بوو.

'بە چاوێکی تا بڵێی گەش لە منی دەڕوانی' شاژن بە هاوژینی خۆی گوت. تێگەشتنێ بوو کە لەو کاتە بە گوێی کەسدا نەچوو. چەن ساڵ تێپەڕی تا شا ئەو گەشاوە تایبەتەی کچەکەی خۆی دەبینێ.

چەن ساڵێکیتریشی خایاند تا شا توانی ئەوە ببینێ کە شاژن هەستی پێکرد بوو.

شاژن لەسەر جێگەکەی ڕاکشا بوو کاتێ شا خۆی بە ژووری نوستندا کرد، ئەویش بە ماچێ وەئاگای هێنایەوە و بە ئەسپایی گوتی، 'گەلاوێژ، دیدی تۆ هەمیشە بە ساڵان وە پێش من کەوتووە،' ئاماژەیدا بەو گفتوگۆیەی کە ئەو هەموو ساڵانەی بەسەردا تێپەڕیوە و باس نەکراوەتەوە، بەڵام شاژن دەیزانی هەر ڕۆژێ دێ بێتەوە بەرباس.

'تۆ هەمیشە پێویستت بە کات بووە تا هەست بەوە بکەیت کە دەیزانی،' شاژن بە چاوێکی خەواڵووەوە گوتی.

شا لە پاڵ شاژندا دانیشتبوو و دەستیشی بەسەر قژە خۆڵەمێشییەکەی شاژنەکەیدا دەهێنا. ئەو هەموو ساڵە بەسەریدا تێپەڕیوە کەچی جوانییەکەی هەر گەشەی کردووە، هەروەک ئەوەی چرچیەکانی سەر ڕوخساری جوانی ڕۆحی شاژنی دەدرەوشانەوە. بە هەمان خۆشەویستی سەردەمی لاوێتییان لە یەکیان دەڕوانی، چ ساتێکی دەگمەنی ناسک بوو لە ئێستەیاندا.

زەردەخەنەکەی شا هەندێ گرژیی تێکەوت. 'باشە خۆ ئێمە سێ کوڕی پێگەشتوومان هەیە کە ناوبانگێکی باشیان هەیە و کارامە و بەهرەدارن.'

گەلاوێژ بێئەوەی بجوڵێ وتی، 'بەڵێ ڕاستە.'

'بازدان بەسەر ئەواندا و فەرامۆشکردنیان دەبێتە پێشێلکارییەکی ئاشکرای نەریت.'

شاژن چاوەکانی کردنەوە و دەنگە ناسک و نیانەکەی گڕ بوو. 'شێروان، تۆ خۆت شای، نە باوکت نە باوکی باوکت، تۆ خۆت.'

شازادەی تازە پێگەشتوو ئەو کاریزمایەی کە براکانی هەیانبوو و ببوونە جێگە خۆشەویستی هەموو گەلەکەیان، ئەو بەدەستی نەهێناوە. لە هەموو بۆنەیەکدا ئەو کوڕانە دانپێدانانی گەلەکەیان بەدەستدەهێنا، شانازی و سۆزی ئەوانیان دابین دەکرد، بەخشندەیی خۆیان نیشان دەدا و دڵسۆزی گەلیان بەرەو خۆیان دەهێنا.

هەمانکات، شازادە نە شارەزای مێژوو بوو نە ئەزموونی دەوڵەتداریشی هەبوو نە ئەو زانستەی وەرگرتبوو کە براکانی لە لای باشترین مامۆستاکانی وڵات بەدەستیان هێنابوو. هەروەها لێهاتوویی خۆی وەک سەرکردەی سوپایەک، نە سەلماندبوو، بوێری خۆی لە پێشڕەویکردنی سوپای پاوان و هەڵمەتبردن بۆ سەرکەوتن، نیشان نەدابوو.

سەرەڕای ئەوەی شازادە هیچ ئارەزوویەکی پێوە دیار نەبوو کە فێری ئەو نەریتە گرنگانە بێ و ئەو شارەزاییانە پەیداکات کە سەرۆکبوونی دەوڵەتێ دەیخوازێ، کەچی هێشتاش لە کچە شازادە تازە پێگەشتووەکەیدا ئەو توانستە دەبینێ کە چاودێری پێویست پێشکەش بکات تا مێژووی گەلەکەی بپارێزێ و لە تاریکی دەریانبهێنێ.

باوانیان زۆر لە مێژە تاریکستانی ئەشکەوتی شانەدەریان جێهێشتووە. هیچ کام لەو زیندووانەی پاش باوان، ئەو ترسەی ناو ئەشکەوتەکەیان نەچەشتبوو. سەرەڕای ئەو دابڕانەش ئەو تاریکییە نەوە پاش نەوە خۆی خزاندۆتە ناخی تاک بە تاکیانەوە.

چەندە لەو ئەشکەوتە دوور کەوتبێتنەوە و چەنێ دیواریان بە دەوری شارەکانیان بەرزکردبێتەوە، ئەو ترسە لە کاتی بێدەنگیاندا وەک میوانێکی ناوەخت یا وەک تاڵانچییەک دەکێشێ بە دەرگای هەستیاندا. کەس نەیدەزانی کام لەو دووانە بوون، چونکە کەسیان نەیاندەوێرا بەدەمییەوە بچن. گەرمی ماڵەکەی خۆیان لە تاریکستانی نەناسراوی دەرێ بە باشتر دەزانی.

شازادەی گچکە ئەو کەسەیە ئەو تاریکییە دەبڕێ و سەردەمێکی نوێ دەستپێدەکات. تیشک دەخاتە سەر ئەو هەستەی بە دوایانەوەیە و لەو ڕابردووە ڕزگاریان دەکات. ئەو تەنها پرشکێکی گچکە بوو کە لە خۆی گرت، شاژن لەودا گەشاندییەوە، پشتگیری کرد و هانی دا. توانی بوێر و ئازا بێ و پێچەوانەی ڕاوێژی وەزیرەکانی و چاوەڕوانی خەڵکەکەی، وەک مرۆڤێکی ئازاد شوێن دڵی خۆی کەوێ.

باوانی لە مێژینەیان لە ئەشکەوتی شانەدەری لە ناو زنجیرە چیاکانی زاگرۆس هەر بە منالی لەوێ جێهێڵرابوون، کەسیان نەیاندەزانی بۆ لەوێ بوون و چیان لێچاوەڕوان دەکرێ.

لەو ئەشکەوتەدا ئەو منالانە فێرببوون ژیان بەسەربەرن بەو تۆزە خۆراکەی هەر مندالێکی نوێ کە دەهاتە ئەوێ لەگەڵ خۆیا دەیهێنا. منالێ کە خۆی نەیدەزانی لە کوێوە هاتووە جا چ جای بزانێ بۆچی لەوێیە. ئەو بەشە خۆراکەی لەگەڵ هەر منالێکی نوێ دەهات، خۆیان بە هەندێ شتیتر کە لە دەوروبەری خۆیان کۆیاندەکردەوە، پڕیان دەکردەوە.

لە ترسی ئەو جیهانە نەناسراوە لەدەورووبەری ئەشکەوتەکە دوورنەئەکەوتنەوە. تەنیا بوێر و سادەکان ئەیانوێرا دەشتی دوورتر بپشکنن و بە شتی زیاترەوە دەگەڕانەوە و زۆرجاریش ئەوە ڕوویدەدا کە هەر نەدەهاتنەوە.

ئەو پیاوانەی ئەو منالانەیان دەهێنایە ئەو ئەشکەوتە ئاگاداریان کردبوونەوە لەوەی کە نابێ ئێرە جێبێڵن، چونکە مەرگ چاوەڕێیانە. ئاوا هەڕەشەی

مەرگ لەلایەن مرۆڤەوە بێ یا سروشت، کاریگەرییەکی بەردەوامی لەسەر ژیانیان جێهێشتبوو.

تا ڕۆژێ منالێ دەگاتە ئەوێ هەر تەنها چەن پارچە خۆراکێ نەبوو بەڵکو سنوقێکی داخراویشی لەگەڵ خۆیدا هێنابوو. منالەکانیش لەسەر ئەو نەریتەی ڕۆژانەی خۆیان ڕاهاتبوون کە بریتی بوو لە قسەی خۆش و خواردن و یاریکردن پێکەوە و ئیدی چاوەڕێی ڕۆژی داهاتووی خۆیان دەکرد لەسەر هەمان بەزمی ڕۆژانەی خۆیان. ئەم سنوقە وەک توخمێکی نوێ، ناکۆکی خستە نێوانیانەوە.

زۆربەیان بە گومانەوە لەو سنوقە نزیک بوونەوە. بەتایبەتی ئەو منالەی کە سنوقەکەی هێنابوو ئەویش نەیدەزانی چی تێدایە گومانی ئەوانی زیاتر کرد. بڕیاریان دا کە سنوقەکە فڕێدەنە شیوێکی هێندە قووڵەوە کەس بوێری ئەوەی نەبێت بچێ دەریبێنێتەوە، مەگەر کەسێ بێ ئاڵینگاری فیشکەفیشکی ماری ئەو چەمە بکا و خۆی هەڵداتە ناو ئەو تاریکستانەوە.

لەو ڕۆژەوە بە دواوە ئیتر منالیتر نەهێنرایە ئەو ئەشکەوتەوە. ئەو ڕۆتینەی لەسەری ڕاهاتبوون بەبێ هیچ ئاگادارکردنەوەیەک شکێنرا. ئەو هەموو کاتە بەسەریاندا تێپەڕی بوو ڕۆژێ لە خۆیان نەپرسی ئاخۆ بڕۆن و ئەم ئەشکەوتە جێهێڵن. هەروەک بڵێی ناوەڵامی ئەو پرسیارە لەلایەن ڕفێنەرەکانیانەوە لەسەر چوارپەلیان هەڵکەندرابێ.

جارێکیتر قسەوباس لە نێوانیاندا سەریهەڵدایەوە سەبارەت بەوەی چی بکەن. هەندێکیان باوەڕیان وا بوو کە نە هاتنی مندالی نوێ نیشانەی مەرگی فڕێنەرەکەیانە و ئیدی پێویستە بۆ ماڵی خۆیان بڕۆنەوە. بەڵام هەندێکیتریان مانەوەی خۆیان لەو شوێنەی ئێستەیان کە تێیدا هەست بە ئارامی دەکەن بە باشتر دەزانی لەوەی بگەڕێنەوە ماڵێ کە بۆتە دێوەزمە بۆیان.

گفتوگۆکەیان پتر پەرەی سەند و گەرمتر بوو، لەکاتێکدا زۆربەی منالەکان ڕۆڵێکی پاسیڤانەیان هەبوو، بەڵام زیاتر مەیلیان بەلای ئەوانەدا دەچوو کە بوێرانەتر ڕاوبۆچوونی خۆیان دەردەخست و متمانەیان بەو دیدەی خۆیان پێوەدیاربوو.

لەو یەکەم گفتوگۆیەدا، تۆوی ڕیزبەندانەی هێرارکیی تایبەت بەخۆیان سەریدەرهێنا کە دواجار خۆیان هەر لەوێدا بینییەوە. ئەوان کاتێ ڕفێندران تەمەنیان هێندە هەڵنەکشابوو تا هۆشیان لای نەریت بێ. بەڵام لەوە تێگەشتبوون کە هەندی گوێ بۆ هەندێکیتر دەگرن. گوێگران هێندە متمانەیان بە خۆیان نییە وەک ئەوانەی گوێیان لێدەگیردرێ. بۆیە زۆرینەیان گوێڕایەڵی ئەوانە بوون کە بە متمانەوە دەیانوت دەبێ لەو ئەشکەوتە بێنەدەرەوە و جێیبهێڵن.

ئیدی ئەوان بۆ یەکەمجار ئەو ژینگە ئارامەی پێی ئاشنا ببوون جێیانهێشت. ئەوان لە بناری چیای برادۆست، کە یەکێکە لە زنجیرە چیاکانی زاگرۆس، جێگیر بوون. هەندێکیان شارەزای ئەو ناوچەیە بوون چونکە ئەوانەبوون کە پێشتر وێرابوویان ئەو شوێنانە بپشکنن و ڕۆڵی سەرپەرشتکارییان دابینکرد. ئەوانیدیش کە دەترسان بە دڵێکی خۆشەوە خۆیان لەو ڕۆڵە بە دوورگرتبوو.

بەرە بەرە، لەگەڵ گەشەی نەوە لە پاش نەوە، شوێنی نیشتەجێبوونەکەیان بوونە گوند، ناوچەی دییان دەپشکنی و تێیدا جێگیر دەبوون، تەنانەت گەیشتنە دامێنی شاخەکان، تا گەشتنە ئەوەی شارێ دامەزرێنن و پاشان نەوەکانی پاش ئەوان توانییان ببنە شانشینێ.

لەکاتی فراوانبوونی دەسەڵاتەکانیان چەندین کۆمەڵە منداڵی تریان دییەوە کە هەمان بنەچە و چارەنووسیان بووە. کە سەرەتا بەیەک دەگەیشتن ترس و دوودڵییان لەگەڵ خۆیاندا دەهێنا، تا دەهات گەورەتر و ڕێکخراوتر دەبوون، بەڵام لە هەناویاندا ئەو نادڵنیاییە ئامادەبوو: خانەگومانی.

ناکۆکی کەوتە نێوانیانەوە، پاشان پلە و پۆستەکان دیاریکران، تا پلەبەندییەکانیش لە نێوان گروپەکاندا سەریان هەڵدا. تا ئەو ئاستەی سەقامگیری ناو گروپەکان لە نێوان گروپەکانیشدا ڕەنگی دەدایەوە.

شوێن هەر گەورەتر دەبوو و ژمارەی دانیشتوان هەر زیادی دەکرد. تا ئەمە درێژەی دەکێشا، خەڵکی پتر چاویان دەبڕییە سەرکردە ناوخۆییەکانی خۆیان تا بیانپارێزن. ئیدی بەم شێوە نارەسمیە وردە وردە ڕۆڵەکان لە نێوانیاندا خۆی ئاشکرا دەکرد و بە دڵنیایەوە دابەش دەکران. ئەوانەی بوونە فەرمانڕەوا ئیدی لە خولیای

ئەوەدا بوون چۆن ئەو دەسەڵاتە لە ناو خێزانەکانیاندا بمێنێتەوە و پاش خۆیان منداڵەکانیان جێیان بگرنەوە.

ئیدی لە یادەوەری خەڵکیدا ئەوە نەما کە ئەو ڕۆڵانە لە کاتی خۆیدا دابەشکرابوون، ئەو بنەمایانەی پاشا و شوێنکەوتەکانی، دایباب و منالەکانیان، بە هێز و لاواز هەر وا بوویەوە بە نەریت. ئەو دابڕانە لە ڕابردوویان و گوێڕایەڵی زۆرینەیان بۆ سەرکردەکانیان، پێکهاتەی کۆمەڵگەی ئەوانی دیاریکرد، هەروەک چۆن تەپۆلکەی ناو بیابانەکان ڕێڕەوی کاروانەکان دیاریدەکات.

خەڵکەکە بە ژیانی خۆیان وەک شوان، بازرگان، جووتیار یان بە شێوەیەکی تر بژێوی ژیانیان دابین بکەن ڕازی ببوون. ئەو خەیاڵەش داگیری کردبوون کە مەترسییەکی گەورە لە هەر ساتێکدا بێ ڕەنگە بێتەوە لە ئازیزانیان دووریان بخاتەوە.

ئەمە مێژووی ڕەچەڵەکی ئەوان بوو کە ئەم پاشایە لە باپیرە گەورەی خۆیەوە وەریگرتووە کاتێ کە پێکەوە چوون بۆ ئەو ئەشکەوتە و بۆی گێڕاوەتەوە. ئەو ڕەچەڵەکەی کە سەرەتا ڕۆڵی سەرپەرشتیاری و پاشان شاهانەی یەک لە دوای یەک بۆ خۆی وەرگرت، دیدی نەوەی کۆن بۆ نەوەی نوێ لەگەڵ خۆیدا گوێزاوەتەوە. تا هەر پاشایەکی نوێ بتوانێ نەوەکانی سەردەمی خۆی بەباشترین شێوە لەو مەترسییەی تا ئەوکاتەش نەزانراوە، بپارێزێ.

بەڵام هەروەک باپیری فێری کردبوو، هەر نەوەیەک دەهات خۆی لەو تارکییە لە گێلی دەداو بە یاری و خۆشی، کاری قورس و سترانبێژی خۆیان خەریک دەکرد. کەسێ نەبوو ئەو هۆشیارییە ناواخنییەی هەبووبێ تا ئەو تاریکستانییە بەدیکات، لەگەڵ ڕابردوویاندا ڕێکەوتنێ بکەن تا بۆ یەکەمجار وەکو گەلێ پێکەوە لە ئاسۆدا چاوەڕوانی ئاییندەیان بە خەندەوە بکەن.

پاشا بە درێژایی ژیانی لە خەمی ئەوەدا بووە چۆن حیکمەتی باپیرەی بێنێتە دی. ئێستا کە ڕۆژ بە ڕۆژ ڕوخساری لە هی باپیرەی نزیک دەبێتەوە، لەوە تێگەیشت کە چیتر ناتوانێ ئەو ئەرکە جێبەجێکات کە پێیسپێردرا بوو. ئەرکی ئەو لەوەدا گیری خواردبوو کە شانشینەکەی چۆن بپارێزێ. جەنگین بۆ هێشتنەوەی دەسەڵاتەکەی، یاسادانانی دادوەری ناو دادگا، و جێبەجێکردنی سیاسەتێک بۆ ڕێگرتن لە جەنگ – و پاراستنی دەسەڵات.

هەنووکەش، لەکاتی ئاشتیشدا کاتەکان هێندە بەخێرایی تێپەڕدەبن لە ئامانجەکەی یەک هەنگاویش نزیک دەکەوتەوە. بەردەوام ڕێگری نوێ دەهاتە پێش کە پێویستی بە گرنگیپێدانی خێرا دەبێ، بەڵام شازادە وەک مەنارەیەک، ئەو تاریکییەی دەڕەواندەوە.

شازادە ئەو هیوایە بوو پاشا بە دوایدا دەگەڕا کە دەشیا ئایندە سپاردەی ئەو بکات. بۆیە سەرەڕای ئەوەی کە کوڕە گەورەکەی چاوەڕێی تەختی پاشایەتی بوو تا لەسەری دانیشێ، ئەو، بەهۆی هۆشیاری و هاندانی شاژنەوە، کچەکەی وەک جێنشینی خۆی هەڵبژارد. وەزیرەکان پشتگیریان کرد و خەڵکیش ملکەچی ئەو فەرمانە بوون لەو باوەڕەوە کە پاشاکەیان بە زانابیەوە بڕیاریداوە چونکە دانا و نەجیبزادەیە. ئیدی ئەوە بۆ ئەوان بەس بوو کە بڕیارەکەی پاشا هانیان بدات تا شوێنپێی نەریت نەکەون.

هەر پاش بڵاوبوونەوەی ئەو بڕیارە، کیژە شازادەی کۆشک لە شوێنی خۆیدا خۆی گۆشەگیر کرد. گشت خزمەتکارەکانی خۆی ڕەوانەی دەرێ کرد. چەندین ڕۆژ کەسێ گوێی لە شازادە نەبوو و نەیاندەزانی چی بەسەرهاتووە. دەرگای سەر بەشەکەی شازادە بەکەس نەدەکرایەوە. هیچ کلیلێ ئەو دەرگایەی نەدەکردەوە و هەرچی داوایەکیش دەکرا بۆ کردنەوەی دەرگا، وەڵام نەدەدرایەوە.

٢

سەرەتا وا لێکدرایەوە کە ئەمە کاردانەوەیەکی سۆزدارانەی تەمەنی شازادە بێ. هیچ گومانێ لە سەلامەتی شازادە نەدەکرا، وەلێ نەبوونی جووڵەیەک بە گشتی لەو پێناوەدا ئاسایش و سەقامگیری خێزانی شاهانەی دەخستە مەترسییەوە و متمانەی گەلی دەشڵەقان. دوو پایەی سەرەکی شانشینەکەیان. ئەوکات گلەیی و گازندەی خەڵکی پاشا بەوە تۆمەتبار دەکەن کە کارەساتی بەسەر خۆیدا هێناوە چونکە دەسبەرداری نەریتی کۆنی خۆیان بووە. ئەمەش سەر بۆ ئەوە دەکێشێ کە پاشا نەیتوانیوە بیانپارێزێ کە بناغەی دەسەڵاتەکەیەتی.

بۆ چارەسەری ئەو کێشەیە، داوای یارمەتییان لە دوو کەسایەتی ڕێزداری ناو شانشین کرد بەدەمیانەوە بێن: جادوگەرێک و ئەندزیارێکی تەلارساز. ئەندازیارەکە بۆ پنتێکی لاوازی ناو پەیکەری دەرگاکە دەگەڕا و جادوگەریش بۆ ئەو بەربەستە ڕۆحیانە دەگەڕا تا لایانبەرێ. هەردوکیان بە یاوەری پارێزەری تایبەتی پاشا، ئاکامی جەنگاوەر، برانە ناو کۆشکەوە.

جووت دەرگایەک کە سیمبوڵی خێزانی شاهانەی لەسەر هەڵکەندرابوو، کەوێ بوو، دەچوویەوە سەر بەشە شوێنی شازادە. ئەو مەلە گچکەیە بە قەد هێندەی باڵای مرۆڤێ وێنا کرابوو، دەنوکێکی سوور لەگەڵ ڕەنگی سپی کاڵ بە دەوری ملی تێکەڵ دەبێتەوە. ملی بە ڕەنگێکی ڕەش دەورەدراوە کە لەلای چاوەکانییەوە دەستپێدەکا، بەرەو ژێر ملی لای گەردن و قوڕگییەوە کۆتایی دێت. ڕەنگی شینی خۆڵەمێشی سەر تەپڵی سەری لەسەر پشتی بۆ مۆرباوێ دەگۆڕێ. لە سەرسنگی تۆپەڵێکی ڕەنگ خۆڵەمێشی چڕ بۆتەوە بە چەن هێڵێکی سوور دەگاتەوە کە لەملاولای باڵندەکەوە کێشراون، هەمان ئەو ڕەنگەی دەنووکی باڵندەکە نیشاندەداتەوە.

تەلارسازەکە بە ئامێرەکانی دەستیکرد بە پشکنینی جووت دەرگاکە. جادووگەریش دەستیکرد بە جانتاکەیدا و هەندێ داودەرمانی دەرهێنا و لە دەفرێکدا تێکەڵیکردن. تەلارساز بە وردی سەرنجی دایە هەندێ گۆشەی دەروازەکە بە چەکوشێکەوە دەیکێشا بە چەن شوێنێکدا. 'دەزانی کێ ئەم دەرگایانەی دروستکردووە؟' لە یاوەرکەی پرسی.

'نەخێر، من نازانم بەڕێزم. دەبێ بۆت بپرسم،' ئاکام وەستا بەڕمەکەیەوە وەک پاسەوانێک.

'چۆنە ئەمە هێنراوەتە ئێرە؟'

'ئەم دەرگایانە لێرە هەبوون پێش هاتنی من بۆ خزمەتی ئێرە. من دەبێ بۆت...'

'ئەی جیاوازی پلەی گەرما و سەرما لە هاوین و زستاندا؟ لەوکاتەدا تەلارسازەکە بە نەشتەرێ لە چەند شوێنێکی دەرگاکەی دەدا.

ئاکام تێنەدەگەشت ئەو تەلارسازە خەریکی چییە و دەیەوێ بگاتە چی.

'من لەوە هیچ نا...'

'کاتێ لێزمە باران دەبارێ ئاو دزە دەکاتە ژوورەوە؟'

ئاکام بە توندی ڕمەکەی گرتبوو. پرسیارەکان مێشکی شێواندبوو، ئارامی لەبەر هەڵگیرابوو کە چارەسەرێ ناکرێ. ئاخۆ کەشوهەوا و سوتاندنی گژوگیا چۆن دەرگاکان دەکەنەوە؟ پێشئەوەی بتوانێ وەڵام بداتەوە، هەردوکیان بۆنوبەرامی گژوگیای سوتاو سەرنجی بردن.

تەلارساز جێگەی بۆ جادووگەرەکە چۆڵ کرد، ئەویش کووپەڵەکەی لەپێش جووت دەرگاکەدا دانا. ڕووەکی جۆراوجۆری بە چەشنێکی بازنەیی بە دەوری کووپەڵەکەدا ڕیزکرد. پێکهاتەکانی ناو کووپەڵە گچکەکە چەڕەدووکەڵێکی لێبەرزدەبۆوە کە دەرگاکانی بەجۆرێ تەمومژاوی کردبوو وا دەردەکەوت کە ئەو کەوە، لەسەر بەزمی ئەو دووکەڵە سەما دەکا.

جادووگەرەکەش چووە ڕیزی ئەو دووانەوە. 'ئەگەر ئەو دەرگایە جنۆکەیەک دایخستبێ، ئێمە ئاوا دووکەڵکێشی دەکەین.'

لە کۆتاییدا وا ئێستە شتێک هەیە یارمەتیمان دەدات. جەنگاوەرەکە لەبەر خۆیەوە دەیوتەوە. چەنێ دووکەڵ بەرز بۆوەوە و چەنێ بۆنوبەرامی گژوگیا بڵاوبۆوە، هیچ جنۆکەیەک خۆی دەرنەخست.

جادووگەر و تەلارساز لەبارەی تەکنیکەکانیان گفتوگۆیان بوو، بە ئومێدی ئەوەی ڕێگەیەکی نوێ پێکەوە بۆ ئەو گیربوونە بدۆزنەوە.

مشتومڕی ئەو دووانە، یاوەرەکەیان کە ئارامی لەبەر بڕا بوو، هێندەیتر وروژاندبوو. تێنەدەگەیشت ئەو هەموو خەمە چیە بۆ دەرگایەک بخورێ کە دەکرێ جارێکیتر دروستکرێتەوە لە کاتێکدا شازادە ڕەنگە لە مەترسیدا بێ.

بیرۆکەکان لە جەستەیدا ئاڵان تا بەسەر ڕێنماییەکاندا زاڵ بوون. جەستەی بەجۆرێ بزوا لەناکاو خۆی بە دەرگاکەدا دا. بەو قەڵغانە گچکە خڕەی لاشانی بەیەک پاڵ دەرگاکانی لە بەریەکتر هەڵوەشان.

ئەو دووانەی تر هێندە بە مشتومڕی خۆیانەوە سەرقاڵ ببوون ئاگایان لە ئاکام نەمابوو کە لەتەنیشتیانەوە نەماوە تا ئەو کاتەی گوێیان لە گرمەیەک بوو. دەبوایە چاوەڕێ بن تا ئەو تەپوتۆزە لاچێ و ببینن کە دەرگاکان شکاون و ئاکام وا لەو دیوەوەیە و خۆی دەتەکێنێ.

سەرسام بوون، بەڵام هەمانکات دڵخۆشیش بوون کە دەرگاکە لەسەر دەستی ئەوان نەشکاوە، چوونە ناو هۆڵەکەوە. هۆڵێک تیایدا خزمەتکارەکان بە پەرۆشەوە دەهاتن و دەچوون تا ئاگاداری هەموو پێویستییەکانی شازادە بن. ئێستە بێدەنگییەکی بکوژ باڵی بەسەردا کێشاون.

لە هیچ کام لەهۆدەکاندا شوێنەواری دزی یا شێواندن دەرنەدەکەوت. بەڵام شازادەش لە هیچ کوێوە دیار نەبوو. هەروەک بڵێی ئەو شوێنە پاش ئەوەی خزمەتکارەکان جێیانهێشتبوو وەک خۆی ماوەتەوە و هیچ شتێ دەستی لێنەدراوە و تەنانەت هیچ شتێ تۆزیشی لێنەنیشتبوو.

لە دەرگای چوونە ژووری نووستنی شازادە، ئەم سێ پیاوە بە وریایەکی زۆرەوە دەرگاکەیان دەکردەوە. چاویان ڕوو لە زەوی کردبوو بۆ ئەوەی نەبادا شازادە لە بارێکی نەشیاودا ببینن یان نەوەک نیازێکی دزێویان پێوە دەرکەوێ.

کۆتایی قاچی چەرپاکەی شازادە یەکەم شت بوو کە بینییان. لە تەنیشتی چەرپاکەوە چەن لاقێکیش دیار بوون. ژنێک لە پەنای چەرپای شازادەوە وەک پاسەوانێ وەستا بوو. 'بەخێربێن بەڕێزان، فەرموون وەرنە ژورێ. شازادە چاوەڕوانتانە.'

پیاوەکان چوونە ژورێ. چواردەوری چەرپاکە بە توول گیرابوو، لە ناویدا تارماییەکی دانیشتوو دەبینرا.

'شازادە!' جادووگەرەکە هاواریکرد. 'سوپاس بۆ خوا کە تۆ سەلامەتی. هاتووین بۆ ئەوەی لێرە دەربازت بکەین. تا بتوانی هەناسەیەکی خاوێن هەڵمژیت.'

'تەنها یەکێکتان من لێرە دەرباز دەکات.' دەنگێکی ناسکی کیژێ لە پشتی توولەکەوە هات.

تووله‌كه‌ لادرا و پیاوه‌كانیش جارێكیتر خێرا ڕوویان به‌ره‌و زه‌وی وه‌رگێڕا.

شازاده‌ به‌ چوارمشقی له‌سه‌ر چه‌رپاكه‌ی دانیشتبوو. تیشكی خۆر له‌سه‌ر ڕوخساره‌ سافه‌كه‌ی، بێگه‌رد و بێپه‌ڵه‌، ده‌دره‌وشایه‌وه‌، كه‌ زۆرینه‌ به‌هۆی سه‌ختی ژیانی ڕۆژانه‌یان له‌ ژێر تیشكی خۆری سوتێنه‌ر پێیانه‌وه‌ بوو. پێسته‌ ناسكه‌كه‌ی په‌خشێكی شاره‌وه‌ی تێدا ده‌رده‌كه‌وت. قژه‌ ڕه‌شماره‌كه‌ی به‌سه‌ر شانییه‌وه‌ شۆڕ ببۆوه‌، بیلبیله‌ قاوه‌ییه‌ گچكه‌كانی چاوی ڕه‌ش ده‌چوونه‌وه‌.

له‌ میوانه‌كانی، ڕه‌نگه‌ ڕزگاركه‌رانی ئاییند‌ه‌ی ئه‌و بن، نزیك بوویه‌وه‌ و به‌ چاوێكی كراوه‌ی پڕ له‌ گرنگیدان لێیده‌ڕوانین. پیاوه‌كان هه‌ستیان به‌ چاوه‌كانی ئه‌و ده‌كرد، بیلبیله‌كانی وا فراوان ببوون خه‌ریك بوو ده‌یبڕین.

بینی یه‌كێكیان ورده‌ داروتۆز دایپۆشیوه‌.'گه‌وره‌م ئاكام، تۆ بووی ده‌رگاكه‌ی منت هه‌ڵته‌كان؟'

جه‌نگاوه‌ره‌كه‌ به‌ هه‌ستێكی ناخۆشه‌وه‌ كه‌ شازاده‌ لێی ڕازیی نییه‌، خۆی چه‌مانه‌وه‌. 'به‌ داوای لێبوردنێكی زۆره‌وه‌، شازاده‌. به‌ڵێ من بووم ده‌رگاكه‌م شكاند. له‌خه‌می ئه‌وه‌ی كه‌ تۆ نه‌بادا له‌ دۆخێكی مه‌ترسیدارا بوویتایه‌. كاره‌كه‌م په‌له‌ و بێپلانی پێوه‌ دیاره‌. ئه‌ركی ته‌واوی چاكردنه‌وه‌ی له‌ ئه‌ستۆ ده‌گرم.'

شازاده‌ به‌ ئارمییه‌وه‌ گوێی له‌ پۆزشه‌كه‌ی گرت. 'جووت ده‌رگاكه‌م كارێكی هونه‌ری هونه‌رمه‌ندێكی كارامه‌ بوو. ده‌زانی كاری هونه‌ری چاكناكرێته‌وه‌، چونكه‌ گوزارشێكی ده‌گمه‌نی ڕۆحی هونه‌رمه‌نده‌؟

جه‌نگاوه‌ره‌كه‌ له‌ شه‌رمه‌زاریا یه‌كپارچه‌ ڕه‌نگی سوور هه‌ڵگه‌ڕا. 'تۆ ڕاست ده‌كه‌ی، شازاده‌. ئه‌و وشانه‌ی بێباكانه‌ به‌كارمهێنان كاره‌كه‌م خراپتر كرد.'

'ته‌نها ئه‌و سنووربه‌زاندنه‌یه‌ كه‌ من پێویستمه‌.' شازاده‌ به‌شێوه‌یه‌كی چاوه‌ڕواننه‌كراو هاواریكرد.

ئاكام به‌ هاواره‌كه‌ی شازاده‌ هۆشی هاته‌وه‌ به‌رخۆی.

'ئیمرۆ ئه‌و ڕۆژه‌یه‌ كه‌ كۆشك جێده‌هێڵم و ده‌چمه‌ ناو ئه‌م جیهانه‌وه‌. له‌م گه‌شته‌دا یاوه‌رێكم پێویسته‌ كه‌ پارێزه‌رێكی مه‌زن بێ، نه‌ له‌ سیمبۆڵه‌كان ده‌سڵه‌مێته‌وه‌ و نه‌ له‌ خه‌ڵكیش شه‌رم ده‌كات.'

دوو پیاوه‌كه‌ی تر پێكه‌نینه‌كه‌یان شاردبۆوه‌.

تەلارسازەکە لە شازادە نزیک بوویەوە. 'وەرە شازادەی خنجیلە، ئێمە ناتوانین لەوە زیاتر دایبابەکەت لە چاوەڕوانیدا ڕاگرین. هەمووان لە خەمی ئەوە...'

ئەو خانمەی لە تەنیشت چەرپاکەدا بوو پەلی پیاوەکەی گرت و خێرا بەرەو دیواری ژوورەکە دووری خستەوە.

'مەودای گونجاو لە تەک شازادە بهێڵنەوە بەڕێزان، چ لە ماوەی نێوانتاندا بێ یا لە بەکارهێنانی وشەکانتانا بێ.'

جادووگەر ڕەق وەستابوو. 'ئەم جیهانە شوێنێکی مەترسیدارە، شازادە. پڕە لە باندی دز و دڕندە! ئەمە جگە لە دوژمنەکانی باوکت.'

شازادە چاوی سووڕاندەوە و وەڵامی نەدایەوە. ڕووی کردەوە ئاکام.

ئاکام سست ببوو. هەر کە شازادە لە قسەکانی بووەوە، هەستی بە ویستی بە هێزی دەکرد. یەکەم لە دەنگیدا و دووەمیش لە پێداگری نیگاکانیدا. ئەو جۆرە متمانە بەخۆبوونە تەنها لای باوکی شازادە دیویەتی، وا ئێستەش ئەم جێگرەوەیەتی داوایەکی لێدەکات کە دژ بە ویستی پاشایە.

بە ڕفاندنی جێگرەوەی گەنج و دەرهێنانی لە کۆشک مەرگی خۆی دەستەبەر دەکات. هەر بە جێبەجێکردنی ئارەزووی شازادە ئەوا لە ناو تۆڵەسەندنەوەی خیانەتکاری خۆیدا دەخنکێندرێت.

سەرەڕای ئەم زانینەی، لە ناخیدا ویستێک بزوا، کە نە بەتەواوی هی خۆی بوو نە بە خۆشی بەتەواوی نامۆ بوو، هانی دەدا کە مەترسیەکانی داهاتوو لە بیرکات و پەیمانەکانی ڕابردووش فەرامۆشکات، تەنها ئاواتی ئەو منداڵە بێنێتە دی.

ئەمجارەشیان جەستەی بزوا پێشئەوەی بیرۆکەکانی بگەنە دەرەنجامگیری. 'سەرکەوە سەر کۆڵم، شازادە.'

بە جۆشوخرۆشێکی منداڵانەوە وەڵامی دایەوە. 'زۆرباشە!'

شازادە لەسەر چەرپاکەی دابەزی و ئەوەیکرد کە ئاکام داوایلێکرد. ڕاستەوخۆ لە پەنجەرەی نهۆمی دووەمەوە خۆیان هەڵدایە خوارەوە. ئاکام بە ئاسانی لە باخچەکەیاندا خۆی گرتەوە. خێرا بەرەو شوێنگەی بەستنەوەی ئەسپەکان چوو پێشئەوەی کەس فریاکەوێ بزانێ گرمەی ئەو پەنجەرە چی بوو. لەوێ ئەسپەکەی خۆی کە بە ڕەخش ناسراوە زانی خاوەنەکەی خۆیەتی و هەمانکات بۆ پێشوازیی لە میوانەکەی حیلە حیلێکی بۆ کردن.

بەرەو دەروازەی شارەکە هەروەک با دەرپەڕین. دەنگی هەنگاوە درێژەکانی ڕەخش هەر لە دوورەوە لەلایەن پاسەوانەکانەوە ناسرایەوە، دەروازەکانیش بە کراوەیی هێڵرانەوە تا پاڵەوانە بەشکۆکە و ئەسپەکەی پیایاندا تێپەڕن.

شازادەشی لەپێش خۆیدا دانابوو و لە ژێر عەباکەیدا خۆی مت کردبوو.

هەر کە دەروازەی شاریان جێهێشت، شازادە خۆی دەرخست. 'ئیمشەو بە کەناری زابدا دەڕۆین، ئاکام. ڕووبارەکە دەڵێم!'

'بەڵێ شازادە.'

'بەڵام پێشئەوەی بەرەو ئەوێ بچین، جارێ دەبێ بچی ماڵئاوایی لە هاوژینەکەت بکەیت.'

'من ئەوە بە باش نازانم، شازادە. هەر کە کۆشک زانیان چی ڕوویداوە، یەکەم شوێن دێنە ئەوێ تا بماندۆزنەوە.'

'ماڵئاوایی نابێ فەرامۆشکرێ، دەبێ ڕووبدات.' شازادە لەسەر قسەکەی خۆی سوور بوو، بەدەنگێ پڕ دەسەڵات بوو.

ئاکام بێدەنگ بوو و ملکەچی فەرمانی شازادە بوو. ئاکام خواستی وابوو بەرەنگاری ئەو خۆشییە بێتەوە کە تێیدا هاوژین و کچەکەی دەبینێ، بەرەنگاری ناسکی دڵی خۆی بێتەوە لەبەر تیشکی ئەرکدا. نەدەبوو ئارەزووەکانی خۆی بخاتە سەرووی سەلامەتی شازادەوە. بەڵام بەرگەی ئەوەشی نە دەگرت کە گەرموگوڕی ماڵەکەی کە لە لێواری دارستانەکەدا چاوەڕێی دەکرد. ئیدی خۆی جوان قایمکرد و هانی ڕەخشی دا کە خێراتر غاردات.

٣

خۆر خەریک بوو ئاوادەبوو کاتێ گەیشتنە ماڵی ئاکام. خانمێکی قژلولی زەردباو چاوەڕێی دەکردن. کچەکەشی لە سەر یارییەکەی هەڵسایەوە کاتێ گوێی لە دەنگی سەرسمی ئەسپ بوو.
هەر کە ڕەخش دەرکەوت کچەکەی هاواری بۆ باوکی کرد و دایکیشی کردییە باوەشی. هاوژینەکەی بۆ ماوەیەک چاوی دەتروکان پێشئەوەی چاوی بکەوێتە سەرنشینەکەی سەر پشتی ئەسپەکە. ئاکام دابەزی و ئەسپەکەی بە دارێکەوە بەستەوە و بەرەو ئەوان چوو.

شازادە داوای لە ئاکام کرد کە بە تەنها بچێتە ژوورێ. ئاکام خەریک بوو بەو قسانەی شازادە لە ئەسپەکەی بەربێتەوە. 'شازادە، ئەوە زۆر مەترسیدارە، چۆن لەدەرەوە بەتەنها جێتبهێڵم. سەرەڕای ئەوەی کە هاوژینەکەم هەرگیز لێم خۆش نابێ ئەگەر لە ماڵەکەیدا میواندارێت نەکات.'
شازادە بە ناسکییەوە خۆی بە پرچی ڕەخشەوە گرتبوو. 'گونجاو نییە نەناسیاوێ لەم کاتەیا خۆی بکات بە ماڵتانا. تۆ دەبێت ماڵئاوایی لە دایکی مناڵەکەت لە کەشێکی ئارامی پەیوەندی تایبەتی خۆتانا بێ. بوونی من لەگەڵتانا شێوە فەرمییەک دروست دەکات و ئەو شێوە فەرمییانە زەنگی مەرگی دڵە تینووەکانە.'

شازادە دەستی بەسەر پرچی ڕەخشدا دەهێنا لەکاتێکدا دەیبینی وا ئاکام هاوژینەکەی لە ئامێز دەگرێ. دەتوانێ ئێستە قەڵغان و شمشێرەکە شلکاتەوە بەبێ ترس دایانێت و پانتاییەک بە خۆشەویستییەکەیان ببەخشێت تا جوانتر بدەروشێتەوە. پاش خۆشی بەیەکگەشتنەوەیان سایەی جددی ئەو دوو دڵدارەی دادەپۆشی.
وردە وردە بۆ هاوژینەکەی دەرکەوت ئەو کەسە کێیە کە لەسەر ڕەخش دانیشتووە. شیرینی گەڕانەوەی ئاکام تاڵاوێکیشی لەگەڵ خۆیدا هێنابوو.
'با بچینە ژوورەوە هەنار، بۆت باس دەکەم.'
شازادە لەگەڵ ڕەخش لەدەرەوە مایەوە و ڕەخشیش دەلەوەڕی. هەناسەیەکی قووڵی هەڵمژی و هەوایەکی خاوێنی دارستانەکەی بۆنکرد. هەوایەک تەواو جیاواز

لە هەوای ناو چوار دیوار و فەرشەکانی ناو کۆشکەکە. بیرۆکەکانی لەگەڵ خوڕەی ڕووبارەکە تێکەڵ ببوون بە جۆرێ لەوکاتەدا جگە لە هەوایەکی خاوێن و چەمەکە چیتر لەوێدا نەبوو.
خۆر ئاسمانی لە سووری تۆخەوە بۆ شینێکی کاڵ گۆڕی و یەکەم ئەستێرەکان خۆیان دەرخستبوو. لە ساردبوونەوەی سەر پێستەکەی، سەوزایی ژیان لە چواردەوریا، گەرموگوڕی ڕۆشنایی ماڵەکە چێژی وەردەگرت. بە دانەوەی هەڵمژینی هەناسەیەکی قووڵ دەرچوونی بوو لە کەشوهەوای شاهانە کە بواری بۆ شتێکیتری نوێ ڕەخسان، شتێک دیار نییە.

کاتێ ئاکام و هەنار هاتنەوە دەرێ، ئاسمانە سوورەکە شینێکی تەواو تۆخ بوو. لە ژێر ئاسمانی درەوشاوە بە ئەستێرەکان ئەو دوو دڵدارە جارێتر سەیرێکی یەکتریان کردەوە، ئاکام لە چاوی هاوژینەکەیدا ڕووداوی ساڵانی ڕابردووی دەخوێندەوە کاتێ خۆشەویستییەکەیان هێشتا چرۆی نەکردبوو و بێباکانە لەگەڵ دڵی هاوژینەکەیدا هەنگاوی دەنا.
لەو ڕۆژەدا، چەن ساڵێ لەمەوبەر، ئاکام بینی کە چۆن ماوەی نێوانیان لە چاوتروکاندنێکدا بە جۆرێ فراوان دەبوو ڕایەڵێک نەما، قووڵ وەک زەریا و تەزیو وەک بەستەڵان. دڵی هەنار خۆی کشاندە ناو قەڵایەک کە لەسەر ڕووداوەکانی ڕابردوو بنیاتنرا بوون، پێشئەوەی ئاکامی ناسیێ. ئەو ئافرەتە خۆی لە مەترسییەکانی دەرەوە بە دیواری بێباکی ئەو قەڵایە دەپاراست.
ئاکام لەبەر تیشکی کزبوونی چاوەکانی هاوژینەکەی دڵە گیراوەکەی دەبینی. هەمانکات دەشیبینی چ توانایە پێویستە تا بتوانێ ئەو خۆشەویستییە پرۆکێنەرە بچەپێنێ. تۆقینێ داگیریکرد، بە جۆری گڕی لە ناخی بەردا، بە قەد هێندەی گەرمی زۆپایەک لە شەوێکی تاریکستانی زستاندا دادەگیرسا.
ژیانی ئاکام وەک جەنگاوەرێ هەر لە گۆڕەپانی جەنگی خوێناوی و گەشتی پرۆکێندا شەقڵی خۆی وەرگرتبوو. بزاوت و بیرکردنەوە و جەنگەکانی دەرئەنجامی پێداگرییەک بوو بۆ پاراستنی ئەوەی شایستەی پاراستن بووبێ. بەڵام دڵە جەنگاوەرەکەی تەنها لە گەشتی ڕۆحی بەرەو دڵی مەحبووبەکەیدا شەقڵی خۆی وەرگرتووە. دڵێ کە بە هەمان ڕیتمی دڵی خۆی لێیداوە، ڕیتمێ کە زۆر پێش لە

دایکبوونیان ڕەخساوە، دڵ لێدانێ هەر بەو فلچەیە دامەزراوە کە ئاسمانی سەرووی خۆیانی درەوشانۆتەوە.

ئاکام نەیدەزانی ئەوە خۆیەتی لەودایە یا ئەوە لەمدایە، بەڵام هەر زیاتر ڕۆشت، بە جۆرێ بەرگەی زریانی دەریای دەگرت و بڵێسەکەی لەو بەستەڵەکەدا هەر بەو گڕەوە دەهێشتەوە. ئەو خۆشەویستییەی لە دڵی هەناردا بوو دەبوو ڕێگەی بدات بدرەوشێتەوە. تەنانەت خۆشی نەتوانێ لەبەرامبەر دونیا بیشارێتەوە. ئاکام خۆی لە بیرکرد و ڕەتکردنەوەی ئەویشی فەرامۆشکرد. هەر پتر قووڵ دەبوویەوە زیاتر ڕۆدەچوو تا ڕۆژێ هات گەشتە لای شورای قەڵاکە.

ئاکام لە دەرگای نەدا چونکە دەرگای نەبوو، هێرشی نەبرد چونکە بەهێرشبردن ناگیرێ، هاواریشی نەکرد چونکە هیچ دەنگێ ناتوانی قەڵاکە ببڕێ.

تاقە نیشانەیەکی ژیان لەو دیو دیوارەکانەوە لێدانی دڵی هەنار بوو کە لەناوەوە دیوارەکانی دەلەرزاندەوە، زرنگانەوەیەک بوو هاواری بۆ ڕزگاربوون دەکرد. لەرینەوە بە ناو بەستەڵەکەکەدا شەپۆلیان دەدا و لە ناو زەریاکەدا شەپۆلیان دەوروژاند کە ئاکام بە هەزار حاڵێ ڕزگاری بوو لێیان. ئەو لێدانی دڵە تەنها قیبلەنمایەک بوو کاتێ گەشتی بە ناو قووڵایی ترسی خۆی و ترسی دڵدارەکەشیدا دەکرد. کاتێ لێرەدا کە بەوپەڕی تواناوە بە خۆڕاگری مایەوە، ئەوە بۆ خۆی ئاڵنگارییەک بوو.

جا ئاکام چونکە دەیزانی کە هیچ جۆرە پاڕانەوەیەک، داوایەک، یا هێرشێک بە هانایەوە نایەت، ئەو تاکە شتەی کرد کە مابوو. دەستی برد بۆ سنگی و هەڵیدڕی تا دڵی بتوانێ بە ئازادی ببزوێ بۆ ئەو شوێنەی دەیخوازێ. دەستی لێبەردا تا لە جەستەی بێتە دەرەوە و ڕێنمایی کرد لەگەڵ هەر لێدانێکی دڵ بەرەو قەڵاکە بەرێ. دیوارەکان توانەوە و بوونە شیلە گوڵێکی خۆراکبەخش بەستەڵەکیان داپۆشی. زەوییە وشکەکە بووە چەمێکی پڕ لە ڕووەک و ئاژەڵ. تیشکی دڵی هەموو سەر زەوی ئاوەدان کردەوە و کڵپەکەی ئاکام خۆی لە خۆشەویستیەک دا کە بۆ هەمیشە گشت خانەکانی جەستەی پڕکرد.

لەناو قەفەسەی سنگیدا، تەنها ئەو پارچە گڕە مابوو کە لەوێدا هەڵگیرسابوو. بەتەنگ دڵی خۆیەوە نەبوو چونکە دەیزانی لای هەنار پارێزراوە. کەسێ نییە لەو زیاتر بە تەنگ خۆشەویستییەوە بێت. هەروەک چۆن

خۆشەویستی هەنار هی خۆی نەبوو تا بیشارێتەوە، دڵی ئەمیش هی خۆی نییە تا گلیداتەوە.

ئیمڕۆ هەردوکیان پێکەوە ئەو ڕووداوەیان سەرلەنوێ ژیانەوە، کاتێ هەر دوو دڵ پێکەوە بە یەک دەنگ ترپە ترپیان بوو، ئاکام ئیدی ڕووی خۆی لە هەناری خۆشەویستی وەرگێڕاو بەرەو ڕەخش و شازادە کەوتەوە ڕێ.

ئاکام شەڕواڵێکی سپی کاڵی لە پێدابوو بە پشتێنێکی سەوزی تۆخ جەڕێنرابوو. بەسەر ئەوانیشدا ستارخانییەکی سووری دادابۆوە کە بە چەن هێڵێکی زێڕین ڕەنگ نەخشێنرابوو. بە لاقەدیا شمشێرێکی چەماوە شۆڕ ببۆوە، ڕمێکیش بەلا شانییدا خۆی گرتبوو.

چرچیەکانی ڕوخساری قاوەییبووی بەرخۆر لەچاو هاوتەمەنی خۆیدا پتر پێیەوە دیاربوو. لەبەر ئەو ڕوناکییە کزەدا برۆ پڕەکانی سێبەریان بۆ چاوە قاوەییەکانی کردبوو. ڕیشە درێژەکەشی لە دوورەوە ڕوخساری وەک سێبەرێ دەردەخست.

شازادە هەر لەو شوێنەی کە جێیهێشتبوو لەسەر ئەسپە دڵسۆزەکەی ڕەخش، هەر لەوێ چاوەڕێی دەکرد. ئاکام سەرکەوت و شازادەش هەر لە شوێنی خۆی لەبەردەمیدا بوو بەرەو دارستان ئەسپەکەی تاودا. بێدەنگی باڵی بەسەر هەردوکیاندا کێشا بوو، تەنانەت شازادەش لەو نێوەندەدا هیچی نەدەگوت.

کە پێیان خستە ناو دارستانەکەوە، ئاکام بێدەنگی شکاند. 'بەرەو کوێ ئەچین شازادە؟'

'جارێ ئێستە بەرەو زاب،' شازادە وەڵامی دایەوە.

'لە ڕاستیدا ئێمە بە دوای چیدا دەگەڕێین؟' چاویشی هەر لەسەر ئەو ڕێیەی دارستانەکەیە.

شازادە هەر تەنها ڕیشەکەی ئاکامی دەبینی. 'ئەمە پرسیارێکی گرنگە ئاکام. هەریەکەمان بە شوێن چیدا دەگەڕێین؟ تۆ خۆت بە دوای چیدا دەگەڕێیت؟ زیاتر دەبێ ئەم پرسیارە لە یەکدی بکەین.'

'من تەنها لە خزمەتی تۆدام، شازادە. جگە لە سەلامەتی تۆ و بەدیهێنانی ئاواتەکانت، لەوە بەولاوە هیچ ئامانجێکیترم نییە.' ئەو دەنگەی لێوەیهات ئەرک جێبەجێکردن بوو، لە دوورەوە دەهات، هەروەک بڵێی بەشێک لە خۆی لای هاوژینەکەی جێهێشتبێ.

لە نێوان درەختەکانەوە لە هەندێ شوێن لە پشتیانەوە مانگ بە پڕی خۆی دەردەخست. ئەو تیشکە دەکەوتە سەر چاوی ئەو ئاژەڵانەی دارستانەکەیان بە ماڵی خۆیان دەزانی.

'ئەوە جێگەی شانازییە، ئاکامی جەنگاوەر،' بە دانپێدانانێکەوە شازادە وەڵامی دایەوە. 'هەمیشە ئەرکی خزمەتکار لە ئەرکی ئاغا ئاشکراترە. ناتوانن ئامانجی هەڵە هەڵبژێرن. تەنها ئەوەی لەسەرە ڕێنماییەکان جێبەجێ بکات. بەڵام ئاغا بەپێچەوانەوە، ئامانجی فرەی لەبەردەمایە تا هەڵیبژێرێ، لە ناو ئەو ئازادی هەڵبژاردنەدا ڕەنگە دەس بۆ ئامانجێکی دزێو یا شەیتانانە بەرێ.'

'خوا نەکات شەیتان بتبات، شازادە.'

جارێکیتر بێدەنگی دایگرتنەوە تێکەڵ بە دەنگی سمی ڕەخش، نەرمە شەپۆلی ئاو، شنەبا لە لەرینەوەی گەڵای درەختەکان.

'من خۆشم نازانم بەرەو کوێ بچین، ئاکام، یا ئێمە بەشوێن چیدا وێڵین. تەنها ئەوە دەزانم بە چ ڕێگەیەکدا دەبێ بڕۆین، بۆ ئێستە تەنها بە درێژایی کەناری ئەم ئاوەیە. ئەم ئاوە دەمانگەیەنێتە شوێنی خۆمان.'

لەگەڵ قورسبوونی هەناسەبڕکێی ڕەخش و کزبوونی چاوتیژی ئاکام، کاتی حەوانەوە هات. بۆ پەناگەیەکی گونجاو دەگەڕان تا هەواری خۆیانی لێهەڵدەن.

یەکەمجارە شازادە لە ژیانیدا لە هەوای کراوەدا پاڵکەوێ، بۆنوبەرامی زەوی و هەوای شێدار هەستەکانی بوروژێنێ. با لەگەڵ دوورخستنەوەی چڵی دارەکان لەیەکتری ناو بەناو لایەکی مانگی دەردەخست. لەگەڵ چێژوەرگرتن لەو سەمایەی نێوان ئاسمان و زەوی خەوی لێکەوت، ئەو چیرۆکەی وەبیرهێنایەوە کە دایکی ڕۆژێک لەبارەی دروستبوونی مانگەوە بۆی گێڕابوویەوە.

شاژن پێکەنینێ گرتی هەر وەک بڵێی شتێ ختووکەی بات، یادەوەرییەکی دوور لە ڕابردوودا کە لەبیری چووبوو ڕوویدا بوو.

ئەی جوانترین گوڵی دایە، مانگ لە پێشا کیژێکی جوانی هەر وەک تۆ بووە، دەدرەوشایەوە. ناوی هەیف بوو. ڕۆژێ دایکی هەویری دەشێلا تا لە ناو تەنوورێکی قوڕپیندا بیکات بە نان. ئارد و ئاو و خوێ و هەوێنی تێکەڵکرد و کردی بە چەن

گونکێکی خڕ و پاشان گونگێکی پانکردەوە تا بیدا بە لاتەنشتی تەنوورەکەوە و بیبرژێنێ.

'وەک ئەم تەنوورەی کە ئێستە هەمانە.' شازادە کە تازە زمانی گرتبوو، پرسی.

'زۆر لەم تەنوورەی ئێستە باشتر کە هەیە.' بەڵام دایکەکە خێرا زانی وا هەویرەکە خەریکە وشک دەبێتەوە. تۆ دەزانی تامی نانی وشکبوو چۆنە، وا نییە ئەزیزەکەم؟

'ئەە، بەڵێ، ئەگەر ڕۆژێکی بەسەردا چوو بێ.'

'وایە!'

'نامەوێ هەرگیز شتی وا بخۆم، بەڵام، دایە، تۆ بەزۆر پێمئەخۆی. حەزم لە نانی خۆشە.'

شاژن ئەمجارەش بزەیەک گرتی. ئارەزووە بێگەردەکانی کچەکەی لە ناخەوە گەرمی دەکردەوە. 'بەڵێ، بەڵێ، دەزانم کچم. بەڵام ئێمە ئێستە باسی مانگ دەکەین، باسی خواردنی تۆ ناکەین.'

شازادە دەمولچی دا بەیەکدا بە بێزارییەوە.

'ئێ،' دایکی وتی لەوکاتەیا دەستیشی بە قژی کچەکەیدا دەهێنا. 'ئاویان لێبڕا و دایکی کچەکەی نارده سەرکانی تا ئاو بێنێت.'

'دایکە، کانی چییە؟'

'ئۆی، کانی ئەو شوێنەیە کە ئاوی خاوێن ڕاستەوخۆ لە چیاکانەوە لێیەوە هەڵدەقوڵێ. کێوی کۆڕەک دەبینی، سەیرکە لەودیو پەنجەرەکەتەوە؟ لەوێدا گەلێ کانی لێن کە ئاوی خاوێن و فێنک ڕاستەوخۆ لەوێوە بێوەستان هەڵدەقوڵێن. تەنانەت ئەوانەی گەشتی درێژخایەن دەکەن دەتوانن متمانە بخەنە سەر بەخشندەیی چیای زاگرۆس. بۆ ئەوانەش کە سەیران دەکەن هەمیشە چەمی لێن کە میوەکان بە فێنکی بهێڵێتەوە.'

شازادەی گچکە واقی وڕمابوو. 'ووووواوووو.' خێرا سەرسوڕمانەکەی بە پرسیارێ کۆتاییپێهێنا. 'ئەی بۆ شاخەکە خۆی تەڕ نییە؟'

دایکی حەپەسا لە پرسیارەکەی و دایە قاقای پێکەنین. 'ڕەنگبێ ڕۆژێ خۆت بیدۆزیتەوە؟ با هەیقمان لە بیر نەچێتەوە.'

'کچە جوانەکە؟'

'بەڵێ. هێندە جوان بوو کە دەچوو بۆ سەر کانی هەمووان بە دیارییەوە ئەبڵەق دەبوون. هەموو حەزیان دەکرد تۆزێ بیوەستێنن دوو قسەی لەگەڵدا بکەن. ئەو هێندە ناسک و نازەنین بوو بەلای هەرکەسێکدا تێپەڕیبایە لەدەستی دەرنەدەچوو سەیرێکی نەکات. لەبەرئەوەی هێندە ڕایانگرتبوو تا قسەی لەگەڵ بکەن، بە ئاوەکەوە درەنگ گەیشتە ماڵەوە. دایکی ئەو ماوە هەر لە چاوەڕوانی ئەودا بوو هەویرەکەی بەدەستییەوە وشک ببوو. ئەوەندە پەست ببوو بەو هەویرەی بەدەستیەوە بوو تا توانی مستەکۆڵەیەکی پێدا کێشا.'

شاژن دەستی هێنا بەسەر ڕوخساری کچەکەیدا تا نیشانی بدات هەیف بە کوێیدا کێشراوە. 'هەویرەکە لکا بە ڕوخساری هەیف و ئەویش بە گریانەوە ڕایکرد. بەو خەمەوە نزای کرد تا لەو شوێنە لابرێت. بە بەرچاوی دایکییەوە نزاکەی هەیف گیرابوو، بەرەو ئاسمان بەرز کرایەوە و بوو بەو مانگەی ئێستە بە ئاسمانەوەیە. ئەو پەڵانەی ئێستە بە مانگەوە دیارن، هی ئەو هەویرەیە.

٤

لە بەرەبەیاندا شازادە لە ناو ڕوبارەکەدا سێوێکی مێخەکرێژکراو دەبینێ. 'ئاکام، بڕوانە!'

ئاکام بە زینکردنی ڕەخشەوە خەریکبوو، لەو کاتەی شازادە بانگی کرد. خێرا خۆی گەیاندە شازادە. 'چی بووە، شازادە؟'

شازادە بە جۆشوخرۆشێکەوە ئاماژەی بۆ ڕووبارەکە کرد. 'سێوێکی بە مێخەکرێژ. وادیارە لەم ناوەدا دڵخوازان هەن.'

'سەرسامم بەوەی کە تۆ دەزانی ئەمە بۆ چ مەبەستێکە، شازادە. هەنووکە ئەمە تەنها لە گوندە گچکەکاندا باوی ماوە.'

شازادە بە چیچکانەوە لای ڕوبارەکەوە دانیشتبوو و هەوڵی دەدا سێوەکە بگرێتەوە، بەڵام سێوەکە دوور بوو. 'تۆش سێوی مێخەکرێژت بە دیاری بە هەنار بەخشیوە؟'

ئاکام چاوێکی بە دەوری خۆیدا گێڕا. 'نەخێر، ئەوە شتێکە هەر کیژۆڵەکان وەک ڕێگایەکی گونجاو بۆ دەربڕینی هەستی خۆیان بەکاریدەهێنن.' ئاکام لەولاترەوە کەسێکی بینی بە چیچکانەوە لە کەناری ڕووبارەکە دانیشتبوو. 'شازادە، ئەوە یەکێکە لەوێدا دانیشتووە، تۆ لە شوێنی خۆتا بە،' ئاکام بە ئەسپایی بە شازادەی گوت.

شازادە خێرا هەڵسایە سەرپێ و دەستی خۆی بۆ ئەو کەسە بەرزکردەوە. 'ئەوە بۆ ئەو سێوەت فڕێداوەتە ڕوبارەکەوە؟ تۆ نازانی ئەم سێوە بە وشکی زۆرتر بەرگە دەگرێ؟ ئەی چۆن وەڵامی خۆشەویستەکەت دەدەیتەوە کاتێ بزانێ تۆ دیارییەکەی ئەوت لەناوداوە؟ یا وا دیارە تۆ ئاشقی ڕوبارەکەیت؟

کە لێی نزیکبوونەوە بینیان لاوێکە هەروا لە نزیک لە تەمەنی شازادە خۆیدا دەبێ. چاوە سوور هەڵگەڕاوەکانی و فرمێسکەکانی کە هێشتا گەرم بوون و چڵکی سەر ڕوخساری ئەویان لەگەڵ خۆیانا هەڵگرتبوو، ئەویان خەمبار دەردەخست.

بە دەنگێکی لەرزۆکەوە وەڵامی دانەوە. 'خۆشەویستەکەم تازە لەسەر ئەم زەوییە نەماوە. بەنرخترین شت کە پێی بەخشیم دەیدەم بەدەم ئەم ئاوەوە بۆ ئەوەی لەدەست نەچێت کاتێک تۆڵەی خۆم دەکەمەوە.'

'تۆڵە لە کێ دەکەیتەوە، گەر بۆم هەبێ بپرسم؟' شازادە بە پەرۆشێکەوە لێی پرسی.

کوڕەکە سەرێکی بەرزکردەوە. دیاربوو کە خەم و پەژارە داگیری کردبوو. 'پاشا.'

ئاکام هێندەی نەمابوو شمشێرەکەی لە کێلان دەربهێنێت لەو کاتەی ئەو کوڕە قسەی دەکرد، تەواو ئامادە بوو کۆتایی بە سەرکێشییەکەی بهێنێت.

'ئاکام! نەکەی،' شازادە هاواری کرد. 'دەمەوێ بزانم چی وایکردووە ئەم کوڕە وابڵێ. بۆ دەتەوێ تۆڵە لە پاشا بکەیتەوە؟'

فرمێسکەکانی سەر گۆنای سڕی. 'خەتای ئەو بوو کە خۆشەویستەکەم ئێستە مردووە. ئێمە هەر لە منالییەوە یەکترمان دەناسی و هەموو ڕۆژێ پێکەوە یاریمان دەکرد. بەڵام لەو کاتەوەی کە من ڕۆژانە شوانی مەڕ دەکەم و ئەویش لە ماڵەوە کاروباری ماڵ ڕادەپەڕێنێ، ئەوەیان قەدەغەکرد پێکەوە یاری بکەین.

زۆر زۆر بیرم دەکرد ئەویش بێگومان هەمان هەستی بۆ من هەبوو، چونکە ڕۆژێ لە کێڵگەی گوندەکەدا ئەوم بینی. لەوێ، دوور لە چاوی خەڵکی، توانیمان هەستی خۆمان تەواو بەربەین، وێرام دەستم بخەمە دەستییەوە، هەروەک جاران. بەڵام ئەمجارەیان شتێ لە جاران جیاواز بوو. بۆ چەن هەفتەیەکی دوای ئەوەش ڕۆژانە ئەو ڕێگەیەکی دەبینییەوە کە بتوانێ لەو کێڵگەدا من ببینێ، ڕۆژ بەڕۆژ چێژوەرگرتنمان لە دیداری یەکتر بۆ دەردەکەوت.

دایبابی خۆشەویستەکەم بە ئێمەیان زانی و وەک دڕەندەیان لێهات. ئەویان بە قژ بەو ناوەدا ڕاکێشا و براکانی و ئامۆزاکانی و مامەکانی تا توانیان بەردبارانیان کرد تا لە خوێنی خۆی و خۆڵی ئەو ناوەدا گەوزا و لەسەر زەوی بێ گیان کەوت.'

لەم کاتەیا ئەندێشەی ئاکام بەرەو هاوژینەکەی چوو بوو، بیری لە ژیانێ دەکردەوە بەبێ ئەو، ئەو هەلەی بۆ ڕەخسان کە ئازاری ئەو لاوە هەستپێکات. بەڵام

ڕێگەی بە خۆی نەدا ئەو پرسیارە لە خۆی بکات ئەگەر کچەکەی خۆی بووایە، چیدەکرد.

شازادە ئەم جۆرە خۆشەویستییەی هەرگیز نەدیبوو، وەلێ لەوە تێگەیشت کە ئەو گەنجە ئازارێکی زۆری پێگەشتووە. 'بەڵام خۆ دەکرا کە ئەو کێشەیە چارەسەرکرایە گەر ئێوە هاوسەرگیریتان بکردایە،' شازادە وتی.

'من هیچ جۆرە هەلێکم پێنەدرا!' دایە پرمەی گریان. 'ئێمە جگە لەوەی کە دەمانوسیت ژیانمان بەشکەین هیچیترمان نەدەویست. هەر ئەوان کە بەوەیان زانی، دایان بەسەریا وەک درندەیەکی بێبەزەیی، هەروەک بڵێی بە بەرد و خوێنڕشتن شەرەفی ڕۆشتووی خۆیان بگێڕنەوە!'

شازادە بە سۆزی کاڵ و سادەی ئەو گەنجە سەرسام ببوو. هەروەها بە پەرۆش بوو بزانێ ئەو گەنجە تا کوێ ئامادەیە هەنگاو بنێت. 'باشە چاوەڕێی چی لە پاشا دەکەیت؟ خێزانی خۆشەویستەکەت کۆتاییان بەوە هێناوە و تۆش هێشتا هەندێ قەرزاربارى ئەوانیت.'

'ئەوە چۆن پاشایەکە کە بەمە ڕازی دەبێت؟!'

ئاکام ئانیشکی لە لووتە چڵماوییەکەی گەنجەکە گیرکرد. 'ئاگات لە دەمت بێ، کوڕە.'

ئەو کوڕە گەنجە کەوتە سەر ئەژنۆ و بە دەستی خوێنی پژاوی لووتی دەگرتەوە. 'دەیانگوت تەنها یاساکانی پاشا پەیڕەو دەکەن، کاتێ پرسیم کام یاسا، نەیانتوانی وەڵامێ بدەنەوە. کە هەڵهاتم، سوێندم خوارد کە دەبێ خۆم پاشا بدۆزمەوە تا بزانم ئەو خۆی لەم بارەوە ڕای چییە.'

'ئەی ئەگەر پاشا هەقی بە تۆ نەدا؟' شازادە پرسی.

'ئەوکات خۆم بە دەستی خۆم لەناوی دەبەم و دەسکەوتی ئەو درندانەش لەناو دەبەم کە خۆشەویستی ئاوا دزێو دەکەن.'

ئاکام دەستیبرد بۆ کێلانی شمشێرەکەی و ئاوڕێکی لە شازادە دایەوە و چاوەڕێی فەرمانی ئەوی دەکرد. شازادە هێندەی پارێزەرەکەی هەستی بە شکۆی پاشاکەی نەدەکرد، شەرەف لای ئەو هێشتا بایەخی پەیدا نەکردبوو. زریانی تووڕەیی و خەم، نائومێدی و لووتبەرزی دیمەنێ بوو شازادە چێژی لێوەردەگرت.

'ئاکام دەستێ بەرە یارمەتییەکی تۆڵەسەنەرەکەمان بدە، ئەم کوڕە بێوەیەت بەبێ هۆ ئازاردا. هەندێ خواردنی بدەرێ. لەم گەشتەیدا پێویستی پێیدەبێت.'

ئاکام بە ئاهێک خۆی خاوکردەوە. لەم ماوەیەدا ئاکام بە بڕیارە پێداگرییەکانی شازادە ڕاهاتبوو.

کوڕەکە خێرا بە پەرۆشەوە دەستی بە خواردن کرد. فرمێسکەکانی دیسانەوە دەڕژان و بە گۆنایدا دەهاتنە خوارێ و هێشتا هەر هەنسکی هەڵدەکێشا. تووڕەیی لە سەریدا هەر هەڵدەچوو، بەڵام شۆڕ دەبۆوە ناو ناخی خۆی. وروژێنەرانی چارەنووسی خۆشەویستەکەی لە ناخیا وا بەو ئاڕاستەیەدا کۆدەبوونەوە کە تەنیا خۆی وەک بکوژی خۆشەویستەکەی ببینێ. بەم شێوەیە نەفرەتکردنی ئەوانیتر لای ئەو گەنجە بۆ نەفرەتکردن لە خۆی دەگۆڕا.

پاشئەوەی خواردنەکەی تەواوکرد، دەست و دەموچاوی خۆی لەسەر ڕوبارەکە پاک شۆرد، ئینجا سوپاسی هەردوکیانی کرد بۆ ئەو میوانداری و ڕێزەی لەویان نا. ئیدی خۆی بە وان ناساند. 'هێمن.'

'ڕووناک ناوی منە،' شازادە وتی.

هێمن خەندەیەکی کرد. 'هەروەک شازادە.'

'ڕاستە!' ڕووناکیش بە خەندەیەکەوە وەڵامی دایەوە. 'هەروەک شازادە.'

ئەو کیژەی کە ئێستە بەرامبەر هێمن وەستاوە، خۆشەویستەکەی خۆی وەبیرهێنایەوە. هەرچەن ئەو دووانە لە یەکتر نەدەچوون، بەڵام خەندەکەی شازادە هەمان ئەو گەرمییەی دەدایەوە کاتێ کە تیشکی خۆر لەسەر گۆنای خۆشەویستەکەی دەدرەوشایەوە.

ماڵئاواییان کرد و لە گەشتەکەی خۆیان بەردەوام بوون. هێمن بەرەو خوارەوە بەرەو شار ڕۆیشت و ئاکام و ڕووناکیش بەپێی ڕێنمایی کوڕەکە بەرەو گوندەکەی ئەو ڕۆیشتن.

'دەمەوێ بزانم ئەوانە چ جۆرە کەسانێکن کە دەتوانن کچی خۆیان بکوژن،' شازادە، دوای ئەوەی هێمن دوورکەوتەوە، وتی.

کە گەشتنە گوندەکە لەوە سەریان سوڕما بوو کە لە هیچ ڕوویەکەوە قەیرانی پێوە دیار نەبوو. خەڵکێکیان دەبینی بەکاری خۆیانەوە زۆر چست و چالاکانە سەرقاڵ بوون. ژنان لە دەرەوە دانیشتبوون و هەویریان دەشێلا. گونکە هەویریان تەنک دەکردەوە و دەیاندا بەسەر ساجەکەدا، پلێتە ئاسنێکی چەماوەی قۆقز بەدار گەرم کرابوو، خێرا هەویرەکەی دەکردە نان.

شوانێک لەولاوە ئاژەڵەکانی تاو دەدان تا لە ڕێکردن بەردەوام بن. بە گاڵۆکەکەی ئاژەڵەکانی بەلایەکدا دەخستەوە کە بینی وا خەڵکێکی تازەهاتوو بەرەو ڕوویان دێ.

'بەخێر بێیت کاکە، بەخێر بێیت دادە.'

'سوپاس برام. دەتوانی پێمان بڵێیت بۆچی خەڵکی ئێرە هێندە زیندوو و چالاکن؟' ئاکام پرسی.

شوانەکە بە ڕوخسارێکی گەشەوە وتی، 'ئەوە ئامۆزا ئازیزەکەمە ڕێبین هاتەوە. ئێوەش ماندوو دیارن. ئیمشەو میوانی ئێمە دەبن.'

'ئەمە لوتفێکی زۆرە،' ئاکام وەڵامی دایەوە. 'ئێمە نامانەوێ ببینە بارگرانی بۆ ئێوە.'

'نەخێر وا نییە! دیوەخانی پیرەکەمانە، سەرگەورەی گوندەکەمان، چۆڵە و هەمیشە کراوەیە بۆ خزمەتی میوانانی وەک ئێوە.' دەستی بۆ درێژکردن وەک ئاماژە کە لەگەڵیدا بڕۆن.

'ئاکام، دیوەخان چییە؟' شازادە پرسی.

'دیوەخان ئەوە شوێنەیە کە پیری ئەو گوندە کۆبونەوەی تێدا ڕێکئەخەن و پێشوازی میوانی تێدا دەکەن. لەوێدا کارە گرنگەکانی گوندەکەی تێدا تاووتوێ دەکەن.'

ڕووناک هەندێ بیری کردەوە. 'ئا، هەروەک دادگەکەی پاشا؟'

ئاکام سەیرێکی شازادەی کرد. لەسەر پشتی ڕەخش خۆی ڕاگرتبوو. 'بەڵێ ڕاستە. لە دادگەش کاری گرنگ باس دەکرێ.'

ڕووناک سەرێکی ڕاوەشان. 'نەخێر، نا مەبەستم ئەوە نییە.'

'ئەی مەبەستت چییە، شازادە؟'

'چونکە لێرەش ڕۆژێ کەسێ فەرمانی مەرگی بۆ دەردەچێ، ڕۆژی دواتر ئاهەنگی تێدا دەگێڕدرێت.'

پاش نانخواردنی شێوان، ئاکام و شازادە و ڕێبین و ئامۆزاکەی و گەورەی گوندەکە و زۆرێک لە خەڵکی گوندەکە لەناو دیوانەکەدا کۆبوونەوە. لەسەر فەرشی ڕەنگاوڕەنگ لەسەر زەویەکە دانیشتبوون و پاڵیان دابۆوە سەر پشتی ڕەنگاوڕەنگ. خەڵکەکە بە دیواری دیوەخانەکەدا پاڵیان دابوویەوە و بە ناویانا ژن و مێردمندالْ بە گۆزەی پڕ لە ئاو، قاپی پڕ لە گوڵەبەڕۆژە و گوێز و پیاڵە چاییەوە دەهاتن و دەچوون.

ناو دیوەخان و شەقامەکانی دەوروبەری دیوەخان بە جۆشوخرۆشی گفتوگۆ پڕ ببوو. گاڵتەوگەپ داگیری کردبوون، هەندێ گفتوگۆی تایبەتی خۆیان دەکرد و هەندێکی تریان بە گەمە و یاری دۆمینەوە دەستییان ڕادەوەشان.

ژاوەژاوی ژوورەکە کەم بووەوە و پیری سەرگەورەی گوندەکە هاتە گۆ. 'ئەندامانی خێزانی خۆشەویست و هاوڕێیانی ئازیز. ئەمڕۆ گەشتیارەکەمان، دیدەوانەکەمان، دواجار گەڕایەوە. ئەو مرۆڤەی کە هەموو دونیای بینیوە و بەڵام هێشتاش گوندە گچکەکەی خۆی، پێباشترە، ڕێبین!'

'بژی ئەو گەنجە جوامێرە!' دەنگێ لە ناو دیوەخانەکەدا بەرزبۆوە پاش ئەوەی پیری سەرگەورە قسەی کرد.

پیر دەستێکی بەرزکردەوە و ئاماژەی بە دانیشتوانەکان دا کە هێوەر ببنەوە. 'ئێستە بەسەرهاتی خۆتمان بۆ بگێڕەوە، ڕێبین، لە ناو هەموو ئەو گەلانەی کە بینیوتن کامەیان تا هەنووکەش لە یادەوەریتا ماوەتەوە؟'

گەنجەکە دەستێکی بە ڕیشە سووریاوەکەیدا هێنا. 'بەڕاستی پرسیارێکی جوانە.' ڕووی کردە دانیشتوانەکە. 'برایان و خوشکان، من زنجیرە چیاکانی زاگرۆسم جێهێشت و گەشتمە شوێنی وا ئەوەنە دوور کە بۆن و تامی سەیروسەمەریان هەبوو. شوێنی وابوون خانووەکانیان بنمیچەکانی سورباو و بازنەیی بوون، بە درێژایی چەندین کیلۆمەتر ئاویان دەگوێزایەوە، هەندێ شوێنیان جۆگەلەی بەردینی وایان دەمەزراندبوو کە چەن مەترێ لە زەوی بەرزبوونەوە و دانیشتوانەکانیان ڕەنگی پێستیان لە ڕەنگی پێستی ئێمە جیاواز بوون.

بەڵام ئەوەی کە زۆر سەرنجی ڕاکێشام شانشینێکی گچە بوو دەکەوێتە ڕۆژئاواوە، دوورە لێرەوە. لەوێ لە شارێکدا دەژین کە تەواوی ئەو شارە لە جۆرە بەردێکی جوان دروستکراوە پێی دەوترێ مەڕمەڕ. ئەوان وێنەی وا دەکێشن دەڵێی زیندووە، نەک هەر ئەوە، بەڵکو ڕاستەقینەتر لەو مرۆڤەی وێنەی کێشراوە دەردەکەون. خەڵکی ئەوێ لە کەشوهەوایەکی مامناوەندیدا دەژین، لە کەشوهەوای ئێمە ناچێ کە لە هاویندا لە گەرما خەریکە بسووتێین و لە زستانیشدا بەستەڵەکێکە دەمانتەزێنێ. ژیان لەوێ بۆ ئەوان زۆر خۆشە.'

'ئێ باشە، ئەی کچیشیان هەیە؟' دەنگێ لە ناو میوانەکان بەرز بۆوە.

'تۆ جارێ ئاگات لە مەڕەکانی خۆت بێ تا لێت ون نەبن، پێش ئەوەی هەوڵبدەی کچێ بدۆزیتەوە،' یەکێ لەولاوە وەڵامی دایەوە، ئیتر قاقای پێکەنین بە دوایدا هات.

کە پێکەنین کپ بوویەوە ڕێبین دەستیپێکردەوە. 'لەبەر ئەوەی بژێوی ژیان لەوێ ئەوەندە قورس نییە، هەموو کەسێک کاتێکی هەیە بۆ دەستوەردان لە بڕیارەکانی تایبەت بە شارەکەیان. بۆ ئەوەی دڵنیابن لەوەی کە ئاژاوە و ململانێ بە بەردەوامی ڕوونەدات لەبەر بۆچوونی جیاواز، ڕێگەی هەڵبژاردنیان هێناوەتە ئاراوە: دوای گفتوگۆیەکی کورت، یەک بە یەک ئەو بژاردانە لەبەرچاو دەگرن کە دەخرێنەڕوو. هەر یەکەو دەستی بۆئەوەی کە بەدڵیەتی بەرز دەکاتەوە و ئەو بژاردەیە جێبەجێ دەکەن کە زۆرینەی بەدەستهێناوە.'

دەنگە دەنگێ لە دیوەخانەکەدا بەرز بوویەوە. گوێگرەکان هەموویان بەجارێ حەپەسان، هەریەکەو سەیری ئەوەی تەنیشتی خۆی دەکرد تا دڵنیابێ ئەوەی ئەو بیستی ئەوانیش بیستیان.

'واتە زۆرینە چی داواکات، ئەوە جێبەجێدەکەن؟' یەکێ لە حەپەساوەکان پرسی.

'بەڵێ، بەڕاستی وایە! پێیدەڵێن دەنگدان و زۆرینەش یەکلایی دەکاتەوە.'

دەنگەدەنگ دیسان بەرز بۆوە. خەڵکەکە بێباوەڕی خۆیان دەردەبڕی و لێرە و لەوێ پێکەنین سەری هەڵدایەوە. هەرکەسێک سبەی نایەوێت هیچ بکات و دەیەوێ تەنها بخەوێت، با دەستی بەرز کاتەوە! دەنگێ لەو سەرەوە هات.

بە پێکەنینەوە هەمووان دەستیان بەرز کردەوە.

'ئەی بۆ مەڕەکان دەنگ نەدەن کەی خوریيەکانیان ببڕین؟'

هەریەکەو لەلایەکەوە پێشنیاری سەیروسەمەریان بۆ یەکتر دەکرد، بە جۆشوخرۆشەوە بۆ یەکتریان ئەسەندەوە.

لە ناو ئەو هەراوهوریایەدا، ڕووناک ڕوویکردە ئاکام. 'ئەزانم ڕووگەمان کوێیە، دواپی لێی بپرسە ڕێگەی ئەو شانشینە لە کوێوەیە.'

'بە ئارەزووتە...' سەیرێکی ئەملاولای خۆی کرد تا دڵنیا بێ لەوەی کە ئەوەی تەنیشتی هێشتا خەریکی قسەوباسە. '...شازادە.'

پیر جارێکی تر خەڵکەکەی هێور کردەوە. 'چۆن دەتوانن بینای گەورەی وا دروست بکەن و حیکمەت بەو شێوە کۆبکەنەوە ئەگەر تەنها پەیڕەوی خواستی زۆرینە بکەن، ئازیزم ڕێبین؟'

'ئەوە ئاسانە! لەشکرێکیان لە کۆیلە هەیە بۆ ئەنجامدانی هەموو کارەکانیان، هەر لە کاری ماڵەوە تا دەگاتە بیناسازی!'

'ئۆە، نا،' لە ئێرەییدا پیر سەری لەقاند و ڕووی لە ئامادەبووان کرد. 'چ خەسارەتێکە پیاوێک بژێوی خێزانەکەی خۆی دابین نەکات، یان ژنێک کە هاوسەرەکەی دەگەڕێتەوە ماڵ ڕێزی لێنەگرێت، یان منداڵەکان هاوکاری دایباب نەکەن لەم کارەدا. هاوڕێ گوندنشینە بەڕێزەکانم، با هیچ دیمەنێکی وشەی نوسراو و کۆشک و تەلاری بەرز فریوتان نەدەن و لە بەختەوەری ژیانێکی ڕاستگۆ بەلارێدا نەتانبەن، کە ڕێزگرتنە لە گەورەکانتان و گرنگیدانە بە دراوسێکانتان.

ئەم وانەیە لای خۆتان هەڵگرن و بە توندی لە ناو دڵتاندا بیپارێزن؛ کە هەمیشە لە هەموو ژینگە و خێزان و کۆمەڵگە و شانشینییەکدا ڕاوێژ بە گەورەکەتان بکەن و حیکمەتەکەی وەرگرن.'

دیوەخان پڕبوو لە دەنگی ڕەزامەندی

'ئەگەر ژنیش بێت؟' دەنگێ هات بە ئەسپایی. دەنگی کیژێ بوو کە سینییەک چای بەدەستەوە بوو، خۆی سەری سوڕمابوو چۆن بیرکردنەوەکانی بۆ وشە گۆڕدران. دایکی خێرا پەلی ڕاکێشا بۆ ئەوەی بێدەنگی کات.

'واز لەو کچە بێنە با پرسیارەکانی بکات،' پیر وتی. منالان وا فێر دەبن. کچم، خوای دانا بۆ هەریەکە لە ژن و پیاو بواری تایبەتی خۆی بۆ ڕەخساندوون. پیاو لەبەرئەوەی بە سروشتی خۆی کەمتر ئەکەوێتە ژێر کاریگەری سۆزگەرایی

خۆیەوە و دەچێتە دەرەوە، ئەو سەرپشک کراوە تا چاودێری خێزان بکات. بەڵام ئەویش سنورداره. بۆنموونه من خۆم هەرگیز بە ژنەکەم ناڵێم چۆن برنج لێنێت. ها ها ها.'

ئەوانەی دیوەخانیش پێکەنینیان بۆ پیرەکەیان سەندەوە.

'هەر ئەوەنەیە کە ژنان دەیتوانن؟ برنج لێنێن؟' کیژەکە لە قسەکانی نەبووەوە.

دایکی دەستی توندتر لە مەچەکی کچەکەی گیرکردبوو دەیویست بە زۆر کچەکەی دانشێنێ. بەڵام کچەکەی زیاتر پێداگیری دەکرد.

پیر لە پێکەنینە پڕ قاقاکەی بە هۆش هاتەوە و فرمێسکێکی لا چاوی سڕی.
'باشە کچێ، بۆ پێتوایە لێنانی برنج کارێکی سووک و بێنرخ بێت؟ زۆربەی منداڵان ئەو پێشوازییەی بە جۆشوخرۆشەوە لە برنجی دەکەن لە باوکی خۆیانی ناکەن. ڕێز لە دایک و باوکت بگرە چونکە هەریەکەو ڕۆڵی تایبەتی خۆی هەیە، هەروەک چۆن ڕۆژێک دێ تۆش ڕۆڵێکی تایبەتی خۆتت دەبێت.'

٥

ڕۆژی دواتر ئاکام و شازادە لە بەرەبەیاندا دەرچوون. پێشوازییەکی گەرمیان لێکرابوو و گفتوگۆی خۆشیان لەگەڵدا کرابوو. بەڵام بە هەستێکی سەیرەوە، لە هەمان هەست دەچوو کاتێ گەشتنە ئەوێ، ئەوێیان جێدەهێشت.

ئاکام تەنانەت هەر بە بیرکردنەوە لەوەی گەر کچەکەی ئاوا نەشیاوانە سەرکەشی بکردایە، گەدەی پێچی دەخوارد، نە ئەیتوانی ئازار لە چاوەکانی هێمن لەبیر خۆی باتەوە، نە ئەیتوانی شەرەفی خێزانەکەشی بەو ئازارە بگۆڕێتەوە. بە شیاویان نەدەزانی لەبارەی بەسەرهاتەکەی هێمنەوە بپرسن لە کاتێکدا لەسەر هیچ ڕووخسارێ شەرمەزاریان نەدەدی. جگە لەو تووڕەییەی کە لە قسەکانی ئەو کچە گچکەیەدا دەرکەوت کە بەرامبەر پیر وەستایەوە، مانای وایە لەو گوندەدا هیچ شتێکی ئەوتۆ ڕووینەداوە.

شازادە و ئاکامی جەنگاوەر بەرەو بادینان بە ڕێکەوتن. لەم شارەدا بەتەما بوون ڕێبەرێ بدۆزنەوە کە بتوانێت بە ناو ئەو ناوچە نەناسراوانەدا ڕێنماییان بکات تا ئەو شوێنەی کە بتوانن لە ڕێگەی دەریاوە بگەنە ئەو شانشینەی کۆیلە و دەنگدان، کە پەیکەرەکانیان لە مرۆڤ دەچوون و مرۆڤەکانیش وەک پەیکەری داتاشراو بوون.

بە کەناری زابدا بەردەوام بوون تا بگەنە دارستانەکانی چیای گارا. لە ڕێگەی دارستانەکانی گاراوە بگەنە بادینان.

دارستانەکە پێشوازییەکی فێنکانەی لێکردن. چڕی ڕووەکەکان لە خۆری گەرمی پاشنیوەڕۆ دەیپاراستن و بە ژیان دەورە درابوون، لە مێرووەکەوە بیگرە تا دەگاتە گەڵای درەختەکان.

هەردووکیان بێدەنگی داگیری کردبوون، لە ناو ئەندێشەی خۆیان نوقم ببوون هەریەکە و ڕێگەی خۆی گرتبوو. بە جۆرێ دیمەن و یادەوەری و وشە بەسەریانا دائەباری خۆیان لەبیرچوو بۆوە و لەگەڵ ئاوازی سملێدانی ڕەخش، وا تێکئاڵابوون تەواو لە خۆیان دوورکەوتبوونەوە.

کێڵگەیەکی کراوە کۆتایی بە دارستانی چڕ هێنا. گۆڕانکارییەک بوو دەسبەجێ ئەوانی هێنایەوە بۆ لای خۆیان. لە ناوەڕاستی کێڵگەکەدا دارێکی گەورە ڕووابوو لقەکانی چڕوپڕ و پەرشوبڵاو بوون، وەک ئەوەی جیهانێکی نەزانراوی لەخۆگرتبێت. کۆمەڵێ قارچک لە دەوری دارەکە گەشەیان کردبوو. خشەخشی گەڵاکان لەگەڵ شنەی با لقەکانیان لێزانانە دەبزوان وەک سڵاوێ لەو دوو میوانە. قەدی گەورەی درەختەکە کە ڕەگی قووڵی لە زەویدا داکوتابوو، با دەبوایە خۆی لادات تا بەلایدا تێپەڕێت. شازادە و ئاکام بەرەو ئەم بوونەوەرە دێرینە ڕۆیشتن.

هەر کە سێبەری بەربڵاوی درەختەکەیان تێپەڕاند، گوێیان لە فیشکەفیشکێ بوو. مارێ خۆی بە دەوری درەختەکەدا دەخشان، ڕێگەی خۆی بەرە بەرە بەرەو سەرەوە دەبڕی. پوولەکەی ڕەش توێکڵی قەدی درەختەکەی دەڕووشان، سکی مارەکە شوێنەواری لەسەر جێدەهێشت، زمانە چنگاڵ ئاساکەی بە ئارامییەوە دەردەهێناو دەیبردەوە ناوەوە، بۆنوبەرامی جریوەجریوی بێچووەکانی هەڵدەمژی کە لەناو چڕی ڕووەکەکاندا پەنادرابوون.

هەستی بەزەیی لە شازادەیا جووڵا کاتێ زانی ئەو باڵندە بەستەزمانانە واخەریکن ببنە نێچیری ئەو دڕندە لێکدەرەوەیە. شازادە بە گوێی ئاکامدا چرپاندی، 'ئاکام ئەو مارە بکوژە و باڵندەکان ڕزگار بکە.'

جەنگاوەرەکە لەسەرخۆ هەنگاوی بەرەو پێشەوە دەنا، ئاگای لە خۆی بوو تا پێ نەنێ بە شتێکدا و دەنگ دەرکا. هەر هەنگاوێ کە دەینا ماوەیەک دەوەستا تا لەوە دڵنیا بێ کە پێینەزانراوە. ئەوەنە لە درەختەکە نزیک بوویەوە تا شمشێرەکەی بگاتە توێکڵی قەدەکەی و چاوەڕێ بوو. مارەکەش لە دیوەکەی تری درەختەکەدا بوو، نەیدەزانی چی چاوەڕێی دەکات.

هەر کە مارەکە سەری دەرهێنا، ئاکام یەکسەر شمشێرەکەی وەشاند، سەری مارەکەی پەڕاند و سەر و جەستەی لێکترازان. مار دەمودەست بە مردوویی کەوتە سەر گژوگیاکان لە پێش درەختەکەدا و خوێنی لەگەڵ ڕەنگی ئاڵی قارچکەکان تێکئاڵا.

شازادە هەناسەیەکی هەڵکێشا و ئارامبوویەوە.

سێبەرێک گەورەتر لە سێبەری دارەکە، ئەو ناوچەیەی داپۆشی. لە سەرووی خۆیانەوە گوێیان لە شەقەیەکی گەورەی باڵ بوو. کە سەریان بەرز

کردەوە تارمایی باڵندەیەکی زەبەلاحیان بینی، باڵەکانی وا بڵاوکردبۆوە بە پانتایی ئەمسەر و ئەوسەری لقە پەرشوبڵاوەکانی درەختەکەی گرتبوویەوە.

ئەو بوونەوەرە باڵەکانی لە تاووس ئەچوون، ڕەنگ مسی و سەوز. خۆی توند بە درەختەکەوە گیر کردبوو. چرنووکە پتەوەکانی لە توێکڵی درەختەکەدا چەقی بوون، چاوە تیژەکانی کە لەسەری مرۆڤ گەورەتر بوون، خۆیان چرکردبوویەوە و بە وردی دەیانڕوانی. باڵەکانی شۆڕکردەوە. هێشتاش ئەم ئاژەڵە لە فیلێک گەورەتر دیاربوو.

هەر ئەو دوو مرۆڤە لە جێگەی خۆیاندا وشک ببوون، نەیاندەزانی چ باسە، حەپەسا بوون.

ئەو بوونەوەر بە دەنگێکی ژنانە وەک ئەوەی کە لە ناو خۆیاندا بزرینگێتەوە هاتە گۆ. 'بەڕێز – جەنگاوەر. تۆ – بێچووەکەی منت لە دەستی ئەو مارە بەدکارە ڕزگارکرد.' ڕەوتی قسەکردنی هاوسەنگی پێوە دیاربوو. 'بەم کارەت – دروێنەی بەری گێتی – بۆ خۆت هەر لە ئێستەوە تا پاش مردنیشت – هەموو ئەوانەشی کە دەیزانیت–دابین کرد. من – سیمورغ – بەرپرسی – خاوێنکردنەوەی خاک – و ئاو – نێوەندگیری ئاسمان و زەوی – چی بێ کە بۆ تۆ بەکەڵک بێ و پاداشتێک بێت – بۆ ئەو قارەمانێتییەی نواندت؟'

ئاکام لە دیمەنی سیمورغ حەپەسابوو. سەرەتا وایدەزانی ئەم بوونەوەرە لە لایەن جادووگەرەکانی پاشاوە نێردراوە تا پارچە پارچەی کات. کاتێ سیمورغ نیاز و مەبەستی خۆی ئاشکراکرد ئەوجا ئارام بۆوە.

ئاکام پێش ئەوەی بێتە گۆ نەیتوانی هیچ بکات جگە لە دەربڕینی هەستی شکۆداری و چەمینەوە بۆ سیمورغ. ئەمجۆرە ڕێزگرتنە تا ئێستا تەنها بۆ ئەندامانی بنەماڵەی شاهانە نوێنرابوو. 'من تەنها درێژکراوەی ویستی خاتوونەکەمم، ئەی سیمورغی مەزن. هەموو ئەو شتانەی کە تۆ بە کاری منی دەزانیت فەرمانە ژێرەکانی ئەون.'

شازادە بۆ یەکەم جار لە ژیانیدا چەمینەوە بۆ کەسێ کە ئەندامی خێزانی خۆی نییە دەبینێ. ئەو ڕێورەسمەی کە ئاکام لە چەمینەوەیەدا بۆ سیمورغی نواند، هانی شازادەی دا ئەویش وەک ئەو بکات. بەم شێوەیە یەکەمجارە شازادە لە

ئاست کەسێکدا لە دەرەوەی بنەماڵە شاهانەکەی خۆی دەبینێ وەک ئەو ڕێز لە بوونەوەرێ دەگرێ کە لەسەرووی تێگەشتنیەوەیەتی.

سیمورغ هەندێ خۆی وەلا دەخست، لە هەر هەنگاونانێکیدا چڕنووکەکانی لە توێکڵی درەختەکە ئەچەقاند و هەر برینێک کە لە شوێن چڕنووکەکانی دروست دەبوو گوڵی نوێ لە جێگەکەیاندا چەکەرەیان دەکرد. 'ئەو ئارەزووە تایبەتەی مرۆڤ کە ئەوانی دیکە دەکاتە بەرپرسیار – لە بەرهەمهێنانی کردارەکانیان – سێ جار زیاتر بەسەر گێتیدا هاتووە – و ڕەنگە پاش منیش هەر بمێنێتەوە.' جەستە زەبەلاحەکەی دارەکەی هەژاند و چەندین جۆر میوە و تۆو بەربوونەوە سەر زەوی. 'هەروەها ئیمڕۆش – دووبارە بۆوە.'

لە ئاوازەکەیدا هەست بە گلەیی نەدەکرا، تەنها سەرنجدانێ بوو وەک چۆن مرۆڤێ لە خۆشەویستی دایکانەی شێرێ بۆ بێچووەکانی یا لە پارچە پارچەکردنی دڕندانەی گوێرەکەیەک دەڕوانێ.

'هەروەک خۆت چۆن دەتەوێت – جەنگاوەر، تۆ لێرە بەدواوە – لە بەرپرسیارێتی کردەوەکەت دەرچوویت.' سیمورغ ڕووی لە شازادە کرد. 'شازادەی – شانشینی نوێی زاگرۆسی نزیک، پاداشتی تۆ چی بێت؟'

'ئەو چۆن زانی من کێم،' شازادە لە خۆی پرسی. هەروەک بڵێی گوێی لەوە بووبێ شازادە بیر لە چی دەکاتەوە، سیمورغ بەردەوام بوو:'هەرچی تیشکی خۆری بەرکەوێ – دەکەوێتە ناوچەی دەسەڵاتی منەوە – هەموو ئەو زانیارییانەش کە لەوێدا هەبن.'

بەهۆی ئەوەی کە بەگزادە بووە، ڕووناک هەمیشە هەموو پێداویستی و خواستەکانی جێبەجێکراون. لەگەڵ ئەوەدا ڕاهاتبوو کە هەرچی داواکات بە ئاسانی دەستیکەوێ. بەڵام هەرگیز ئەو ئەزموونەی نەدیبوو کە بەکراوەیی لێیبپرسن چی دەوێ تا داوای بکات.

هەر لە سەرەتاوە پرسیارێک بە خەیاڵیدا هات، بەڵام وەک ئەوەی نەیەوێت گوێی لێگرێت فەرامۆشی دەکرد، لە ناخی خۆیدا لەگەڵ پرسیار و داواکاری تردا زۆر تاوتوێی کرد، لە کۆتاییدا ئەو پرسیارەی وەک تاکە بژاردە لای مایەوە، بە هاوارێکەوە تا دەنگی ببیسترێ. 'هەقیقەتی ئەم دونیایە چییە؟'

پرسیارێکی سەیر بوو کە سیمورغ چاوەڕێی نەکردبوو. باڵەکانی دا بەیەکدا تا ڕێکیانخاتەوە. ڕەشەبایەک بەسەر هەردوکیاندا هەڵیکرد.

'ئەو وەڵامە – نە ئەبەخشرێ – و نە وەرئەگیردرێ. هەقیقەتی گێتی تەنها ئەزموون ئەکرێ.'

'بۆ کوێ بچم تا ئەوە ئەزموون بکەم؟' شازادە یەکسەر پرسی.

سیمورغ بە خۆشییەکەوە خەندە گرتی. 'شازادەی تازە پێگەشتوو – گەشتۆتە ئەو دۆخەی کە خەریکە فێری پرسیارکردن دەبێت – چارەنووست وەک خۆر گەشاوە و دیارە – بەڵام چاوەکانت – ساکارانە خستۆتە سەر نەناسراوەکان – هێزت و شکستیشت – هەر لە وێدایە.'

سیمورغ پشوویەکی کورتی دا تا نیگای شازادە ببینێت. بینی ئەو منداڵە گچکەیە هەر وشەیەک کە لە زاری دێتە دەر ئەو وەریدەگرێت. هەرچەندە زۆربەیان وەک تەمێک وابوون نەدەگیران، وەڵامێکیش نەبوون بۆ پرسیارەکانی، نە شپرزە دیاربوو و نە نائومێد. وا دیار بوو بۆ وشەکان دەگەڕا و تاووتوێ دەکردن و شی دەکردنەوە بۆ ئەوەی لێیان تێبگات.

سیمورغ هەروەها دەیبینی کە شازادە هێشتا ناتوانێ ئەو کارە ئەنجام بدات.

'بە گونجاوی نازانم – بهێڵم تۆ گەشتەکەت – بە دەستی خاڵی بەڕێکەی، هانێ ئەم دیارییە بگرەوە.'

پەڕێک بە نەرمی هاتە خوارەوە لە ناو لەپی شازادە گیرسایەوە. لەبەر تیشکی خۆرەکەدا نێوان ڕەنگی مس و ڕەنگی سەوز خۆی دەگۆڕییەوە.

'چ ڕۆژێ –کە چارەنووس بڕیاریدا – تۆش ئامادە بیت – تا وەڵامی پرسیارەکانت بدرێنەوە، ئەم پەڕە بسووتێنە – منیش دەگەمە لات – تا ئاواتەکەت بە دیبهێنم.'

ڕووناک پەڕەکەی خستە بەر خۆر. 'چۆن بزانم کەی ئەو ڕۆژە دێت؟'

'لە چارەت چی نووسراوە –لە سەرووی زانینی تۆوەیە. ئەگەر بە هەڵە بۆی بچیت – هەلی وەرگرتنەوەی – وەڵام بۆ هەمیشە لەدەست دەچێت – هەر کە بانگکرام – من دەبێ وەڵام بدەمەوە.

وتەکانی سیمۆرغ لە مێشکی ڕووناکدا دەنگی دەدایەوە کاتێک پرسیاری ئەوەی لە خۆی دەکرد کە ئاخۆ ئەو بوونەوەرە چی لەبارەی ئەوەوە دەزانێت بەڵام ئاشکراشی ناکات. لە گۆشەیەکی چاوییەوە لە ڕەشی و سووری مارەکەی دەڕوانی و خەمێکی قووڵ بۆ ئەو جەستە بێگیانە دایگرت.

'ڕێگەم ئەدەی یەک پرسیاری تر بکەم، ئەی سیمورغی دانا؟' شازادە پرسی.

سیمورغ بێچووەکانی دەخستە سەر پشتی و خۆی بۆ هەڵفڕین ئامادە دەکرد. ئاوڕێکی دایەوە و لەسەر ڕوخساری شازادەدا پرسیارەکەی ناسییەوە. 'بوونەوەری – تاریکستان – بەردەوام – دەکۆشن تا بوونەوەری ڕووناکی تێکبشکێنن – چونکە تاریکی تەنها لە شوێنێکدا دەبێ – کە ڕووناکی تێدا قووتداوە.'

'ئەی ئێمە خۆمان چین؟'

سیمورغ باڵە زەبەلاحەکانی کردەوە و سێبەرەکەی یەکپارچە ئەو ناوەی داپۆشی. 'جیهانی مرۆڤ – و ئاژەڵ – هیچ نییە جگە لە سێبەری ئەو ململانێ ئەزەلییە. تاریکی لە ناخی خۆتا بدۆزەرەوە – ئەوجا ڕووناکی ناو خۆشت دەبینییەوە – شازادەی شانشینە نوێکەی سەر زاگرۆس.' بە توندی دای لە شەقەی باڵ و ئەو دوو مرۆڤەش هەوا بردنی و ئەویش بە ئاسمانا فڕی.

ڕووناک هیچی بۆ نەمایەوە جگە لەو پەڕەی ناو دەستی و سەدای دەنگەکان. ئەم دیدارە لە ناخی شازادەدا کۆمەڵێ پرسیاری وروژاند کە لەوەوبەر پێینەزانیبوو. ئەم ئەوەنەی کە تا ئێستە لەم دونیایەدا بۆی ئاشکرا بووە، لەوە تێگەشت زۆریتریش هەن هێشتا شاراوەن.

ئاکام لە ماوەی تەواوی گفتوگۆکەدا نەیتوانی یەک وشەش بدرکێنێ، هەم لەبەر ڕێز و هەمیش لەبەر هەیبەت. بەقەد ئەو بوونەوەرە ئەفسوناوییە کە قسەی لەگەڵ ئەکردن شازادە لای ئاکام پیرۆز بوو. کاتێ گوێی لە ئاڵوگۆڕی قسەکانی دەگرت لەگەڵ سیمورغ، هەستی دەکرد کە وا لای کەسانی شکۆداردایە.

لە درێژەی گەشتەکەیاندا، کێڵگە کراوەکەیان جێهێشت و بەناو ڕووەکەکاندا ڕێگەی خۆیان گرتەبەر. دوورکەوتنەوەیان لە خۆیان کەم دەبۆوە و وردە وردە دەکەوتنەوە ناو تەوژمی ئاگایی خۆیانەوە تا جارێکی دیکە بە تەواوی بۆ لای خۆیان

گەڕانەوە. لە بری ئەو ئەزموونە لە خۆدەرچوونەی کە تێیکەوتبوون، ژینگەکەش گەڕایەوە دۆخی جارانی خۆی.

ئەوەی لەگەڵ سیمورغی ئەفسوناوی ڕوویدا ئەوانی شێواندبوو، هەردووکیان لە خۆیان دەپرسی کە ئاخۆ ئەوە ڕاستی بوو ئەزموونیان کرد یا تێکچڕانی شێوەکان بووە و لە ناو بیرکردنەوەیاندا ڕەنگی داوەتەوە. هەر بەڕاستی ئەوەی لەوان ڕوویدا ڕاستی بوون؟

شازادە دەستی برد بۆ گیرفانی و پەڕەکەی دۆزیەوە. ئەوە دڵنیابەخشێکی بەرجەستەبوو بیسەلمێنێ ئەوەی کە ڕوویدا خەیاڵ نەبوو.

٦

بێدەنگی دارستانەکە هێدی هێدی جێگەی ژاوەژاوی شارستانیەتی دەگرتەوە. دەنگی سم و دەنگی گڕی پیاوان دەگەشتە لایان پێشئەوەی خۆیان ئەو پیاوانە ببینن. بە درێژایی دارستانەکە ڕێگەیە بوو کە زۆرجار لە لایەن بازرگانانەوە بەکار دەهێنرێ، جوتیاران کاڵای خۆیانی تێدا دەفرۆشن و خێزانەکانیش بازاڕی خۆیانی لێدەکەن.

بادینان لەسەر گردێکی بەرز دروستکرابوو. لە ناو دەوەنەکانەوە دیوارەکانی دەوری شارەکە لە دوورەوە دیاربوون. هەر بەهەمان شێوەش دەروازە سەرنجڕاکێشەکان.

ئەوان بە لای ئەو کاڵا کۆکراوە ڕەنگاڵەدا و ئەوانەش کە لەو ناوەدا دەهاتن و دەچوون تێپەڕین. ئەوان هێشتا لە خوارەوەی ئەو ڕێگە زۆر لێژەدا بوون کە دەیانباتەوە سەر دەروازەکە، هەر لەوێوە لێیانەوە دیاربوو ئەو دەروازانە چەنێ دڵڕفێن بوون. چەن بە توندی پاسەوانی دەکران.

ئاکام چاودێری دەوروبەری دەکرد و چاوی لەسەر هەر پاسەوانێ دادەنا. 'شازادە لێرە وا باشترە ڕوخساری خۆت داپۆشی، گومانم نییە کە لێرە هەر کەسێ دەبێ بتناسێتەوە.'

'ڕێگە نادەین ئیرادەی هیچ کەسێ بە سەر خۆماندا زاڵ بکەین، ئاکام.'

ئاکامی جەنگاوەر لە بۆچوونەکەی شازادە تێگەشت بەڵام دیدی ئەو لە ڕووی کردارەکییەوە ئارامی بەو نەدەبەخشی. هەمانکات دەشیزانی کە مشتومڕ سوودی نییە. شازادە خاوەن بەهرەیەکی سەیر بوو. هەر بڕیارێ کە ئەیدا، لە دونیادا لەنگەری وا پێدەگرت خەڵکی ناچار دەکرد کە خۆیان لەگەڵیدا بگونجێنن.

لەودیوی دیوارەکانەوە شارەکە پڕ بوو لە ژیان. دانیشتووانی شارەکە بەشی دووەمی ڕۆژەکەیان دەست پێکردبوو. کاتێک دوای پشوودانی پاشنیوەڕۆ گەڕانەوە بۆ شوێنی کارەکانیان، بە فێنکی عەسر دەستیان کردبوویەوە بە کارکردن. بۆنوبەرامی گۆشتی برژاو و دەنگی فرۆشیارەکان کە هاواریان دەکرد تا کاڵاکانیان بخەنە ڕوو، ناوچەکەی قەرەباڵغ کردبوو. لە دووکانەکانیاندا میوە و شیرینی و تەزبیح و جلوبەرگ و زۆر شتی تریان دەفرۆشت.

تێکەڵبوونی هاواری فرۆشیاران و کرتەی دەنکە گوڵەبەڕۆژەی برژاو و دوکەڵی نێرگەلە کەشێکی جەنجاڵی دروستکردبوو. درێژەی گەشتە هێمن و بێدەنگەکەیان لەگەڵ ئەم جەنجاڵییەی ئێرە هەندێ ڕاهاتنی لەوان دەخواست. هەردوکیان کیسەیەک دەنکەگوڵەبەڕۆژە و فستقیان کڕی و بەناو شارە قەرەباڵغەکەدا دەڕۆیشتن و بەدوای چایخانەکەیاندا دەگەڕان.

ڕێیان لە کۆمەڵێ خەڵک کەوت کە بە سەرسامییەوە وەستابوون و گوێیان لە پیرە پیاوێک لەسەر سەکۆیەک دەگرت. لەسەر فەرشێک پاڵی دابوویەوە، لەسەر دەستێکی شانی دادابوویەوە و نێرگەلەیەکی بە دەستەکەی ترییەوە گرتبوو. بەهۆی ڕیش و عەمامە سپییە گەورەکەی سەر سەریەوە نیوەی ڕووخساری دیار بوو.

پیاوەکە مژێکی درێژی لە نێرگەلەکە دا، ئەوەندە دووکەڵی هەڵدایە دەرەوە تەواوی دەموچاوی بۆ ساتێک داپۆشی. 'ئەمڕۆ دەمەوێت لەبارەی ئازایەتییەوە گفتوگۆتان لەگەڵ بکەم.'

ماوەیەک وەستاو چاوەڕێیکرد، تا نیگای چاوی گوێگران ئاماژەی ئەوەیان دەدا کە ئەوان هەندێ بە یادەوەری خۆیاندا دەچنەوە و بیر لە وشەی ئازایەتی دەکەنەوە. 'ئازایەتی چییە لاوەکان؟' ئەوجا پرسی و پشوویەکی داو چاوەڕێی وەڵامیان بوو.

بوو بە گرمەگرمێ لە ناو خۆیاندا، پێشئەوەی دەنگەدەنگی قەرەباڵغی ناو بازاڕ دەنگی ئەوان جارێکیتر داپۆشێتەوە.

پێرەمێرد بە سەرسوڕمانێکەوە وتی، 'کوا وەڵامەکەتان، لاوان؟ وادیارە ئێوە هەر واتای وشەکەتان لە کیس نەچووە، بەڵکو خودی ئازایەتی خۆیشی لاتان ونە.'

مشتومڕ لە ناو خەڵکەکەدا بەردەوام بوو.

دواجار دەنگێ بە شەرمنییەوە بەرزبۆوە. 'گەورەم ئەی ژیر، تۆ گشت ڕۆژێ بەم پرسیارانەت ئێمە بەرەو ڕووی ئەم جۆرە مشتومڕانە دەکەیتەوە، هەر تەنها بۆ ئەوەی بە زمانە لوسەکەت بەرەو ئەو وەڵامە ڕامانکێشێت کە هەر لەسەرەتاوە لە مێشکی خۆتا بووە.' لەگەڵ دیقەتدان و سەرنجڕاکێشانی خەڵکی بەلای ئەودا، زیاتر متمانەی بە خۆی دەبوو و دەنگیشی بەرزتر دەبۆوە. 'ئێمە

حیکمەتەکانی تۆ بەرز دەنرخێنین، ئەی باشە بۆ حیکمەتەکانی خۆت بە وانە پێمان ناڵێیتەوە لە بری ئەوەی ئاوا بمانخولێنیتەوە؟ ژنەکانمان و کشتوکاڵەکانمان چاوەڕێمانن، دواکەوتنمان هیچ کامیان دڵخۆش ناکات. بۆیە واباشترە کە خۆت وەڵامەکانمان بەیتێ، تا ئێمەی جۆشدراو ئەم ئازایەتییە ڕاستەوخۆ جێبەجێیکەین.'

دەنگەدەنگی ڕەزامەندی بەرزبۆوە. داواکارییەکە لەناو خەڵکەکەدا ڕەنگی دایەوە و دووبارە دەکرایەوە تا هەموو لەسەر وەرگرتنەوەی یەکدەنگبوون.

پیاوە ڕیشدارەکە دایە قاقای پێکەنین. 'ئینجا ڕازیش دەبن ئیمشەو لە تەنەیشت خۆشەویستەکەتان ڕاکشێم؟'

بە ناو خەڵکەکەدا شڵەژانێک بڵاو بوویەوە.

'ئەی ئەگەر باسی نەرمی پێستی و شیرینی ماچی و دەربڕینە دڵدارانەکانی کە بە منی بەخشیوە، بۆت بگێڕمەوە؟ ئایا وەڵامەکەم دابینت دەکات هەروەک ئەوەی خۆت ئەو شەوەت لەگەڵیدا بەسەر بردبێت؟ یان بە دز ناوم دەبەیت و سووکایەتیم پێ دەکەیت لەبەر دزینی خۆشی دەرخستنی جەستەی ئەو بە گێڕانەوەی شەوێکی وەها ئەفسوناوی؟'

ئامادەبووان هەروا حەپەسابوون و سەیری یەکتریان دەکرد و هیچ بژاردەیەکیان بۆ نەمایەوە جگە لە ڕەتکردنەوەی پێشنیارەکەی پێشوویان.

'ئێستە گەنجەکان وەرن، ئەوەی کە لە خۆشەویستیدا بە کەسی نادەن هەرواش بە عەقڵیش بە کەسیتری مەدەن. با پێکەوە وەک عاشقەکان گەمەیەکی ڕۆحیگەرانە بکەین تا بەهرەی خۆی دەرخات.'

مژێکی تری لە نێرگەلەکەی داو بە هێمنییەوە چاوەڕێیکرد تا دڵنیا بوو لەوەی کە هەمووان ڕوویان لەوکردووە. 'وا جارێکیتر لێتان دەپرسمەوە، ئازایەتی چییە؟'

کاریگەر بەوگوتارە یەکێ لە ئامادەبووان وتی، 'ئازا ئەوکەسەیە کە هەرگیز ناترسێ، ئەو خۆڕاگرەیە کە ڕێگە نادات هیچ شتێ ڕێگەی لێبگرێ، ئەوەی کە بە خەندەوە ڕووبەڕووی مەرگ دەبێتەوە.'

ئەو خەڵکەش بە ڕەزامەندییەوە سەریان بۆ لەقاند.

هەروەها مامۆستاکەشیان سەری ڕەزامەندی بۆ لەقاند و دیسانەوە تۆپەڵێ دووکەڵی هەڵدایە دەرەوە. 'بەدڵنییایەوە کەسێکی وا ئازایە. بەڵام ئایا ناشێ

ئەوەی سەرەڕای ترسەکەی لە کۆششکەی بەردەوام دەبێت، بەو بڵێین ئازاترە؟ ئەوەی کە ترسی هەبێ لەمپەڕێکی تری لە پێشە کە دەبێ بەسەریدا زاڵ بێت، ئەویش خودی خۆیەتی.'

ئەو خەڵکە جارێکتر سەیرێکی یەکتریان کردەوە و لە خۆیان دەپرسی ئاخۆ وتەکانی ئەو حەکیمە مانا بەخشن.

پیاوە ژیرەکە سەیرێکی ئەو خەڵکەی کردەوە و لەولاوە پیاوێکی شمشێر بەدەستی بینی لە پاڵ ئەسپێکدا و کیژێکیش لەسەر ئەسپەکە دانیشتووە.'ئەرێ جەنگاوەر لەپاڵ ئەو ئەسپە پتەوە! وا دیارە وتەکانم قایلکار نەبن. ڕەنگە تۆ لە هەگبەکەتدا زیاتر لە وشەی ڕووتی تێدا بێت. ئا پێمان بڵێ بزانین ئازاکان بەبێ ترس ڕووبەڕووی مەرگ دەبنەوە.'

لە کاتێکدا ئاکام سەری لەوە سوڕما چۆن وا بە ئاسانی لە ناو ئەو حەشاماتەدا جیاکرایەوە و هەمانکاتیش نیگەران بوو. تا ئێستە بە وردی چاوی لەسەر ئەو کۆمەڵە پاسەوانە بوو کە لەو ناوەدا بوون، ئەوانیش هەروا ئاگایان لەوان بوو. بەڵام پرسیاری مرۆڤە داناکە ناچاری کرد کە ئەزموونەکانی بۆ وشە وەرگێڕێ. 'ئەوەی کە لە مەرگ نەترسێ دوودڵ نابێ لەوەی کە خۆی بگەیەنێتە ئامێزییەوە، من ئەوە نازانم کە ئەمە لە ئازایەتی ئەوانە کەم بکاتەوە. بەڵام تەنها ئەوانەی کە زیندوون دەتوانن ئازا بن.'

وەڵامەکەی ئاکام توخمێکی ڕاستەوخۆی هێنایە ناو سەرمایەی مەشقپێکردنەکەوە، بۆ ئەمەش پیرەمێردەکە سوپاسی کرد.

'ڕەنگە کۆڵنەدانێکی ژیرانە بێت؟ ئازایە ئەو کەسەی بە حیکمەتەوە خۆڕاگر دەبێت؟' یەکێکی تر ئەو قسەیەی کرد و هەوڵیدا ئەو دوو بۆچوونە پێکەوە گرێدات.

'ئەمەش زیادکرنێکی نایاب بوو،' داناکە وەڵامی دایەوە. 'ئاخر خۆ ئێمە تەنها لە گۆڕەپانی جەنگدا بۆ ئازایەتی ناگەڕێین، بەڵکو لە ناو هەموو بوارەکانی ژیاندا. ئایا مرۆڤێکی زەنگین ئەگەر بە خۆگرییەکی ژیرانەوە سامانەکەی خەرج بکات، ئازایە؟'

لەو کاتەی داناکە درێژەی بە گوتار و بەڵگەهێنانەوەکانی دەدا، ئاکام خۆی لەو پرسیارە خۆشانە دوورخستەوە. بە نیگەرانییەوە بینی لەو ماوە کورتەی بێئاگا

بووە، پاسەوانەکان بە لێهاتوویی لەو ناوەدا جووڵەیان کردبوو و ڕێگەی هەڵهاتنی ئەوانیان گرتبوو. حەوت سەرباز لە ناو ڕێڕەوەکانی ئەو حەشاماتەدا و دوانیتریش لە پشتی ئەوانەوە وەستابوون.

پیاوێکی ڕیش تاشراو، کە ئەویش چەکدار بوو، بەرەو ڕوویان هات. فەرماندەکە بە ئارامی و بەبێ گرژی دەجووڵایەوە. بەبێ شەڕ هەڵهاتن نەدەکرا. ئاکام لێکیدەدایەوە.

'ئەمە شەرەف و شانازییەکی گەورەیە کە ئێمە لێرە کتوپڕ چاومان بە ئێوە دەکەوێ، خاوەن شکۆ. بەخێرهاتنی ئێوە بۆ شارە گچکەکەمان، بەڕێزان شازادە و پاڵەوانی پاشا، گەورەییەکە شایانی ئێمە نییە. سمکۆ ئاغا لەماڵەکەی خۆیدا بە خۆشحاڵییەوە پێشوازیتان لێدەکات بۆ ئەم ئێوارەیە، ئەگەر پێتان باشە.'

لە پشت پەردەی ئەم میوانداریییەوە هەڕەشەیەک خۆی شاردبۆوە. دۆخەکە مەترسیدار دەردەکەوت، دۆزینەوەیان بەم خێرایییە لەوە دەچێ هاتنیان بۆ ئەوێ چاوەڕوانکراو بووە. ئاکام نەفرەتی لە خۆی دەکرد کە ئاوا لەپڕێکا ئاگای لە خۆی نەماوە و وشەبازی بە خۆیەوە خەریکی کردووە.

پێشئەوەی ئاکام فریاکەوێ بڕیارێ بدات چۆن وەڵام بداتەوە، شازادە وتی، 'گەلێ سوپاس پیاوە باشەکە، ئەوە ئێمەین بە میوانداریییەکەی ئێوە شەرەفمەند دەبین کە ئاوا لە ناوچەی سمکۆ ئاغا پێشوازیمان لێدەکرێ.'

ئاکامیش هەروەک شازادەی کرد. 'ئێوە خزمەتێکی مەزن پێشکەشی ئێمە دەکەن.' تازە ئاکام بڕیاری بۆ درابوو.

خزمەتکارەکە بەرەو ناوچەیەکی ئارامتر لەو شارەدا ڕێنمایی کردن. دەرگای خانووەکان لەم ناوچەیە لە ئاسن دروستکرابوون، هەریەکەیان نەخش و نیگاری تایبەتی خۆیان پێوەبوو. بە گوڵ و گوڵدانی ڕەنگاورەنگ بەردەمی دەرگاکان ڕازێنرابوونەوە. ڕەنگی سپی کاڵی دیوارەکانیان دەریدەخست کە کاری یەک کەس بوو.

هەر کە گەشتنەوە ماڵە گەورەکەی ئاغا، داوا کرا لە ئاکام چەکەکانی دانێ. 'ئەمە تەنها کارێکی شکڵیە دڵنیات دەکەمەوە گەورەم،' فەرماندەکە وتی.

ئاكامی جەنگاوەر دوودڵ بوو و سەیرێکی شازادەی کرد بۆ ڕێنمایی. 'ئارەزووی خاوەن ماڵ دەبێ ڕێزی لێبگیرێ. لەگەڵ ئەم پاسەوانانەی دەورمان دەتوانین پشوویەک بدەین، ئاکامی ئازیز.'

جەنگاوەرەکە بە نابەدڵییەکەوە خۆی لە قەڵغان و شمشێر و ڕمەکەی داماڵی. لەگەڵ داماڵینی هەرپارچەیەک لەخۆی هەستیدەکرد یەکە یەکە توانستی کز دەکات. پێیوابوو لە دەستدانی چەکەکانی لاوازی دەکات، بەڵام لە ڕاستیدا کپکردنی ئارەزووە راستەقینەکەی هۆکار بوو بۆ لەبەر ڕۆشتنی وزەی ژیان تیایدا.

هەر کە دوا چەکی دانا، هەستی بە زرمەیەکرد لە پشتی سەری درا. بەرچاوی تاریک داهات.

شازادە هەستیکرد کە سەلامەتی ئەو لەتوپەت بوو، بووە هەزار پارچەوە. کە ئاکام کەوت دڵ و جەستەی شازادە یەکپارچە ترس دایگرت. بۆی دەرکەوت کە تا ئێستە ئەو پارێزراو بووە بەو هۆیەوە بووە کە ئاکام پێیبەخشیوە. شازادە بە ساکاری خۆی باوەڕی وابووە کە ئەو پاریزراوییەی ئەو بەشێ بووە لە جیهانی ئەو نەک بەهۆی ئەوە بووە کە لەگەڵ ئاکامدا بووە.

شازادە دایە پرمەی گریان و هاواریکرد. 'وازی لێبێنن!'

دەنگی شازادە هێندە توند و کاریگەر بوو گوێڕایەڵنەبوونی فەرمانەکەی وەک فەرامۆشکردنی ویژدانی خۆیان دەبینرا. پیاوەکان ناچاربوون کە وازی لێبێنن. دەستیان لە ئاکام هەڵگرت و چاوەڕێ بوون چیتریان لێ داوا ئەکرێ.

ڕووناک بە ڕوخسارێکی سوورهەڵگەراوەوە فەرمانی بە پیاوەکانی کرد. 'بڕۆن و وازمان لێبێنن!'

'کوڕینە، نەڕۆن!' هاواری دەنگێکی ناسراو لە باخچەکەوە هات.

کە شازادە ئاوڕی دایەوە براگەورەکەی بینی. بەناو ماڵەکەدا خۆی و چەن پیاوێ بەرەولای ئەوان ئەهاتن.

'دەس لە ئەرکەکەتان هەڵمەگرن، کاری ئێوە پاراستنی شازادەیە نەک گوێڕایەڵی بن،' بە ئارامییەکەوە براگەورەکەی وتی. پیاوەکانی گێڕایەوە سەر ئەو کارەی بۆی هاتبوون. 'ئەم خیانەتکارە بەرن و ئێمە جێبێڵن.'

شازادە توشی شۆک ببوو کە براکەی وا زوو ئەوانی دۆزیوەتەوە و گەشتە سەرسەختەکەی لە خۆی تێکداوە. 'تۆ بۆ لێرەیت، ڕێزان؟' شازادە بە نائومێدییەوە پرسی.

ڕێزان دەستی کردە ملی شازادە. 'ڕووناک، خوشکە نازادرە گچکەکەم. زۆر خەمی تۆمان بوو. لە کێشەیەکەوە بۆ کێشەیەکیتر ڕاپێچ دەکرای. سوپاس بۆ خوا کە ئێستە پارێزراوی. ئومێدم وایە ئەو نامەردە هیچی لێنەکردبێت.'

ڕووناک دەستی لا برد. 'من هەتا بڵێی پارێزراو بووم، ڕێزان. ئاکام پاراستوومی. هەق نییە وایلێبکەن.'

خۆشییەکەی ڕێزان گۆڕا بۆ نیگەرانی. 'یانی چی بکەین؟ ئەی دانیشین تا بەتەواوی تێکئەچێت؟ ئەم شێتوێتە ژن و منالەکەی جێهێشتووە و شازادەیەکی ڕفاندووە. هەر خوا خۆی ئەزانێ ئەو چیتری لە دەست دێت!'

'نەیرفاندووم، خۆم فەرمانم کردووە تا من لەگەڵ خۆیدا بەرێت.'

ڕێزان لە ڕوخساری خوشکە بچووکەکەی ورد بۆوە تا لەوە تێبگات بۆچی بەرگری لە ئاکام دەکات. خەمێکی ڕاستەقینە و عەقڵێکی ڕوونی دەبینی. 'هەر نەدەبوو ئەو کارە بکات کە کردی،' ڕێزان وتی، هەوڵیدا کۆتایی بەو مشتومڕە بهێنێت. 'سبەی دەرئەچین بەرەوماڵەوە. هەمووان زۆر ئارام دەبنەوە کە جارێکی تر بتبیننەوە. پاشا و شاژن گەلێ نیگەرانن.'

'من بەتەما نیم بگەڕێمەوە بۆ ماڵەوە، ڕێزان. ئاکام ئازاد بکە.' ڕووناک فەرمانی دەدا.

دەنگی پڕ بوو لە تووڕەیی، بەڵام ڕێزان ئەو بێهیواییەی کە دەیبیست پاسەوانەکان نەیاندەبیست. ڕێزان هەروا بە ئاسانی ڕازی نەدەکرا. 'خوشکەکەم، تۆ بەو شێوەیە چۆن لەگەڵ برا گەورەکەت قسە دەکەیت،' ڕێزان بە سۆزەوە خەندەیەکی کرد. 'دیارە تۆ ماندوو بوویت و ڕفێنەرەکەت سەری لێشێواندوویت. ئەمشەو پشوو بدە و سبەی هەست بە باشبوون دەکەیت. بەڵێنت دەدەمێ بە باشی خەمی دەخۆین.' دەنگی ڕێزان نەرم دیار بوو، بەڵام لەسەر قسەی خۆی سوور بوو.

ڕێزان دەستێکی خستە سەر شانی ڕووناکی خوشکی و بەرەو ماڵەکە بەڕێکەوتن.

ڕووناک دەیزانی کە ناتوانێ براکەی قایل بکات ئیدی خۆی دایە دەستی ئەوو ڕۆشتن. لەوەش تێگەیشت کە ئاکام بە ڕفێنەری ئەو دادەنرێت، هەر سەرپێچییەکی تریش ئەم بیکات بۆ ئاکامیش خراپە و سزای دەدرێت.

٧

شازادە برایە ژوورێکی تایبەت بۆ ئەوەی پشوو بدات و خۆی بۆ ئێوارە ئامادە بکات. لەو ژوورە خۆش و ڕازاوەیەدا، هەستی دەکرد زیندانییەکە، ئەو خوو و نەریتانەی کە لێیڕاهاتبوون لای ئەو ببوونە زیندان.

شازادە لەوە تێگەیشت سەری خۆی لەوە هەڵنەگرتبوو تا لە شوێنێ ڕاکات، بەڵکو ئەو لە چاوەڕوانییەک هەڵهاتبوو. چاوەڕوانییەک کە دەبێت ڕەفتار چۆن بنوێنێت، دەبێ کێ بێت، چی دەبێ بوێت.

ڕووناک لە چۆنیەتی بەسەربردنی ڕۆژەکانی هەمیشە تەواو ئازاد بووە، بەڵام چاوەڕوانییەکان هەمیشە ئامادە بوون: دایبابی ئەو چۆن لە گەڵیدا دواون، مامۆستاکانی چۆن ئەویان فێری چی کردووە و خەڵکی چۆن سەیری ئەویان دەکرد. وەک ئەوەی ئەوان وەک ئاژەڵێکی دڕندە لە سێبەرێکدا خۆیان مەڵاس دابێ بۆ پەلاماردان، چاوەڕێی ساتێکی گونجاو بن.

ئەوکاتەی ڕادەگەیەنرێ کە ئەو تەختی پاشایەتی بە میرات وەردەگرێت، ئەوە نێچیرەوانەکەیە لە سێبەرەکەدا دێتەدەرەوە و کەڵبەکانی دەردەخات، ئەوە ئەوکاتەیە کە ڕووناک هەستی دەکرد خۆی نێچیرەکەیە و پەلامار دەدرێت. ئەو چاوەڕوانییە بوو کە شازادە هەوڵیدا لێی هەڵبێت.

ساکارانە بیری لەوە کردبۆوە گەر کۆشک جێبهێڵێت لەو چاوەڕوانییە ڕزگاری دەبێت. بۆ ماوەیەکی کورت ئەوەی کرد، بەڵام زیاتر بە ڕێکەوت بوو نەک بە ژیری و لێکدانەوە. بە ئاسانی ئازادی دەستکەوت ، بەڵام پاراستنی سەخت بوو.

شکست و ماندوو خۆی دا بەسەر جێگەکەیدا و خەوی لێکەوت.

ئەو ئێوارەیە ڕووناک و براکەی میوانی سەر خوانی سمکۆ ئاغا بوون. کەشێکی جەژنانە بوو و خواردنێکی زۆر ئامادەکرابوو. شازادە بە هێمنی ڕۆڵی میوانێکی باشی دەبینی. بە ئەدەبەوە وەڵامی پرسیارەکانی دەدایەوە و زیندووانە گفتوگۆکانی دەپاراست. کەس لێی نەدەپرسی چی ئەوی هێناوەتە ئێرە، پرسیارێک بە ئەنقەست نەدەکرا بۆ ئەوەی براکەی شەرمەزار نەکرێت.

ئەو ئێوارەیە تا دەهات ئاغا بەو کچە گچەکەیە سەرسامتر دەبوو، کە بە لاروولەنجەیەکی شاژنانە لەگەڵ وەزیر و ژن و پیاوی خاوەن پلەوپۆستی باڵا گفتوگۆی دەکرد. سمکۆ خۆی پێنەدەگیرا کە ئارەزووی بۆ ڕووناک نەجووڵێت.

شازادە چەندین جار سەرنجی تیلی چاوەکانی ئەوی گرتبوو. لەو جۆرە نیگایانە پێشتریش هەستیپێکردبوون و سەرنجی شازادەی ڕاکێشابوون. بەڵام ئەوەندە کورت و خێرابوون هەرگیز نەیدەتوانی بزانێت چ مەبەستێکیان لە پشتەوەبووە. وەلێ ئەمجارە تیلی نیگای چاوەکانی ئاغا جیاواز بوو.

ئاغا چوارشانەیەکی ورگن بوو. دەنگێکی زبری پێوەبوو وەک ئەو ڕیشەی دەموچاوی داپۆشیبوو. تەنانەت کە قسەشی نەدەکرد، هەناسە قورسەکەی و بۆنوبەرامی تیژی جەستەی شوێنی خۆی لەو دیوەخانەدا دیارخستبوو. خەنجەرێکی کەوانەیی کە بە بەردی بەنرخ ڕازابۆوە لە ناو پشتێنی سەر کەمەری سەری دەرهێنابوو هەر جارێ کە پێدەکەنی لەگەڵ لەرینەوەی ورگی بەرز و نزم دەبۆوە.

بۆ یەکەمجار بەکۆمەڵ قسەی بۆ میوانەکانی کرد: 'هاوڕێیان، ئێوە بە ئامادەبوونتان منتان شەرەفمەند کرد. بەڵام ئەمڕۆ میوانێکی بەڕێزتر لە ئێوەی بەڕێز لێرە ئامادەیە.'

چاوە زەقەکانی کە بە هەموو ژوورەکەدا دەگێڕا، ڕووی کردە ڕووناک.'شازادە ڕووناک تێدەگەم کە تۆ لە ڕیزی پێشەوەی بۆ ئەوەی بچیتە سەر تەختی پاشایەتی. بڕیارێکی نائاسایی و قابیلی تێنەگەیشتن نییە بۆ پیاوێکی سادەی وەک من. لەگەڵ ئەوەی کە ڕێزانی پاڵەوان و لێهاتووی برا گەورەت ئیمڕۆ ئێمەی بە ئامادەبوونی لێرە شەرەفمەند کرد. بەڵام شا شیروان کە مرۆڤێکی ژیر، بەڵکو ژیرتر لە هەموو ئەوانەی کە لێرەدا ئامادەن، منیش بە پەرۆشەوە دەمەوێ تێبگەم لەو لێهاتوویەی تۆ تێتدایە تا شتێ ببینین کە باوکت دیویەتی.'

ڕووناک بینی هەمووان ڕوویان بەرەو ئەو وەرگێڕا، سەرەڕای ئەو هەستەی کە بێزاری کردبوو، ڕۆڵی خۆی گێڕا. 'بێگومان ئاغای بەڕێز. هیوادارم بتوانم چاوەڕوانییەکانی ئێوە و میوانە بەڕێزەکەتان بەدی بهێنم.'

'نایابە!' سمکۆ دەستەکانی خۆی گوشی:'با پێکەوە بچینە دادگا. لەوێ بابەتێکی نائاسایی چاوەڕێمان دەکات و هەموومان بە پەرۆشین بزانین شازادە چی لێ دەکات.'

لە دادگاکە شازادە لە پەنای ئاغاوە دانیشتبوو. لە نزیکەوە بۆنی ئاغا ناخۆشتر بوو و چاوەکانیشی تەواو بڕیبوونە شازادە. ڕووناک لە هەموو ڕیشاڵێکی جەستەیدا هەستی بە بێزاری دەکرد.

چوار پیاو هاتنە ناو هۆڵی دادگاوە. ئەوەی لە هەرسێکیان بە تەمەنتر دیاربوو هاتە پێشەوە. 'سمکۆ ئاغا، داوای بڕیارێکی دادپەروارەنەی تۆ دەکەم بۆ ئەوەی ئەم سێ دزە بخەیتە بەردەم دادگا و قەرەبووی ئەو زیانانەم بۆ بکەنەوە کە بە منیان گەیاندووە، پیاوەکە ئاماژەی بۆ ئەو سێ کەسەیتر کرد. لەو سێ کەسە بەتەمەنتر بوو و جلوبەرگێکی سادەشی لەبەردا بوو.

'ئێمە دز نین!' یەکێکیان هاواری کرد.

'ئێمەین کە دزیمان لێکراوە!' ئەویتریشیان هاواری کرد.

'ئێمە سێ برای بەڕێزین و تەنانەت گوێدرێژەکەی ئەویشمان نەدیوە!' سێیەمیان هاواری کرد.

کابرای بە تەمەن خۆی وەرگێڕا و ڕوویتێکردن. 'ئێوە چۆن زانیتان کە گوێدرێژەکەم چاوێکی کوێرە، ددانێکی کەوتووە و تەنانەت بارەکەشی کە هەڵیگرتووە چی بووە؟'

پیاوەکان مشتیان گرژ کردبوو و بەرامبەری وەستابوون. 'چۆن دەتوانی ئاوا تاونبارامان بکەیت؟'

'ئارام بنەوە، ئارام بنەوە،' سمکۆ وتی. 'باشە گەنجەکان لە پێش هەموو شتێکەوە پێمان بڵێن چۆن ئەوەندە شارەزای ئەم گوێدرێژە بوون بێ ئەوەی بینیبێتان؟'

'باشە سمکۆ ئاغا، ئێمە لە ڕێگای گەڕانەوەماندا ئەم پیاوە هاتە ڕێمان، بەڵام پێشتر لە ڕێگای چوونماندا تێبینیم کردبوو کە گیاکانی لێواری ڕێگاکە تەنیا لە لایەکەوە لێی خورابوو،' براگەورەکەیان وتی.

'لە هەرشوێنێک کە گیای لێخورابیت بینیم هەندێ لە گیا جێماون، بۆیە زانیم کە ددانێکی کەوتووە،' ناونجینەکەیان وتی.

'لە شوێنکا کە گوێدرێژەکە لێی کەتبوو، لە لای ڕاستییەوە مێش لێی کۆببۆوە و لە لای چەپیشەوە مێرووله، بۆیە زانیم بارەکەی دۆشاوی خورما و دانەوێڵە بووە.'

سمکۆ ئاغا دایە قاقای پێکەنین و سەیرێکی شازادەی کرد.'تۆ چی دەڵێی شازادە ڕووناک؟'

شازادە بە سەرسامییەوە گوێی گرتبوو و لەو ساتەشدا بۆنە مەستکەرەکەی سمکۆی لە بیر کردبوو. هەرچەن ئەو حەوانەوەیە بۆ ماوەیەکی کورت بوو. 'بۆ من باوەڕپێکراوە، بەڵام وتیان لە ڕێگەی چوونمان بینیومانە. ئەوان بۆ کوێ چوون؟' وەڵامەکەی ڕووی زیاتر لە سمکۆ بوو نەک لەو پیاوانە.

'پرسیاریکی نایابە،' سمکۆ وتی و پاشان ڕووی لە پیاوەکان کرد.'ئەی ئێوە بۆ کوێ دەچوون؟'

سێ براکە سەیرێکی یەکتریان کرد و بە سەرلەقاندنێکەوە بڕیاریاندا ڕاستییەکە بگێڕنەوە.

'باوکمان ساڵانێکە کۆچی دواییکردووە و سێ کیسە پارەی لە پاش خۆی بۆ ئێمە جێهێشت بەڵام بۆمان نەبوو دەس لەو پارەیە بدەین تاوەکو پارەی خۆمان تەواو نەکردبێ.'

'ئیمساڵ هەرسێکمان نیازمانە هاوسەرگیری بکەین جا بۆئەوەی خەرجی ئەوە دەرکەین بڕیارماندا بچین بۆ ئەو شوێنەی کە ئەو شتانەی تێدا شاراونەتەوە.'

'کە گەشتینە ئەوێ تەنها دوو کیسە پارەمان دۆزییەوە!'

شازادە هەستیکرد کە سمکۆ چاوی لەسەر ئەوە و ناچار بوو کە شتێ بڵێ.

'کەواتە ئێوە دزیتان لێکراوە. کەسێکتان لە خەیاڵدایە تاوانبار بێ؟'

'بەڵێ، شازادە.'

'بێگومان کەسێ هەیە لە خەیاڵماندا ئەوەی کردبێ.'

'ئەویش یەکێکە لە خۆمان.'

سمکۆ هاتە گۆ. 'پێشئەوەی لەوە زیاتر بڕۆین، ئێوە پێشتر چونەتە لای دادوەرێ تا کێشەکەتان یەکلایی بکاتەوە. ئەنجامەکەی چی بوو؟'

'ئای، دادوەر گۆشتی سەگی پێداین.'

'نانی پیس بوو.'

'هەروەها شتێکی تریش کە نامەوێ لەم شوێنە ڕێزلێگیراوەدا باسی بکەم.'

سمکۆ ئاماژەی بۆ دادوەر کرد کە بێتە پێشەوە. پیرەمێردێکی چاو سوورەوەبوو هاتە ژوورەوە. 'ڕاستە تۆ گۆشتی سەگ و نانێکی پیست بەم سێ برایە داوە، دادوەری بەڕێز؟'

پیرە پیاو نەیتوانی سەری بەرز بکاتەوە و هەر بەچەماوەیی مایەوە. 'بەڵێ، گەورەم، بەڵام بە ئەنقەست نەبوو. ئەوان لە دەوروبەری نانخواردنی نیوەڕۆدا بوو بۆ کێشەی گوێدرێژەکە هاتنە لام، منیش بانگهێشتی نانخواردنم کردن. هەر کە مێزەکە دانرا، یەکسەر ڕایانگەیاند کە گۆشتەکە گۆشتی سەگە و نانەکەش پیس. وا دیار بوو هیچ کۆنترۆڵێکیان بەسەر خۆیاندا نەما بوو و لە فالگرەوەیەکی هەڵچوو دەچوون.'

'چیتریان وت ئەوان؟' سمکۆ ئاغا پرسی.

پیرە پیاوەکە دوودڵ بوو کە وەڵام بداتەوە بەڵام سمکۆ زۆری لێکرد کە بیڵێ. 'کە من کوری باوکی خۆم نیم، من زۆڵم.' دادوەر دەستیکرد بە گریان.

'ئێ؟ جا ئەوان لەوەشا ڕاستیانکرد؟'

'بەڵێ،' پیاوەکە بەدەم گریانەوە وتی. 'نانەواکەم دانی نا بەوەدا کە دانەوێڵەکەی لە گۆڕستانێکی کۆندا چاندووە، چێشتلێنەرەکە دانی بەوەدا نا کە گۆشتی سەگی بەکارهێناوە، ئینجا دایکیشم...' دەستیگرت بە دەموچاوییەوە و بە توندی دەستیکرد بە گریان.

'پێمان بڵێ دایکت چی وت؟' سمکۆ پرسی، بێزاریی پێوە دیاربوو.

'دایکم وتی کە باوکم نەزۆک بووە و منیش کوڕی دەروێشێکی گەڕیدەم کە شەوێک لامان میوان بووە.'

سمکۆ ڕوویکردەوە ڕووناک. ڕووناک هەستیدەکرد کە چاوەکانی سمکۆ چۆن بە سەر جەستەیدا دەخزێن. ئەو خەڵکەی ناو هۆڵەکە هەمووان مات ببوون، دەنگیان لێوە نەدەهات بەهۆی پریشکی نیگاکانیی سمکۆوە کپ ببوون. وەک دووکەڵێکی ڕەش بۆ دەرچەیەک دەگەڕا لێیەوە بەکونیلە مەستبووەکانی جەستەیدا خۆی بکات بە ژوورا.

'ئەی شازادە چی دەڵێ...؟'

ڕووناک یەکسەر هەستایە سەر پێ. ئەو ئیدی نەیتوانی لە بەر ئەو فشارە خۆی ڕاگرێ. 'ببورە بەڕیزم، من نەخۆشم.' ئەو ئەوێی جێهێشت بۆ ژوورەکەی

خۆی بێئەوەی چاوەڕێی وەڵام بێت. پاش ئەوەی ڕۆشت و دەرگای داخست، ئینجا هەستی بە ئاسوودەیی کرد. لەوێ توانی ئەو هەستی مەستبوونە لە خۆی بکاتەوە و ئەو شێواوییەی ناو گەدەی نەمێنێ.

'لە شازادە ببوورە، سمکۆ ئاغا،' ڕێزان وتی پاشئەوەی کە شازادە ڕۆشت. 'ئەو گەشتێکی سەختی کردووە. ڕێگەم دەدەی من لە جێی ئەو داوەرییەکە بکەم؟'

ئارەزووی زانین لای سمکۆ کەمی کرد. 'بێگومان، ڕێزانی ئازیز. تۆش هەمان خوێن و گۆشتی ئەوت هەیە،' سمکۆ بە بێزارییەکەوە وتی.

شازادە ڕێزان لە نێوان براکان و سمکۆ جێی خۆی گرتبوو. هەستا و لە ناوەڕاستا ڕوویکردە هۆڵەکە. 'ئەگەر ئەم برایانە بە ڕاستی فاڵگرەوەبن و خۆیان پێناگیرێ، پاش ئەم بەسەرهاتە دەبێ بزانین کامیان دزەکەیە.'

ئامادەبووان بە سەرنجراکێشانەوە و بە جوانی گوێیان ڕاگرت.

'پیاوە ئازیزەکان، لە گوندێکدا کوڕ و کچێک یەکتریان خۆشدەویست. کاتێک کوڕەکە گەشتە تەمەنی باڵقبوون، داوای هاوسەرگیری لەگەڵ کچەکەدا کرد، بەڵام خێزانی کچەکە ڕازی نەبوون. چەنجارێتر داخوازی کچەکەی کردەوە ئەوانیش هەر ئەو کورەیان ڕەت دەکردەوە. بۆیە کوڕەکە ویستی بە شێوازێکیتر تاقی کاتەوە. داوای لە کچەکە کردووە لەگەڵی هەڵبێت، بەڵام کچەکە ڕەتی کردەوە، چونکە ئەوە ڕەدووکەتنەوە و شەرمەزاری بۆ خێزانەکەی دەهێنێت. "بەڵام،" کچەکە وتی. "هەرکات هاوسەرگیریم کرد، بەڵێن دەدەم لە شەوی هاوسەرگیرییەکەمدا بە دزییەوە بێمە دەرەوە و لەگەڵت هەڵبێم."

دوای ماوەیەک خێزانەکەی هاوسەرێکی گونجاویان بۆ کچەکەیان دۆزییەوە و هاوسەرگیری لەگەڵدا کرد. ئەو کچە بەڵێنەکەی لەبیر نەکردبوو و شەو بە دزییەوە بەرەو ئەو کانییە چوو تا لەوێدا چاوی بە خۆشەویستەکەی بکەوێت. لە ڕێگادا لەلایەن دزێکەوە ڕێگەی پێگیرا و داوای زێڕەکانی لێکرد بۆ ئەوەی بتوانێت خێزانەکەی بەخێوکات. کچەکە دۆخەکەی بۆ ڕوونکردەوە و بەڵێنیدایە دوای بینینی خۆشەویستەکەی بگەڕێتەوە لای ئیتر دزەکە ڕێگەی پێدا بڕوات.

خۆشەویستەکەی لەلای کانییەکە چاوەڕێی دەکرد، کە گەیشتە لای وتی ئێستا ئەو وەک خوشکێک وایە بۆی. ئاخر هاوسەرگیری کردووە و ئێستا لەگەڵیدا

ڕابکەین، بێشەرەفی دەبێت. کچەکە ڕۆیشتەوە، بەڵام سەرەتا چوویەوە بۆ لای دزەکە تا ئەو بەڵێنە جێبەجێ بکات. "ئەی خودایە! بۆچی ئەو دەبێت لە من پیاوتر بێت؟" دزەکە وتی کاتێ کچە بەسەرهاتەکەی گێڕایەوە. "خێزانەکەم دەتوانن بێ خواردن بەرگەی هەفتەیەکی دیکەش بگرن، زێڕەکەت هەڵگرەوە. بڕۆرەوە ماڵێ!'"

لەناکاو ڕێزان لە قسەکردن وەستا، دەیزانی خەڵکەکە بە پەرۆشن یا بزانن هاوسەرەکەی چی دەڵێت.

'خۆشەویستە کۆنەکەی چ پیاوێکی شەرەفدار بووە،' برا گەورەکەیان وتی.

'چ پیاوێکی شەرەفدار دەرکەوت دزەکە،' ناوەنجینەکەیان وتی.

'چ گەمژەییەکە ئەوە. من دزەکە بوومایە زێڕەکان و خودی ئەو درۆزنەشم ڕووت دەکردەوە،' برای بچووک وتی.

ڕێزان بە پێکەنینەوە سەیرێکی سمکۆ ئاغای کردەوە. 'دزەکەمان لێرەیە ئاغا. ئەو مرۆڤەی ناتوانێ چاوەڕێی ئەوە بکات تا کەسانیتر هەڵە بکەن، دەمامکی ئەخلاقی خۆی لادەدات، کەچی هەر خۆی بە گەورە دەبینێ.'

II

بەهیوابوون

٨

ڕۆژی دوایی شازادە و براکەی بە کاروانێکەوە گەڕانەوە ماڵەوە، ئەو شوێنەی کە شازادە چەند هەفتەیەک لەمەوبەر لێیهەڵهاتبوو. لە ئەندێشەی بیرکردنەوەی خۆیدا ون ببوو، باری دەروونی شازادە تا دەهات هەر سەختتر دەبوو. باشی لەوەدابوو کە گالیسکەکە لەدەوروبەر دایبڕی بوو تا ڕادەیەک ئاسوودەیی پێبەخشی بوو.

براکەی هەوڵی دەدا خوشکەکەی دڵخۆشکات، بەڵام ئەو هیچ کاردانەوەیەکی نەبوو. ڕێزان لە ڕووکەشدا دڵخۆش دیاربوو، بەڵام لە ژێر حەماسەتی برایەتییەکەیدا، تێنەگەیشتنێ لای گەشەی ئەسەند، زۆری نەخایاند ئەو هەستەی گۆڕا بۆ نارەزایی: بۆچی بە بەردەوام ئەوەندە ناشکوریت؟ ئەم خەیاڵەی دەرنەبڕی، لە کاتێکدا باسی ئەوەی دەکرد کە ئاخۆ دایک و باوکیان چەندە دڵخۆش دەبن کاتێک شازادە دەگەڕێتەوە.

شازادە لە دەنگی براکەیدا هەستی بە گۆڕان دەکرد، فشار لە ئاوازی دەنگیدا، ماوەی درێژی پشووەکانی لە نێوان قسەکانیدا دیاربوو هەوڵیدەدا تا میزاجی خۆی بگۆڕێت. لە سەرووی هەمووشیانەوە نیگاکانی دەبینی. نیگایەک کە شازادە نابینێ، بەڵکو دەبینێ کە شازادە دەبێ چۆن بێت. نیگایەک کە شازادەی ڕاستەقینەی لە ناو چاوەڕوانی داپۆشیوە و بەردەوام کۆشش دەکات ئەو لەو چوارچێوەدا گیر بدات.

'هیچ جارێ باسی ئەو شوانە هەژارەم بۆ کردووی کە هەوڵیداوە چارەنووسی خۆی چاک بکات؟' ڕێزان پرسی وەک هەوڵێ ئەو بێدەنگییەی ڕووناک بشکێنێ.

ڕێزان خۆی شەیدای چیرۆک بوو، جەماوەریش شەیدای چیرۆکەکانی بوون گوێی لێگرن، هەروەک خۆشی شەیدای ئەوە بوو بۆ ئەوانی بگێڕێتەوە.

'نەخێر،' خوشکەکەی بە لالوتێکەوە وەڵامی دایەوە و چاوەکانیشی بڕیبوونە دەرەوە.'

ڕێزان خۆی لێ هێنایە پێشەوە. 'هەبوو نەبوو، شوانێکی هەژار هەبوو. ڕۆژانی خۆی بە کاری سەخت لە ژێر خۆری گەرمدا بەسەر دەبرد، سەرەڕای ئەو

خۆماندووکردنە هەر بە هەژاری دەژیا. جا ڕۆژێ چاوی بە ئەسپسوارێ کەوت. پیاوێ بوو کە جلوبەرگی زێڕینگەرِیی و قوماشی گرانبەهای لەبەردا بوو.

شوانەکە بە ئیرەییەکەوە سەیری ئەو پیاوە دەوڵەمەندەی کرد و پرسی چۆن ئاوا دەوڵەمەند بووە؟ "هەموو ڕۆژێک لە خۆرهەڵاتنەوە تا خۆرئاوابوون کار دەکەم، کەچی هەر بە هەژاری ماومەتەوە. نهێنی تۆ چییە؟" شوانەکە پرسی.' ڕێزان وەک ئەوەی ئارەقەی شوانەکە بسڕێتەوە ناوچەوانی خۆی سڕییەوە و پاشان یەکسەر کارەکتەرەکەی لە شوانەکەوە بۆ ئەو پیاوەی سەر ئەسپەکە گۆڕی کە چەن متمانەی بەخۆی هەبووە و چۆن پەنجەیەکی بەرزکردۆتەوە و وەڵامی داوەتەوە. '"زۆر ئاسانە. پەری تۆ، ئەو پەرییەی بەرپرسیارە لە بەختەوەریت، ڕەنگە خەوی لێکەوتبێت. دەبێت گەشتێ بۆ خاکی پەرییەکان بکەیت و لە خەو هەڵیسێنیت. پاشان دەبینی سامان بە ئاسانی بە سەرتا دەڕژێت."

شوانەکە دەمودەست جانتاکانی پێچایەوە و بەرەو شاری پەرییەکان ڕۆشت. لەوکاتەی بە ناو دامێنی چیاکاندا دەڕۆیشت ورچێ پەلاماری دا. شوانەکە ورچەکەی قایل کرد کە وازی لێبهێنێ چونکە ئەو گەشتێکی بە دەستەوەیە بۆ شاری پەرییەکان بۆ کارێکی زۆر گرنگ. ورچەکە ڕێگەی دا بە مەرجێ پەیامێ بگەیەنێتە پەری شوانەکە. "هەرچییەک ئەکەم، کەچی گەدەم لە ئازارێکی بەردەوامدایە، ئەتوانی لێیبپرسی چی بکەم باشە بۆ ئەو ئازارە؟" گوێت لێبوو، ڕووناک؟ ورچەکە داواکاری هەیە.'

خوشکەکەی هەروا لە پەنجەرەکەوە چاوی بڕیبووە دەرەوە. 'بەڵێ، گوێم لێبوو. ورچەکە دەیەوێ لە ئازاری ورگی ڕزگاری بێت.'

'"بێگومان دەتوانم ئەوە بکەم!"' ڕێزان هەر وا بە گەرموگوڕییەوە بەردەوام بوو. 'شوانەکە ئەوەی وت و خێرا دەستیکردەوە بە ڕۆشتن. کە چیاکانی تێپەڕاند لەودیو چیاکانەوە بە جوتیارێک گەشت، ئەویش بە هەمان شێوە سەرسام بوو بە شوێن مەبەستی شوانەکە."دەتوانی لە پەرییەکەت بپرسی بۆ لەم شوێنە فراوانەی ئێمەدا هیچ شتێ ناڕوێ؟ ئەم ئێوارە بەخێر بێیت بۆ ماڵی ئێمە و پشوویەکیش بدە، زەخیرەش لای ئێمە لەگەڵ خۆت بەریت بۆ گەشتەکەت،" جوتیارەکە وتی.

شوانەکە ڕەزامەندی دەربڕی و ئەو شەوە لەوێ مایەوە، بۆ سبەی بە زەخیرەوە گەشتەکەی دەستپێکردەوە. ئەوەنە دوورکەوتەوە تا ڕێی کەوتە شانشینێکی تر. هەر کە سوڵتانی ئەو شارە گەورەیە بەوەی زانی کە نەناسراوێ هاتۆتە ئەوێ خێرا بانگکرا تا خۆی بناسێنێ. ئەم سوڵتانەش داواکارییەکی خستە ئەستۆی شوانەکە. "لە پەرییەکەت بپرسە بۆ من لە جەنگدا هەرگیز سەرکەوتن بەدەست ناهێنم. سوپایەکی گەورە و بەهێزم هەیە و وڵاتەکەم دەوڵەمەندە، کەچی لە جەنگدا نایبەمەوە. ئەگەر ئەم پرسیارەم بۆ بکەی ئەوا باشترینی پاسەوانەکانم یاوەریت دەکەن تا کەناری دەریا."

شوانەکە بەوە ڕازی بوو و لەگەڵ پاسەوانەکان بەڕێکەوتن. لە کۆتاییدا گەیشتنە دەریایەکی گەورە. خاکی پەرییەکان لەوبەری دەریاکەوە بوو، شوانەکە هیچ ڕێگەیەکی نەبوو بۆ ئەوەی بگاتە ئەوێ. لەناکاو ماسییەکی گەورە لە ئاوەکەوە سەری دەرهێنا و لە شوانەکەی پرسی بۆچی ئەوەندە بێزار دیاری.

"پەرییەکەی من لەوبەر ئاوەکەوەیە. دەمەوێ بچمە ئەوێ و لە خەو هەڵیسێنم تا بتوانێت بەکاری منەوە خەریک بێت، ئەگینا بۆ هەمیشە بە هەژاری دەمێنمەوە. نە بەلەمێکم هەیە پێی بپەڕمەوە نە خۆشم مەلە ئەزانم تا مەلە بکەم."

ماسییەکە ڕێگە چارەیەکی باشی لابوو، خۆ ئەو دەتوانێ بیپەڕێنێتەوە ئەوبەر. "بەڵام، بەمەرجێ لە پەرییەکەی خۆت بپرسیت ئەو سەرئێشەیەی هەراسانی کردووم چی بۆ بکەم. هەرچی ئەکەم ئەو سەرئێشەیەم ناوەستێت."

شوانەکە چووە سەر پشتی ماسییەکە و لەوبەر ئاوەکە دایبەزاند. لەوێ پەری زۆری بینی کە بەدەم فڕینیانەوە بە ئاسماندا سەرقاڵی ئەوەبوون دەوڵەمەنی و ئاواتی خەڵک بە دیبهێنن. شوانەکە بۆ ماوەیەک گەڕا تا دواجار پەرییەکەی بینییەوە لە شوێنێکدا لە پەنا درەختۆکەیەکدا لە پڕخەی خەودایە. "ئەی خوایە گیان، بەڕاستی خۆ ئەوە ئەوە!" شوانەکە هاوارێکی کرد.

خێرا لە خەو هەڵیسان و چووش بە گژیدا کە بۆ ئەوەنە تەمەڵە.

"بەڕاستی تۆ هەقتە،" پەرییەکە بە داوای لێبوردنەوە وتی. "هەر ئێستە بۆ تۆ دەستبەکار دەبم."

شوانەکە ماوەیەک لای پەریەکەی مایەوە و ئەو پرسیارانەی گەیاندە پەرییەکە کە پێی سپێردرابوو.

"که گەڕایتەوە دەوڵەمەندبوون چاوەڕێتە،" لە کۆتایی قسەکانیا پەری وتی. ئەوجا ڕەوانەی کردەوە.

شوانەکە بە دڵێکی خۆشەوە بەرەو کەناری دەریاکە هەنگاوی نا. بە خۆی دەگوت ئیتر لەمەودوا بە خۆشییەوە بە دەوڵەمەندی دەژیم.

گەیشتە لای ماسییەکە و ئەویش زۆر بە خۆشییەوە سڵاوی لێکرد و لێیپرسی سەردانەکەت چۆن بوو. "نایاب بوو! پەرییەکەم وا خەریکە بە کاری منەوە و دەوڵەمەندی چاوەڕێمە."

"ئەی لە بارەی سەرئێشەکەی منەوە هیچت لێپرسی؟"

"ئەی چۆن بێگومان. هۆکاری سەرئێشەکەت بەهۆی دوو مرواریيەوەیە کە لەناو ریشاڵەکانی گوێچکەکانتا گیربوون. ئەگەر دەریانبهێنیت لەو سەرئێشەیە ڕزگارت دەبێت."

ماسییەکە خێرا هەردوو مرواریيە درەوشاوەکەی لە گوێچکەیا هێنایە دەرەوە و یەکسەر سەرئێشەکەی نەما.

"ئەو مرواریيانەت دەوێ لەگەڵ خۆت بیانبەی؟" ماسییەکە پێشکەشی شوانەکەی کرد."من هیچ پێویستییەکم پێیان نییە."

"نەخێر زۆر سوپاس،" شوانەکە وەڵامی دایەوە. "دەوڵەمەندی چاوەڕێم دەکات. دەبێ خێرا بگەڕێمەوە."

سوڵتان بەخێرهاتنی کرد و پرسی ئاخۆ پەیمانەکەی بەجێهێناوە. "ئەی بێگومان، پەرییەکەم ڕاستەوخۆ زانی کە بۆ تۆ هەمیشە لە جەنگدا دەدۆڕێی. وتی تۆ خۆت وا نیشاندەدەی کە پیاویت بەڵام لە ڕاستیدا ژنیت. ئەگەر هاوسەرێ بۆ خۆت دیاری بکەی ئیتر لە گۆڕەپانی جەنگدا سەردەکەوی."

سوڵتان جلوبەرگی پیاوانەی لەبەر خۆیدا داکەند، وەک ژنێکی جوانی سەرسوڕهێنەر خۆی ئاشکرا کرد و وتی: "وەرە لێرە لای من جێگەی خۆت بگرە و ببە بە هاوسەرم پێکەوە جیهان داگیر دەکەین."

"نا، سوپاس،" شوانەکە وەڵامی دایەوە. "بەمزووانە هەموو دەوڵەمەندییەکانم بۆ من دەبن. بۆیە بەڕاستی دەبێت خێرا بڕۆمەوە.""

ڕێزان لە گێڕانەوە دڵڕفێنەکەی وەستاو پشوویەکی وەرگرت و قومێ ئاوی خواردەوە. بە هیوای کاردانەوەیەک بوو، بەڵام ڕووناک بەبێ ئەوەی گوێبداتە ئەو

چاوی هەر لە دەرەوە بڕیبوو. خۆ دەبێ ئێستە شازادە پەندێکی وەرگرتبێت. بڕیاریدا بەردەوام بێت. ڕەنگە پاش کۆتاییهاتن بە چیرۆکەکە ئەویش تێبگات.

پەرداخە ئاوەکەی دانا و هەروا بەردەوام بوو. 'دواجار شوانەکە گەیشتەوە بە جوتیارەکە. ئەویش هەروەها زۆر بە پەرۆش بوو بزانێ کێشەی ئەو چییە و چ چارەسەرێک بۆ خاکە وشکەکەی ئەگەر هەبێ.

"وەڵامەکەی زۆر ئاسانە،" شوانەکە وتی. "ئەو پارچە زەویەی کە هیچی تێدا ناڕوێ، گەنجینەیەک لە ناو سندوقێکا لەوێدا نێژراوە. کە دەرتهێنان، ئەوا زەوییەکە دەتوانێت جارێکی دیکە بەروبووم بێنێتەوە."

جووتیارەکە یەکسەر دەستبەکار بوو و سندوقێکی پڕ لە زێڕ و گەوهەری دۆزیەوە. ئەوەندە سوپاسگوزار بوو کە نیوەی ئەوەی کە دۆزییەوە و نیوەی زەوییە بەپیتەکەی پێشکەش بە شوانەکە کرد.

"نا، نا، نابێ، زۆر سوپاس. پەرییەکەم زۆر بە قورسی خەریکە بە کارەکانی منەوە و دەوڵەمەندییەکانم بەمزووانە دەگەنە جێ و چاوەڕێمن، خێرا نەگەمەوە لە کیسم دەچن."

شوانەکە خەریک بوو لەماڵەوە نزیک دەبۆوە، ورچەکە بەرەوڕووی هات و ماوەیەکیان پێکەوە بەسەر برد. "چ گەشتێکی سەرسورهێنەرت بەڕێکرد،" ورچەکە وتی. "پێمبڵێ بزانم لە پەرییەکەت پرسی من دەبێ چیبکەم بۆ ئەم سک ئێشەیەی پێوەی دەناڵێنم؟"

ئەمجارە شوانەکە بە خۆشییەوە دەرنەکەوت. "بەڵێ پرسیم، بەڵام لەوە ناچێت کێشەکەت ئاسان بێت، بەداخەوە."'

ڕووناک ئاهێکی هەڵکێشا، زانی کە کۆتاییەکەی کاتێتی. 'من وەک ئێوە نیم، ڕێزان،' ڕووناک وتی، چاوەکانی هێشتا لەسەر ڕێگاکە لانەدابوو. 'من نە داوای تەختی پاشایەتیم کردووە، نە بدرێم بەشوو، نە ئەوەش کە خەڵکی وەک فەخفووریەکی ناسکی کەلەپوور بۆم بڕوانن.'

براکەی بە ڕوویەکی پڕ لە بەزەیی لێیهاتە پێشەوە. 'خوشکەکەم، ئێمە چارەنووسی خۆمان هەڵنابژێرین، بەڵام بەرپرسین لە ڕاگرتنی، ئەوەی ئێمە دەبێ بیکەین ئەوەیە کە سوپاسگوزای ئەم ژیانە بین، بەتایبەتی ئەم ژیانەی خۆمان. ئەم خەڵکە پێویستیان بە ئێمەیە. ئەگەر ئێمە نەبین ئەوان ون دەبن. بابە، بەو ژیرییەی

خۆیەوە، تۆی هەڵبژاردووە کە سەرکردایەتی ئەوان بکەی. چیتر لەو شەرەفە گەورەتر دەبێ هەبێ.'

شازادە نەرمە خەندەیەکی کرد. خۆی بۆ نەگیرا ئەو وشەیە نەڵێتەوە: سوپاسگوزار. 'ڕێزان، تۆ لە منت پرسی تا ئێستە بۆچی من هەڵهاتم؟'

'چونکە ئەو گەمژەیە هەڕەشەی لێکردیت و هیچ بژاردەیەکی بۆ نەهێشتیتەوە! ئێستاش دژی خێزانی خۆت بەکارتدەهێنێت.'

ڕووناک ڕووی خۆی بەرەو براکەی وەرگێڕا و بۆ یەکەمجار سەیرێکی براکەی کرد. 'من ئەوم قایل کرد و هەڵمخەڵەتان!' شازادە وتی، وەک ئەوەی هەڵەیەک ڕاست بکاتەوە.

'شتی وا مەڵێ، خوشکێ.'

'تۆ هیچ خەیاڵت لای من نییە، هەر بە ئەندێشە میسالیەکانتەوە خەریکی.'

ئیدی هەردوکیان ڕووی خۆیان لە دەرەوە کرد و کەلەی سەریان وەک دوو جەمسەری موگناتیس لەیەک دوور کەوتنەوە.

لە کۆتاییدا ڕێزان هەوڵێکی تری دا ئەو بێدەنگییە جارێکیتر بشکێنێتەوە. تا ئەوکاتەش ڕووی هەر لەدەرەوە بوو وتی، 'ورچەکە بێهیوا بوو...'

'بەسە! واز لەو چیرۆکە نەفرەتییە بێنە!'

موگناتیسەکان جارێکی تر جەمسەرگیر بوون و نەیانتوانی چاویان لەیەکتر دوور بخەنەوە.

'من چیتر ئەو کچە بچووکە نیم کە لە کاتی هەموو چیرۆکێکدا چاوت تێبڕێت. ئیتر ناتوانی بە چیرۆکی منداڵان من سەرسام بکەیت!'

وەک دۆڕاوێک، ئەمجارە ڕێزان خۆی بۆ دواوە کشانەوە. 'نا، بەڕاستی تۆ ئیتر ئەو کچە بچووکە نیت. تۆ وەک میراتگری تەخت هەڵبژێردراویت، شەرەفێکە کە بەر برا گەورەکانت نەکەوت.' لە دەنگیدا پەژارەی پێوەدیاربوو.

ڕووناک بە هەستە سۆزگەرایيە هەڵچووەکەی براکەی نیگەران بوو. چۆن دەوێرێت داواکارییەک کە بەبێ ئارەزووی خۆی بەسەریدا سەپێنراوە لە دژی بەکاریبهێنێتەوە؟ 'منیش ئەمەم ناوێت، ڕێزان. ئەمە ڕۆڵی تۆ بوو، تۆ کارت بۆ ئەمە کردووە. بۆچی تۆ ئەوەندە بە ئاسانی وەرتگرتووە؟'

'ئەوە ئەرکی من نییە دیاری بکات کە کێ چ ڕۆڵێ وەرگرێ، خوشکێ. ئەوەی لەسەر منە کە ڕێز لە بڕیاری باوکم بگرم هەروەها خزمەتی خێزانەکەم بکەم.'

موگناتیسەکان جارێکیتر وزەیان نەما. خوشک و برا بەرامبەر یەکتر دانیشتبوون و خاڵیبوونەتەوە لە وزە.

"دەبێ چی بکەی تۆ،" شوانەکە وتی...،' ڕێزان هەوڵێکی تری دا.

ڕووناک ڕەزامەندییەکی نیشانی براکەی دا تا چیرۆکەکەی کۆتایی پێبهێنێ. بە بێزارییەکەوە سەیرێکی براکەی کرد. 'چی وت شوانەکە؟'

'"باشە، دەبێت گەمژەترین کەس لە هەموو جیهاندا بدۆزیتەوە و بیخۆیت، بەڵام نازانم ئەوە چۆن ئەکرێت." ورچەکەش هەردوو دەستی بە یەکدا هێناو. گوتی، "نایابە،" و هەر لە شوێنێ خۆی پەلاماری شوانەکەی داو پارچە پارچە کرد و خواردی.' لەوکاتەیا ڕێزان دەستەکانی بەرز کردبۆوە و لە هەوادا ئەیسوڕانەوە وەک ئەوەی ورچەکە چی لە جەستەی شوانەکە دەکات.

خوشک و برا خەندەیەکی کورتیان گۆڕییەوە.

هەر کە گەشتنەوە کۆشک، شازادە لەلایەن چەن کەسێکەوە پێشوازی لێکرا. شاژن و چەند خزمەتکارێکیش بۆ پێشوازیکردنی خۆیان ئامادە کردبوو. دواجار دڵی دایکی ئارام بۆوە پاش ئەوەی چەند هەفتەیەک بوو کچەکەی نەدیبوو.

شازادە هەر کە لە گالیسکەکە هاتە خوارەوە و چاوە فرمێسکاوییەکانی دایکی بینی، هێنرایەوە ناو واقیعەکەوە. خۆشەویستییەکی خنکێنەر کە ڕێگەی نەداوە خۆی خۆی بێت. خۆشەویستییەک کە هەمیشە ویستوویەتی لە نزیکیەوە بمێنێتەوە.

کاتێک گەلاوێژ کچە تاقانەکەی لە باوەش گرت فرمێسکەکانی بەرچاویانی وا تەڵخ کردبوو، ئەو نارەزایەتییەی لە چاوەکانی ڕووناکدا نەدەبینی. 'ئازیزترین کچم. ڕووناکی دڵم. بە سەلامەتی و تەندروستی گەڕایتەوە لامان.' فرمێسکەکانی چاوەکانیشی دەسڕییەوە.

'من هەرگیز هەستم بە ناپارێزراوی نەکردووە،' شازادە وەڵامی دایەوە و ڕووی خۆی لە زەوی کردبوو. چۆن دەیتوانی بە تووڕەییەوە وەڵامی ئەو وتە

خۆشەویستئامێزانەی دایکی بداتەوە؟ بۆیە بە کەمترین تووڕەیی خۆی سنووردار کرد، بۆ ئەوەی هەستی ڕاستەقینەی خۆی لەوە زیاتر ئازاری دایکی نەدات.

شاژن، کە بە قسە هێمنییەکەی کچەکەی سەری سوڕما، سەیری کرد و هیچ شوێنەوارێکی خەم یا هەناسەی ئاسوودەیی پێوە دیار نەبوو. وا دیارە دەرخستنی خەمباری خۆی بە هەڵە لێکداوەتەوە، بە شەرمەزاری دەزانی. کێ دەزانێت ئەو پیاوە ئاخۆ چی لێکردبێ. 'کچی ئازیزم، پێویست ناکات نیگەران بیت. ئێمە تۆمان خۆشدەوێت گرنگ نییە چی ڕوویداوە یان چیتریش ڕوودەدات. هەرگیز ناچار نابیت لە ماڵی دایبابی خۆت بپرسیت کە ئایا بەخێرهاتن دەکرێیت یان نا.'

٩

ڕۆژ بە دوای ڕۆژدا ئەهات بەبێ ئەوەی ڕووناک هیچ کاریگەرییەکی بەسەر ئەو ڕۆژانەدا پێوە دیار بێ. کەوتبووە دۆخێک وەک خەواڵو وابوو لەو کاتەیا خەڵکێکی زۆر خزمەتیان ئەکرد و خزمەکانیشی سەردانیان ئەکرد. تاکە شتێک کە بە ئاگادارییەوە جارجارە دەیکرد، ئەوە بوو کە خۆراکی دەخستە قوڕگی گرژبوویەوە بۆ ئەوەی ئازاری برسێتی کەم بکاتەوە.

ڕۆژانێکی تەواوی لە پەنجەرەکەیدا بەسەر دەبرد و سەیری خەڵکەکانی دەکرد کە لە گۆڕەپانی کۆشکەکەوە دەهاتن و دەڕۆشتن، ڕووداوی جیهانێکی دوور لە خۆی، دیمەنێک کە ئەو تیایدا تەنها سەیرکەرێ بوو. لەو دوورەپەرێزییەدا ئارامییەکی دەسکەوتبوو، لەو ونبوونەدا، وەک زریانێکی مەنگ وشک ئەبووەوە.

ڕۆژێک ژنێک بە عەبایەکی ڕەشەوە خۆی کرد بە گۆڕەپانەکەدا. وەک سێبەرێک بە لای نافورەکەدا تێپەڕی بەرەو کۆشکەکە، کچێکی بچووکیشی لە باوەشدا بوو.

پاسەوانەکان ڕێیان لێگرت و بوو بە شەڕە قسەیان. ژنەکە بە توورەییەوە دەستەکانی ڕادەتەکاند پیاوەکانیش هەوڵیان دەدا ئارامی بکەنەوە.

سەرپۆشەکەی بە شلوشێواوی بە سەرییەوە بوو پەرچەمە زێڕینییەکەی دەرکەوتبوو، نیشانە بوو کە بە شپرزەیی هاتبوو.

ڕووناک بەو قژەی کە لەبەر تیشکی خۆری پر وەک زێڕ دەبریسکایەوە هەناری ناسییەوە. شازادە تەنها دەیتوانی دڵی بسووتێ بۆ ئەو دایکەی بۆ ئەوێ هاتووە ، دیارە هەواڵی مێردەکەی بیستووە.

ڕووناک لە ڕێگەی خزمەتکارەکانییەوە زانی کە ئاکام تاوانبارکراوە بە ڕفاندنی شازادە و دەبێ ژیانی لەو پێناوەدا دانێ. ئەو هەواڵەی بێباکانە وەرگرتبوو. دەبوایە لەوە زیاتر چیتری بکردایە؟

هەنار بۆ کێشەیەک پەیوەندی بە پێگەی بنەماڵەی پاشاوە هەبێ هیچ ڕێگەیەکی نەبوو کە پەنا بۆ میهرەبانی ببات. سەرەڕای ئەوەش هەنار هەرچۆنێ بوو خۆی کرد بە ژوورێدا و ئەو ناوە هێور بوویەوە.

ئەم ساتە بێدەنگییانە بۆ شازادە سەختتر بوون. نەبوونی ڕووداوی لەوچەشنە تا خۆی پێوە خەریک بکات وایلێئەکرد کە بە ناچاری بێتەوە بۆ لای ویژدانی. لە ژێرەوە دەیکێشا بە هەستیا، هەوڵیدەدا خۆی ئازاد کات.

خێرا دوو پاسەوان لەگەڵ خۆیان هەناریان بردەوە دەرێ، ئاماژەیان دایە کە ئەوێ جێبهێڵێ.

چاوەڕێی چیتری ئەکرد، ڕووناک بە خۆی ئەگوت.

وا دیاربوو کە هەنار نەیدەویست بڕوات و هەر بەملاولای خۆیدا دەیڕوانی. کچەکەی توند دەستی بە جلی دایکییەوە گرتبوو و سەری لە باوەشیا چەقاندبوو.

تکایە بڕۆرەوە پیشئەوەی شتێکت بەسەربێنن، شازادە لە خەیاڵی خۆیدا دەیوت، ئاکام ئێستە لە گۆشەیەکی تاریکدا فڕێدراوە هەرگیز نایدۆزیتەوە.

تەنها ئەوکاتەی کە هەنار سەرێکی بەرزکردەوە و چاویان بە یەکتر کەوت شازادە تێگەیشت کە ئەو ژنە قژ زێڕینە بۆ دیتنی هاوسەرەکەی لێرە نییە. نیگای هەنار ئەقڵی سڕیووی ڕووناکی گرت و جارێکیتر هێناوە بەر ڕۆشنایی، بەجۆرێ کە نەتوانێ لە تاوانەکەی خۆی خۆی لادات.

ئەو ژنە پەرچەم زێڕینە، لەگەڵ منالێ بە بەرۆکیەوە بێ بگری، بە بوێری خۆی ئەرکێکی خستە ئەستۆی شازادە و ناچاری کرد کە دان بە قەرزارباریيەکەیدا بنێ و ئەو کێشەیە یەکلایی بکاتەوە. هەنار ئەوەی خستەڕوو کە شازادە خۆی شەرمی لێدەکرد بیخاتە ڕوو و ئەو پانتاییەی لێسەندەوە کە لەژێر سێبەرەکەیدا بتوانێ خۆی بشارێتەوە. لەو نیگا پێداگرییەی هەناردا، شازادە لە قووڵایی ناخیدا هەستی بە تاوانەکەی کرد و هێزی هاتەوە بەر تا ئەو قەرزەی بداتەوە.

هەنار کاتێک بینی ئەو داوایەی لە لای وەرگرەکەدا ڕەنگی دایەوە، بە بێ کێشمەکێشی زیاتر ڕووی خۆی وەرگێڕاو ڕۆیشت. دوو پاسەوانەکەش بە سەرسوڕمانەوە سەیری یەکتریان کرد تێنەگەشتن لەوەی ئەو ژنە سەرکەشە بۆ لە ناکاو ئەوێی جێهێشت.

شازادە بەهۆی ئەو هێزەی ئێستە لە خۆیدا هەستیپێئەکرد و سەختی دۆخەکە وا وروژابوو، هێزی هاتەوە بەبەرداو تەکانێکی دایە بەرخۆی و بە پرتاو لە ژوورەکەی چووە دەرەوە. ئەو پاسەوانانەی کە گوایە لەوێ بوون بۆ پاراستنی،

خۆیان ئامادە کرد بۆ ئەوەی شازادە بگێڕنەوە ژوورەکەی خۆی. بەڵام پێش ئەوەی ئەوان فریا بکەون وتارە دووبارەکراوەکانیان بڵێنەوە، شازادە بە متمانەیەکی باوەڕدارانە فەرمانێکی توندی بۆ دەرکردن دەرگای بۆ بکەنەوە.

دەرگای شوێنی تایبەتی شازادە بە دەرگایەکی پۆڵاییی سارد و پتەو دەورەدرابوو کە لە ناوەوە نە دادەخراو نە دەشکرایەوە. هێزی هیچ بازوویەک نەبوو بتوانێ بیشکێنێت، بەڵام ئەو دەروازەیە بەرگەی ئیرادەی پێداگری شازادەی نەگرت. پاسەوانەکان کە کەوتنە ژێر باری ئەو فشارە قورسەی شازادەوە ناچار بوون مل بدەن و دەرگاکەی بۆ بکەنەوە تا تێپەڕ بێت.

دیوەخانی پاشایەتی جمەی دەهات لە کەسانی جۆراوجۆر کە باسیان لە پرس و کێشەکان و کاروباری ڕۆژانەی شانشینەکە دەکرد. پاشا لەسەر تەختەکەی دانیشت بوو، هەندێ بەرزتر لە شوێنی ڕاوێژکاران و جووتیاران و بازرگانان و کرێکارە جۆراوجۆرەکانی کۆشک کە لەوێ کاروباریان بەڕێدەکرد.

'باوکە!'

پاشا سەرێکی بەرزکردەوە و کچەکەی بینی و ئەو خەڵکەی لەوێ بوون وەک پاشا ئاوڕیاندایەوە.

ڕووناک لەبەر دەرگای چوونە ژوورەوەدا وەستابوو هەردوو مشتی گرژ ببوون و تووڕەییش لە چاوەکانیا دەباری. جەستەی گچکە بەڵام سێبەری زەبەلاحێکی نیشان دەدا. 'دەمەوێت هەر ئێستا ئاکام ئازاد بکرێت!'

ئامادەبووان بە چاوێکی سەیرەوە لەو دیمەنەیان ڕوانی کە پاشاکەیان چۆن بە ئاشکرا لەلایەن کچەکەی خۆیەوە ئاڵینگار دەکرێ.

شێروان تێدەگەشت لەوەی کچەکەی فەرمانێک دەدات کە تەنها پاشایەک دەتوانێت جێبەجێی بکات، بەڵام تورەبوونەکەی ئاڕاستەی باوکێ کراوە. لەم کۆڕوکۆبوونەوەیەدا ئەو دەتوانێ تەنها پاشا بێ. جا بۆ ئەوەی دەسەڵاتەکەی بپارێزێت و کچەکەی بەرەو خۆی بگێڕێتەوە دەبوو بە تەنیا قسەی لەگەڵدا بکات. 'میوان و هاوڕێیانی بەڕێز، بۆ ئیمڕۆ ئەوەنە بەسە. پاشاکەتان داوا دەکات پشوو وەرگرێت بۆ ئەوەی تاوتوێی ئەوە بکات کە ئیمڕۆ باسمان کردووە. بچنە ناو ئەو باخچانەوە یان خەریکی کاروباریتر بن. سبەی بەردەوام دەبینەوە.'

پاشا بەبێ ئەوەی بڕیارێ بدات کە کچەکەی هەقێتی یان نا دۆخەکەی بە جۆرێ ڕاگرت کە بوار بە ململانێ نەدات لە نێوان ئامادەبووانی ناو دیوەخانەکەی. ئەو خەڵکە قسەیان هەر دەکرد، بەڵام کەس نەبوو بتوانێ بەڵگەیەکی بەرچاو بخاتە ڕوو.

میوانەکانی دیوەخانی پاشا یەک یەک بە لای شازادەدا تێدەپەڕین تا بچنەدەرەوە، هەموو ڕێزی خۆیان بۆ میراتگری تەخت نیشان دەدا.

هەر کە دوو بە دوو مانەوە، شازادە دەستیکرد بە قسەکردن. 'ئاکام هیچی نەکردووە ئەو تەنها شوێنی من کەوت، باوکە. ئەو گوێی لە من گرت. من قایلم کردووە. جگە لە پاراستنی من هیچی نەکردووە.'

پاشا بەبێ ئەوەی قسە بە کچەکەی ببڕێت تا کۆتایی گوێی لێگرت و لەسەر کورسییەکەی جووڵەی نەکرد. کە شازادە لە قسەکانی بۆوە، پاشا هەستا و بە هێمنی بەرەو کچەکەی ڕۆیشت. 'دەزانم کچەکەم. ئاکام پیاوێکی بەڕێزە و هەرگیز زیانت پێناگەیەنێت و هەرگیز سازش لەسەر شەرەفی خۆی ناکات. ئەو، تا ئەوکاتەی تۆ قسەت لەگەڵ کردووە، هیچ کەسێکی تر هێندەی ئەو دڵسۆز نەبووە بۆ من. ئەگەر کەسانێ هەبووبن بیانویستایە ئازاری تۆ بدەن ئەو دوا کەس دەبوو. خۆ ئەگەر لە نێو ئەو کەسانەش بووایە کە بیانویستایە پارێزگاری لە تۆ بکەن، ئەوا ئاکام باشترینیان دەبوو.'

پێداگرییەکەی ڕووناک وردە وردە بۆ نائومێدی گۆڕا. 'ئێ بۆ ئاکام دەبێ سزا بدرێ؟'

باوکەکە لە بەردەم کچەکەیدا وەستا بوو، دەستێکی لەسەر کێلانی خەنجەرەکەی لا قەدییەوە بوو و دەستەکەی تریشی خستبوویە سەر شانی کچەکەی. پاشا بەرامبەر ڕووناک وەک قەڵایەک وەستابوو، بەڵام ڕووناک هەستی بە هیچ جۆرە هەڕەشەیەک نەدەکرد. دەستێکی زبر بوو بەڵام بە نەرمی لەسەر شانی کچەکەی دانابوو.

'کچی ئازیزم، پاشا بەرپرسیارە لە چاودێریکردنی هەمووان. ئەو کەسەیە کە بڕیاری سەخت دەدات بۆ ئاسایش و سەقامگیری گەلەکەی. بابەتی دڵ، وەک سۆز و ڕێزگرتنم بۆ ئاکامی جوامێر، هەرگیز نابێت ڕێگا لەوە بگرێت. دەبێت خەڵک

بزانن کە فەرمانڕەواکانیان شەرەفمەند و جێی متمانەن. ئەوە ئەو بناغەیەیە کە هەموو کارێکمان لە سەری دەوەستێ.'

فرمێسکەکانی ڕووناک دائەبارین.' ئێ، بۆ ئاکام دەبێ سزا بدرێ؟ ئاخر من ئەوم لەگەڵ خۆما برد.'

شێروان بە هەمان سۆز و خۆشەویستی جاران کاتێ کچەکەی کە منداڵێکی ساوا بوو، نازی هەڵدەگرت. 'هەر تەنها ئەوە هۆکارەکەیە. ئەگەر گەل بەوە بزانێت متمانەت پێناکات. هەرگیز ئەو دەرفەتەت پێنادەن کە گەشە بکەیت و ببیتە ئەو شاژنە مەزن و شکۆدارە کە پێویستیانە.'

باوک، کە پۆشاکی شایانەی لەبەردا بوو، لە ناخی دڵەوە هەوڵیدەدا گرنگی ئەو هەڵبژاردنەی بۆ کچەکەی ڕوون بکاتەوە، کەچی داواکەی کاریگەری پێچەوانەی تێدا هێنایە ئاراوە. ئاکام ئەو کەسە بووە کە پشتگیری لە هەوڵەکانی شازادە کردووە بۆ ئازادی، وا ئێستا ئەو دەکرێتە قوربانی لە قوربانگەی بەرپرسیارێتییەک کە بەسەریدا سەپێنراوە.

ڕووناک پاڵێکی بەدەستی باوکییەوە ناو و ڕۆشت.

پاشا دەیبینی هیواکانی بوونە هەڵم. ئەو پشتتێکردنەی شازادە بڕیارەکەی باوکی لەرزۆک کرد و وەک باوکێ کە دڵی کچەکەی لە دەستنەدات، بە شێوەیەکی چاوەڕواننەکراو هەم بۆ خۆی و بۆ شازادە، خۆی بە دەستەوە دا. 'لێی خۆش دەبم.' وشەکان لە زارییەوە دەرپەڕین تەنانەت پێشئەوەی بیریشیان لێبکاتەوە.

ڕووناک وەستا و سەیرێکی باوکی کرد، باوەڕیشی نەدەکرد.

پاشا خێرا مەرجێکی دانا. 'لەگەڵم وەرە بۆ ئەو شوێنەی کە ڕیشەی باوانمانی لێوە هاتووە. لەو شوێنەدا کە باوباپیرانمان بێ ئەوەی بزانن بۆ لەوێن دەبوو خۆیان بژێنن. وەرە لەگەڵم با بڕۆین بۆ شانەدەر تا بۆت ڕوونکەمەوە بۆچی تۆ ئەوەندە پێویست و گرنگیت.'

شازادە گوێی لە ئاوازی دەنگی باوکی بوو چۆن گۆڕاوە بۆ ئاوازێکی مرۆڤانە. بوو بە پیاوێک کە دەتوانێ سڵ بکاتەوە و پیاوێ کە هەموو وەڵامێکی لا نییە. ڕازی بوو لەگەڵیدا بڕوات، بەو مەرجەی ئاکام هیچی لێنەکرێت.

شانەدەر. شوێنێکی ساردوسڕ کە بە سڵەوە باس دەکرا. شوێنێک کە شازادە هەرگیز نەیبینیبوو و پێویستیش نەبووە کە بیبێنی. ئیشیان چییە بەوێ؟

زۆری نەخایاند، باوک و کچ بە یاوەری چەند پاسەوانێک، بە ئەسپسوارییەوە بەرەو ئەو شاخە بەرزانەی کە لە سەرووی شارەکەی خۆیانەوە بەسەریاندا دەیانڕوانی، بەڕێکەوتن.

ڕووبەری زاگرۆس زیاتر لە هەزار کیلۆمەتر چوارگۆشە دەبێت کە ئەو شانشینەی لە باقی جیهان دابڕیوە وەک بڵێی باوەشی بۆ کردۆتەوە تا لە توخم و تارمایی ڕابردوو بیانپارێزێت. سوپای بێگانە هەرگیز نەیانتوانیوە ئەو ژینگە سەخت و تێکچڕژاوە ببەزێنێ و هەر زوو یا بێهیوا بوون، یان زەبرێکی گەورەیان بەرکەوتووە، ئەگەر ویستبێتیان ئەو شانشینە ژێردەستە بکەن.

ئەم زاگرۆسە منداڵی ئاوارەبووی باوباپیرانی ئەوانی لەخۆگرتبوو و چەند نەوەیەک دواتریش هێشتا زاگرۆس خەمی دەخواردن. ئەو چۆن دەیبینێ؟ ئایا ئەو شانازی بەو ئیمپراتۆریەتەوە دەکرد کە دایانمەزراندبوو؟ یان هێشتا هەر هەمان منداڵە ترساوەکانی دەبینێ؟ ئایا وەک نیعمەتێ وەریانگرتووە، یان تەنها هاوسۆزیان لەگەڵیدا هەیە؟

شازادە دەیبینی تا زیاتر دەچوونە ناو شاخەکانەوە و بەرز دەبنەوە ماڵەکەی بچووک دەبێتەوە. دیوارەکانی شار و ئەو دارستانەی بینی کە هەنار لەوێ چاوەڕێی گەڕانەوەی خۆشەویستەکەی بوو. ڕوباری زابی دەبینێ چۆن لەبەردەم دارستانەکانی گارادا دەچەمێتەوە و ئەو ڕێگایە دەهاتەوە یادی کە لەگەڵ ئاکامدا پێیدا تێپەڕیوە.

لە ناوچەی بەشی ژێر سکییەوە هەستێکی سەیری بۆ پەیدا ببوو. هەستی بە گرژبوونێ دەکرد بەڵام نەیدەزانی بەتەواوەتی لەکوێی ئەو شوێنەدایە هەر ئەوەندەی دەزانی کە هەستێکی بێزارکەرە.

کاتێک خەریک بوو دەگەشتنە ئەوێ پاشا بە حەماسەتەوە هەنگاوی بەرەو پێشەوە دەنا. کاتێ گەیشتنە دەمی ئەشکەوتێکی گەورە خۆر لە ئاوابووندا بوو.

ئەو کونەی کە لەبەردەمیدا وەستابوون وا دەردەکەوت کە دەیەویست شازادە بکێشێتە ناوەوە و تاریکییەکەش گەدەی شازادەی دەهێنا بەیەکدا. لەگەڵ ئەوەشدا دەنگی لێوە نەهات.

'ئەوەتا ئەوان لێرەدا بوون،' پاشا بە شانازییەوە دەیگێڕایەوە. 'باوانمان، هیچیتر نا جگە لە بوێری و ئازایەتی و ویستی یارمەتیدانی ئەوانەی یەک چارەنوسیان بوو پێکەوە تاماڵێکی نوێ بۆ خۆیان دامەزرێنن.'

پاسەوانەکان لە دەرەوە مانەوە، ئینجا پاشا لەگەڵ کچەکەی چوونە ژوورەوە. حەماسەتەکەی پاشا پێچەوانەی ناجێگیری باری تەندروستی کچەکەی بوو.

شازادە هەر هەنگاوێکی بەرەو ناو ئەشکەوتەکە دەنا هەستی دەکرد ئەم هەنگاوە لەوی پێشتر قورستر بووە. ئەو گرژبوونە خراپە بەرە بەرە دەگۆڕا بۆ ئازارێک کە وای لێئەکرد بیەوێ بلەرزێت. بەڵام نەیدەهێشت باوکی بەوە بزانێت. بەهۆی ئەو ڕێکەوتنەی پێشوویانەوە، نەیدەویست ناکۆکییەک دروستبێت کە ئاکام ببێتە قوربانی.

'باپیرەم جارێک منی هێنایە ئێرە، ڕووناک. من لە تۆ گەورەتر بووم و خەریکی ئەوە بووم هاوسەرگیری لەگەڵ دایکتا بکەم. باپیرە گەورەت بەرپرسیارێتییەکی بێئەندازەی لە مندا بەئاگا هێنایەوە کە ڕەچەڵەکی ئێمەی لە ئەستۆ گرتووە. لەو ڕۆژەدا ئەرکێکی گرنگی بە من سپارد.'

ڕووناک بەدوای شتێکدا دەگەڕا کە پێیەوە خۆی ڕاست ڕابگرێت، لەوکاتەیا باوکی ئاماژەی بە وێنەکێشانی دیوارەکان دەکرد کە دەوترێت باوباپیرانیان بەجێیان هێشتووە.

لەو کاتەوەی شانەدەرمان جێهێشتووە، ئێمە لە بازنەیەکی ئاشتی و شەڕدا تێوەگلاوین. خێڵەکان ماوەیەک بە ئاشتیانە پێکەوە دەژین تا ڕووداوێک کە شایستەی ئەوە نییە دەبێتە هۆی ناتەبایی نێوانیان. ڕۆژ بە ڕۆژ خۆیان چەکدار دەکەن و خوشک و برا دەکەونە گیانی یەکتر و ژیانی یەکتر دەبەن. ڕق و جەنگ حوکمڕانی ژیانی خەڵکی دەکەن. ترس و تۆقین دەبێتە پاشای نوێ، تا لایەکیان سەردەکەوێت و سەردەمێکی نوێی سەقامگیری و ئاشتی لەسەر تەرمی دوژمنەکانی دەستپێدەکاتەوە.'

ڕووناک پچڕ پچڕ قسەکانی باوکی دەبیست، بەڵام ئەو دەنگانە ئازاری ئەویان هەر زیاد دەکرد، وەک ئەو چەقۆیانەی لەو جەنگانەدا دەوەشێنرێت بەر ئەو بکەوێت.

شێروان کە لە ناو گێڕانەوەی چیرۆکەکەیدا بەتەواوەتی نوقم ببوو، هەستی بە هیچ نەکرد، بەردەوام بوو پەنجەکانی دەهێنا بە سەر وێنەکێشراوەکانی سەر دیوارەکان. 'هەرگیز نەمدەزانی بۆچی. خۆشم لەوە تێنەدەگەشتم. تەنانەت کاتێک باوکی خۆمم دەبینی کە هەڵپە دەکات بۆ بەرەکانی جەنگ یان من خۆم کاتێ ناچار دەبووم بجەنگم بۆ پاراستنی خێزانەکەم.' دەستی لەسەر وێنەی دڕندەیەک ڕاگرت کە ڕمەکانی تێدا چەقیبوون. 'ئاشتی وەک خوێنڕشتنەکە لەناکاو هات، منی خستە ناو سەرلێشێواوی و بێئومێدییەک چونکە هەستم نەئەکرد کە هیچم بەدەستەوە بێت. من ئیدی لە ترسێکدا دەژیام کە هەموو کەسێکم بە دوژمن بۆ جەنگی داهاتووم دەبینی.'

ڕووناک بەدوای باوکیدا بە ڕێڕەوێکی تەسکدا بە قووڵایی ئەشکەوتەکەدا دەچوون. خۆیان نوشتانبۆوە کاتێ دەڕۆیشتن و شوێنی ئەوەیان نەبوو کە لاکەنەوە.

'ڕووناک، تاریکی ئەم ئەشکەوتە هێشتا بەدوامانەوەیە. ترسی باووباپیرانمان ئێستاش لەناو ئێمەدا دەژی و لە بچووکترین هەڕەشەدا برا بەرامبەر برا دەکەوێتە جەنگێکەوە کە تەنها لە ملکەچبوونی یەکێکیان بۆ ئەویتریان سەبووریان بۆ دێت. من ڕۆژ بە ڕۆژ بەو ترسەوە دەژیام.'

ڕێڕەوە تەسکەکە لەناکاو فراوان بوو و بوو بە بۆشاییەکی گەورە. پاشا ڕۆیشتە ناوی و ڕووناکیش لە کۆتایی ڕێڕەوە تەسکەکەدا وەستا تا بۆ ساتێک پشوویەک بدات. لەگەڵ زیاتر ڕۆچوونیان بەناو تاریکییەکەدا گرژبوونەکەی سکی زیاتر بەسەریدا زاڵ دەبوو.

'تا من ئەوەم بینی لە تۆدا کە بینیم. هەندێ کاتی پێویستبوو تا تێبگەم لەوەی چیم لە تۆدا بینیوە، بەڵام دایکت ئەوەی کە من بینیم هەر زوو خێرا بینیبووی.'

ڕووناک بە دیواری داڵانەکەوە پاڵی دابوویەوە بەڵام هەستیدەکرد کە بەردێکی ساردی تیژ لە ژێر پێیدا واخەریکە دەتەپێت.

'له تۆدا ئەو ڕۆشنگەرییە نیشتەجێیە کە دەتوانێ ئەم تارییکییە بڕەوێنێتەوە. تۆ، کچم، تۆی ئەو کەسەی کە دەتوانێ بازنەی ترس کۆتایی پێبهێنێت.'

لەگەڵ دوا وتەی باوکی کە پڕبوو لە هیوا شازادە هەستیکرد قورساییەک جەستەی ڕادەکێشیت.

کە پاشا ئاوڕی دایەوە کچەکەی لە هیچ کوێوە دیار نەمابوو.

١٠

تەزوویەکی سارد بە سەر جەستەیدا تێپەڕی و وردە وردە ئەوی هێنایەوە هۆش خۆی. خشە خشێ گوێکانی پڕ کردبوو. ئەو دەنگە نامۆیە نەیدەزانی لە کوێوە دێت تا ئەوکاتەی خۆی هەستی پێکرد.

مارا بە ژمارەیەک ماری زۆر داپۆشرابوو.

جەستە سارد و پوولەکدارەکان بەسەر جەستەیدا دەکشان هەر وەک بڵێی بە زیندوویی دەیانەوێ بینێژن. دەستی گرت بە دەمییەوە تا قیژەیەک لە دەمیەوە دەرنەچێ. چاوەکانی زەق کردبوونەوە، بەڵام هیچی نەدەبینی.

پاشئەوەی کە پێدەچوو چەن کاتژمێرێ تێپەڕیێ، تیشکێ بەر بیلبیلەی چاوی کەوت. ئەو تیشکە مارەکانی دەرخست، ژمارەیان زۆر زۆر بوو تا ئەو ڕادەیەی هەموویان بەسەر یەکتریدا دەکشان هەوڵی هەڵهاتنیان دەدا لەو کونەوە کە تیشکەکەی لێوە دەهاتە ژوورەوە. هیچ یەکێ لەو مارانە ئەو مەخلوقە خوێن گەرمەیان بەلاوە گرنگ نەبوو.

ڕووناک هەوڵیدا خۆی بەرزکاتەوە، بەڵام دەستی بەر پارچە تەختەیەکی شکاو کەوت و تەڵاشە دارێکیش چووە بە پەنجەیدا. لە ئازاردا دەستی کشاندەوە، بە ورياییەوە دەستی ئەبرد بۆ شوێنێکی سەلامەتتر ئەگەڕا.

ئێستە دەستی بەر شتێکی چەرمین کەوت. تۆزێ خۆی لێکشانەوە بەڵام هەر ئارەزووشی دەکرد کە هەڵیگرێت. هەر کە هەستایە سەر پێ بۆی دەرکەوت کە ئەوەی بە دەستیەوەیە کتێبێکە.

ڕووناک بە وریاییەوە هەوڵی دەدا هەنگاوەکانی هەڵبێنێتەوە تا پێ بە مارەکاندا نەنێت، یا خراپتر ڕوو نەدات و بیانترسێنی.

ڕووناک پاڵی دایەوە بە دیوارە ساردەکەوە و هەوڵیدا لە درزێکی دیوارەکەوە ئەودیو ببینێت. لەگەڵ ئەو پاڵەی کە نای بە دیوارەکەوە، دیوارەکە کەمێ جووڵا، لەگەڵ ئەوەی ئەو تۆپەڵە مارانەی کە بە دیوارەکەوە کۆببوونەوە و خۆیان پێدا شۆڕکردبۆوە، دیوارەکە وردە وردە کرایەوە. مارەکان بەپەلە یەک لە دوای یەک کشان بەرەو ژوورە ڕووناکەکە و یەک بە یەک لەناو درزە بچووکەکانی دیوارە گڵینەکاندا خۆیان ون کرد.

ڕووناک چاوەکانی تروکاند و بە نیوەکراوەیی هێشتیەوە تا لەگەڵ ئەو تیشکە چاوی ڕاهات. سەرەتا قاوەییەکی وشک هاتە بەرچاوی. پاشان سەرنجی دا مەشخەڵی گڕدار بە دیوارەکانەوە هەڵواسرابوون. پاش ئەمانە لە ژوورەکەدا شێوەی کەسێ هاتە بەرچاوی.

ڕووناک مەخلوقێکی پوولەکەداری بینی کە لە مارێکی گەورە دەچوو، لە سەر تەختێ دانیشتبوو. چاوەکانی بە لەشی مارەکەدا هەڵکشان تا گەشتە بەشی سەرەوەی بینی کە ئافرەتێکە. شەوقی پرتەقاڵیی ئەو مەشخەڵانە لەسەر جەستە سپییەکەی بەشی سەرەوەی دە بریسکایەوە و لە سەر پوولەکە تۆقێنەرەکانی بەشی خوارەوەی لەشی سەمایان دەکرد.

ئەو تۆقێنەرە جوانە بە وردی چاوەکانی کە بیلبیلەکانیی وەک هێڵی تیژ لە چاوە زەردەکانییەوە دەردەچوون لەسەر ڕووناک بوون. 'چەند ساڵ تێپەڕیوە وا مرۆڤ ئەوەنە بوێر بوون بێنە ئێرە؟' بە دەنگێکی نەرم لە هەمان کات زبریش بوو. ئاوازی دەنگی بێزارکەر بوو وەک ئەوەی بە ئاهێکەوە قسەی دەکرد.

شازادە هێشتا شێواوە، کتێبەکەی بە خۆیەوە نووساندەوە. ئازار هەموو جەستەی گرتبۆوە. 'من لە کوێم؟' بە چاوی نیوەکراوەوە پرسی.

'تۆ نازانی ئەوەتای لە ناوچەی دوژمنێکی سەرسەختی خۆت؟'

لەگەڵ گشت ئەو ئەشکەنجانە شتێکیتر هاتە ئاراوە. شتێکی لە ناکاو.

'دوژمن؟'

مارە ژنەکە خۆی خلیسکاندە خوارەوە و هات بەرەو ڕووی شازادە. لەو نزیکییەوە شازادە ئینجا بینی ئەو مارە لە ڕاستیدا چەنێ گەورەیە. تەنها باڵای بەشە ماسولکەییەکەی مارەکە لە باڵای باوکی بەرزتر بوو.

'من، شاماران، شای ماران، دوژمنی سوێندخواردووی مرۆڤەکانم، بەڵام پێچەوانەی جۆری خیانەتکارانەی وەک ئێوە چونکە من میهرەبانم و دەرفەتت دەدەمێ تابزانم پاساوەکانت چین پێش ئەوەی بڕیار دەرکەم کە چیت لێکەم.'

شازادە دیسانەوە هەستی بە گرژییەکەی ناو سکی کردەوە. کتێبەکەی بە توندی بە دەستییەوە گرتبوو. بەدەم لەرزەوە هەوڵیدەدا ئەوە باسکات کە چۆن ڕێی لەم ئەشکەوتە کەتووە. 'من نازانم لە کوێم. هەر ئەوەنەم لە بیرە کە کەوتمە خوارەوە و خۆم لێرەدا بینییەوە.'

شاماران برینەکانی لەشی شازادە، ڕوخساری شێواوی و ئەو دڵۆپە خوێنانەی کە پێیدا دەچۆڕانەوە بینی. بەزەیی جووڵا و تێگەشت کە ئەو منداڵە بە ئەنقەست نە هاتۆتە ناو ناوچەی ئەوەوە. 'پێموایە وابێ بە ڕێکەوت ڕێت لێرە کەوتووە، خنجیلانەکەم؟' وەرە با دەستێکت پێدابێنم تا هەستێ بە چاکبوونەوە بکەیت.

شاماران شازادەی بە ناو ناوچەی خۆیدا دەگێڕا، کە تەنها لە سیستەمی ئەشکەوتێ پڕ لە ڕێڕەو دەچوو تا لە پەناگەی شاژنێ. ڕاڕەوە هەڵکەندراوە ڕەنگ قاوەییەکان پێچاوپێچێ بوون هەر وەک مارێ. دیوارەکانی مات و ڕاڕەوەکانیش وەک یەک دەردەکەوتن.

لە دوا پێچدا ڕاڕەوەکە فراوان بۆوە تا بوو بە دەرچەیەکی گەورە. لە ناوەندەکەیدا کارێزێکی ئاوگەرمی تێدا بوو. هەڵمێ بەرز ئەبۆوە و پاشان وەک دڵۆپە ئاو دەکەوتەوە ناو کارێزەکە، وەک بڵێی خۆی دەکشێنێ تا کانزاکانی ناو ئەشکەوتەکە هەڵمژێ و پانتاییەکی زیاتر بۆ خۆی دابین بکات.

شاماران داوای لە شازادە کرد بچێتە ناو کانییەکە تا لەوێ خۆی بشوات. 'ئەو ئاوە برینەکانت چاک دەکاتەوە و گرژییەکانیشت کەم دەکاتەوە. هەموو ڕۆژێ بچۆرە ناو ئەو کارێزەوە تا گرژیەکەت خاو کاتەوە.'

ڕووناک بە لەسەرخۆییەکەوە خۆی کرد بە ناو ئاوەکەدا. هەر کە بەر ئاوەکە کەوت هەستی بە لە ئامێزگرتنێکی گەرم کرد کە هەر لە بنەوە لە پەنجەکانی قاچییەوە سەرکەوت تا گەیشتە تەوقی سەری. لە ناو ئاوەکەدا گەرمایی گرژییەکانی خاوکردەوە و کونیلەکانی پێستی هەموویان کرانەوە. هەناسەیەکی قووڵی هەڵکێشا و جەستەیشی ئارام بوویەوە.

شاماران چاوەڕێی شازادەی کرد تا لە ناو ئاوەکەدا بە ئارامییەوە ڕاکشا ئیتر ویستی خۆی وەرچەرخێنێ و بڕاوت کاتێ ڕووناک لێێ پرسی:

'بۆچی لێرە وا بە شاراوەیی دەژیت؟'

شاژنی مار هەندێ دوودڵ بوو. ئەم منداڵە بەدڵسافییەوە قسەی لەگەڵ دەکرد وایدەکرد کە بیەوێ ئازارەکانی ئاشکراکات. 'ئێرە وەک ئێستە ئاوا چۆڵ نەبووە. ئەم شوێنە سەردەمانێ کۆشکی من بووە، بەهەشتێ بووە پڕ لە تابلۆی

جوان و باخچەی ڕازاوە. هاوینان فێنک هەروەک ڕووبارێکی بە خوڕ و زستانانیش وەک گەرماوێ گەرم.'

'ئەی ئێرە ئێستە بۆ ئاوا بەم...؟' ڕووناک دوودڵ بوو لەوەی قسەکەی تەواو بکات نەوەک خانەخوێکەی نیگەران بکات.

'وشک؟ سارد؟ ئەوە بۆ ئەوەی خۆمان لە کردەوە خیانەتکارییەکانی مرۆڤ لادەین خۆمان کشاندەوە و لەگەڵ جیهانی دەرەوەدا خۆمان دابڕی. وردە وردە گوڵەکان مردن، فەرشی سەردیوارەکان هەڵوەرین، ڕەنگاورەنگی دیوارەکان کاڵبوونەوە، تا بۆتە ئەم وشکەڵانییەی کە ئێستە تۆ دەیبینی. تەنها ئەم سەرچاوە ئاوە شیفا بەخشە بریقەی جارانی خۆی پاراستووە.

'دیارە لێرە تەنیایت،' شازادە بە چاوی نوقاوەوە وتی. جەستەی لە ناو کارێزەکەدا گەرم دادەهات بەنەرمی هێدی هێدی هەموو ئازارەکانی دەڕەوینەوە و جیهانی دەرەوە بووە خەونێکی دوورەدەست. لەسەرخۆ خەوێکی خۆشی لێکەوت.

ڕووناک لە بۆنوبەرامی گۆشتی دووکەڵدار و برنجی کوڵاو بەرەبەرە خەو بەری ئەدا. لە ژوورێکی گچکە لە سەر جێگەیەکی نەرم ڕاکشابوو، هیچی لاوە نەبوو جگە لە مێزۆکەیەک. جلەکانی لەسەر ئەوێ دانرابوون و لەگەڵ کتێبێکی بەرگ چەرمی ڕەنگ قاوەیی.

جەستەیەکی خاوێن و حەواوە ئەوەنە دڵئارام بوو هەستی بە برسێتی دەکرد. بۆنوبەرامی خۆش ئەوی بەناو کۆڵانەکاندا ئەبرد بەرەو هۆڵێکی خواردن مێزێکی گەورەی لێبوو پڕ بوو لە خواردن.

لەسەری سەرەوە شاماران دانیشتبوو. 'دانیشە، کیژێ. ئەمانە ئەو خواردنانەن کە مرۆڤ حەزیان لێدەکات، وایە؟ لە ناو قاپ و مەنجەڵ کوڵێنراو؟'

لیکی ڕژاو و دیمەنی نایابی ئەو خواردنانەی سەر مێزەکە وایلێکرد بازێ بەرەو پێشەوە بدات، بەڵام پێشئەوەی شازادە پاروویەک بگلێنێ، بیری کەوتەوە کە شاماران باسی ڕاگەیاندنی جەنگی کرد دژ بە مرۆڤ.

'بۆ خواردن بە دوژمنەکەت دەدەیت؟' ڕووناک پرسی.

'هەرچەنە ئێمە دوژمنی مرۆڤایەتین بەڵام دوژمنی هەموو مرۆڤێکیش نین. ئێمە دژی ئەو ڕزینەی ناو دڵیانین، تۆش هێشتا ئەوەنە گەورە نەبووی تا ئەوان دڵت بەو تاوانانە لەکەدار بکەن.

ئەو ئێشەی لە وشەکانی شای ماران هەستیپێدەکرا بۆ ڕووناک نیشانەیەک بوون کە خانەخوێکەی ڕاستی دەڵێت. شازادە وەک ئاژەڵێکی کێوی پەلاماری خواردنەکەی دا و تێکەڵەیەکی لە شیرینی و تام و ترشی کرد بەسەریەکدا کە خۆی لێیڕانەهاتبوو بەڵام بە شێوەیەکی سەیر بە دڵیەوە نووسا و تێریکرد.

پاش ئەوەی برسیەتە زۆرەکەی نەما و هۆشی هاتەوە بە بەرخۆیدا، دیسانەوە سروشتە زۆر پرسیارکردنەکەی هاتەوە پێش.

'ئێوە و مرۆڤ بۆ بوونەتە دوژمنی یەکتر؟' دەستێکیشی ئەهێنا بەسەر ورگە پڕەکەیدا.

شاژنی ماران بۆ یەکەمجارە شازادە وەک خۆی دەبینێ. یەکلاکەرەوە و فزوڵ. چاوە تیژەکانی لەبەر شانۆگەری ئەو ڕووناکییەی لە مەشخەڵەکانەوە دەردەچوون تەنانەت لە لایەن داخراوترین دڵەکانیشەوە فەرامۆش نەدەکران. شاماران بۆی دەرکەوت کە بەشێک لە خۆی هێشتا مابوو بەڕووی جیهاندا داینەخستبوو و دەیویست بناسرێت.

'جارێکیان، پێش ئەوەی باخچەکەم هیچ کەموکورتییەکی هەبێ، پیاوێک هەروەک تۆ کەوتە ناو جیهانمانەوە. هاوڕێکانی بەجێیان هێشت، بەو هیوایەی سامانەکانی بۆ خۆیان بەرن. جەمیسەڤ، پیاوێکی نەرمونیان بوو. ئێرە بۆ ئەو بووە شوێنێ کە دەرچەیەکی بەڕووی نهێنییەکانی دونیادا بۆ کردەوە. لە گێڕانەوەی چیرۆکەکانی سەبارەت بە جیهانی مرۆڤەکان ئێمەش چێژێکی زۆرمان وەردەگرت. ئەوەندە سەیربوون ڕووبەڕووی خۆر وەستاونەتەوە. کەچی هیچ گرنگییەکیان بەو زەوییەی ژێر خۆیان نەداوە، کە هەموو شتێکی پێویست بۆ ژیان لە وێدا هەڵگیراون.

ڕۆژێکیان زۆر بیری نیشتمانەکەی دەکرد، دەیویست بگەڕێتەوە بۆ ناو جیهانی خۆی. داوام لێکرد ڕای خۆی بگۆڕێ هێشتا زۆر شت ماوە لێمانەوە فێربێت، بەڵام هیچ سوودێکی نەبوو. بیری جیهانەکەی دەکرد و دواجار منیش ملم بۆ دا، بەڵام مەرجێکم بۆ دانا. هەرگیز ڕێگەی پێنەدراوە باسمان بکات کە لێرەدا

چی دیوە و خەڵکی لە کوێ دەتوانن ئێمە بدۆزنەوە. ئەگەر ئەوە بزانن، بە دڵنیاییەوە ڕاومان دەکەن.'

'بۆچی لەوە ئەوەنە دڵنیا بووی؟' ڕووناک پرسی.

'بوونەوەرەکانی ڕووناکی ئەوە حاڵیانە. ئارەزوویەک پاڵیان ئەنێ کە ڕووناکی بۆ شوێنێ بەرن کە جێگەی خۆی نییە، بۆ هەرکوێش بچن تاریکی قووت دەدەن. ئارەزووی بێوچانیان بۆ ڕۆشنکردنەوە، نهێنییەکانمان لەناو دەبەن.'

ڕووناک بۆچوونە هاوشێوەکەی سیمورغی لەبارەی بوونەوەرەکانی تاریکی هاتەوە یاد.

'جەمیسەڤ بەڵێنی خۆی داو منیش باوەڕم پێکرد. ساڵان تێپەڕی و شێوەیم لە بیر چووبۆوە. تا ڕۆژێک دەنگێکی ئاشنا بانگی کردم. بەڵام ئەم دەنگە ئاشنایە بزرکانێکی لە ڕادە بەدەر و گرژی پێوە دیاربوو. جەمیسەڤ سوپایەکی لەگەڵ خۆی هێنابوو. خراپترین ترس کە هەمبوو هاتە دی. تاکە مرۆڤێ کە وێرابووم متمانەی پێبکەم، هاتووە دەیەوێ هەموو شتێ بۆ خۆی بەرێت.'

'تاقە شتێ کە توانیم بیکەم دەروازەکەم داخست تا نەهێڵم بێنە ژوورەوە. خەم و پەژارە دایگرتم، خەوێکی قووڵم لێکەوت و کە لە خەو هەڵسام، باخەکانم وشک ببوون، دیوارەکانم داڕوخابوون و ژیان لە کۆشکەکەمدا کوژایەوە. لەو کاتەوە سوێندم خوارد کە مار و مرۆڤ بۆ هەمیشە دوژمنی یەکتر بن.'

ڕووناک بە وردی گوێی گرتبوو لەوەش تێگەیشت کە ئەو چیرۆکە چ واتایەکی بوونی ئەو لەوێ دەبێ. 'گەر وابێ کەواتە ڕۆشتنی منیش لێرە بە ڕێزەوە سەیر ناکرێ؟'

شاماران ڕوویەکی کرد بەو دیودا. 'جارێ تۆ پێویستە پشوویەک بدەیت و ئەوکاتە بە جەستەت بدەیت بۆ بەرێکردنی ئەو گۆڕانکاریانەی کە بەسەریدا دێت.'

'گۆڕانکاری چی؟'

'بەمزوانە جیهان بێتاوانی خۆی لە دەست دەدات و تۆش قۆناخی منداڵیت جێدەهێڵیت. کاتی هاتنی ڕۆشتنت زۆر نابات ئەویش دێت.'

'تۆی بڕیار دەدەیت کەی ئەوکاتە بێت؟'

شازادە لەسەر جێگاکە پاڵکەوتبوو، لە بیرکردنەوەدا ون ببوو. جەستەی هێشتا لاواز بوو و دوای نانخواردن هەستیکرد کە جارێکی دیکە پێویستی بە پشوودان هەیە.

ئاکام چی بەسەر هاتووە؟ خۆی چی بەسەر دێ؟ شاماران لێرە چەندە تەنیایە. ئاخۆ دایک و باوکی ئیستە نیگەرانبن؟ تێڕامانەکانی یەک بە دوای یەکدا دەهاتن، بەڵام بیرۆکەیەک داگیری کردبوو: ئەو لێرە زیندانییەکە.

کە بە دیوێکدا خۆی سوڕانەوە لەبەر ڕۆشنایی مۆمەکەدا دیسانەوە کتێبە چەرمینەکەی بینیەوە. لێوارەکانی شڕ ببوون، بەڵام لە دۆخێکی خراپدا نەبوون. لاپەڕەکان زەردباو ببوون و پڕ بوون لە دەستنووسی ڕازاوە، وەک دەسخەتی خۆشنووسێ. پەڕەکانی هەڵدەدایەوە و لێرەولەوێ چەن ڕستەیەکی هەڵدەگرتەوە.

لەسەرخۆ بەڵام بە وردی زیاتر و زیاتر دەیخوێندەوە. کاتێک کە زانی چی لەبەردەستیدایە، گەڕایەوە بۆ سەرەتای کتێبە و بە درێژایی ئەو شەوە دەیخوێندەوە.

١١

کوڕ و کچە ئازیزەکانی نەوەکانمان، چرای دڵەکانمان، خوێنی ناو دەمارەکانمان، ئاه و ئۆف لەوەی چۆن ئێوە لە باوەشی ئێمەدا ڕفێنران، چۆن بە زەلیلی و بێ بەزەییانە لە ئامێزی گەرمی دایکەکانتان و پەناگەی ئارامی باوکەکانتان کران.

خودای مەزن لەم ئازارە ڕزگارمان کە. خودایە لە ڕۆژی دواییدا ئارامییان پێببەخشە. تاکە تاوانیان هەر ئەوە بوو کە لە ناو زریانی پاشایەکی گەنیودا لەدایک بوون. هەموو ڕۆژێ بۆ ئێوە خوێن لە دڵم ئەتکێ و هەناسەم لە سینەمدا گیردەبێت.

هیوادارم ئەم پەیامە لە کاتی خۆیدا بگاتە دەستتان تا لانیکەم تێبگەن بۆچی دەبێت بەرگەی ئەم دۆزەخە بگرن. بۆ ئەوەی بزانن سەرچاوەی نەهامەتیەکانتان چییە و بۆچی لەیەک جیا بووینەتەوە. بۆ ئەوەی سەرەڕای هەموو شتێک، خەون بەو ڕۆژەوە ببینین کە لە ژێر یەک ئاسمانی شین، یەک خۆری ڕووناکدا یەکبگرینەوە. ڕۆژێک بێت کە دایکەکانتان ئێوە لە ئامێز بگرن وەک هەمان ئەو ڕۆژەی کە یەکەمجار ئێوە بێگەردانە لە سەر سینەیان بوون.

ئێمە لە ژێر ئەم هەورە ڕەشەدا بەرگە ئەگرین. لەو پێناوەدا بە توندی دەستمان بەو تاکە هیوایەوە گرتووە، ئەو تاکە ڕووناکییەی لەناو ئەم ژیانە تاریکەدایە.

ئەو کەسەی چارەنووسی ئێوەی بەم دەردە برد، پاشایەک بوو ناوی زوحاک بوو. ئەم نامرۆڤە بەهۆی کردەوە خراپەکانییەوە بە خراپترین شێوە سزا درا. ڕۆژێک گەڕیدەیەک لە کۆشکەکەیدا دەرکەوت. بە گێڕانەوەی چیرۆکی دوورترین گۆشەکانی جیهان و جادووی ئەفسوناوی و بەڵێنی ژیانی هەتاهەتایی پاشای دڵخۆش دەکرد.

پاشای تەماحکار هەموو شتێکی بەدەستەوە بوو تەنها کات نەبێ، بەم ئەگەری نەمربوونە سەرسام بوو. گەڕیدەکە پاشای قایل کرد بەوەی کە بەهێزە و ئەوەندە ئەزموونی وەرگرتووە ئەگەر ڕێگەی بدات کاری بکات، دەیکاتە نەمر. ماچێک، هەریەک لە شانەکانی.

زوحاکی مەستبوو بە پیاهەڵدانەکانی، باوەڕی بەوە کرد کە ئەم گەڕیدەیە بە ناو ئەم جیهانەدا گەشتی کردووە تا ژیانی نەمری بەم ببەخشێ ئیتر ڕێگەی دا بێتە پێشەوە. گەڕیدەکە هەردوو شانی ماچ کرد و پاشان وەک بەفرێکی بەر خۆر توابێتەوە ئاوا ون بوو.

لەو شوێنەی زوحاک ماچ کرابوو دوکەڵ بەرز بۆوە، تاریک وەک شەو. دوکەڵەکە وردە وردە چڕ بوویەوە ئیتر دوو مار دەرکەوتن، هەردووکیان وەک یەک ڕەش بوون و چاوەکانیان شەهوەتی لە ڕادەبەدەریان لێدەباری.

ترسێ بە سەر زوحاکدا زاڵ بوو، ئەوانەی بە شکۆی پاشاکەیان سەرسام بوون، دەیانبینی کە خاوەن شکۆکەیان وەک مرۆڤ ئازار دەچێژێ.

مارەکان لەسەرخۆ خۆیان دەکشان، لەسەر هەردوو شانی گەورە دەبوون، هیسکە هیسکیان دەیانکێشا بە پەردەی گوێچکەکانییەوە، لەوێدا دەگۆڕان بۆ ئارەزوویەکی لە ڕادەبەدەر بۆ خواردنی مێشک. پاشا فەرمانی دا بە پاسەوانەکانی لایانبەرن ئەوانیش وایانکرد. برسێتی بڕایەوە و هیسکە هیسکەکەشیان نەما.

زوحاک ئەو شەوە بە ئارامی نوست، بەڵام پێش بەرەبەیان بە هەستێکی خەمۆکییانە خەبەری بوویەوە، مارەکان جارێکیتر لەسەر هەردوو شانی ڕوابوونەوە و بە سەر چروچاویدا شۆڕببوونەوە.

زوحاک زیرەی کرد. ئارەزووی خواردنی مێشکی دەکرد. بێئەنداز ئارەزووی ئەو ژەمە خواردنەی دەکرد کە دەیهێنن. دەیویست بکۆشێ تا پارێزگاری لە ئەقڵی خۆی بکات و نەکەوێتە داوی ئارەزووەکانی ئەو مارانەوە کە دەیانەویست بەسەریدا زاڵ ببن.

جارێکیتر سەری مارەکان پەڕێندران. ئەمجارەیان نیشانەکانی سەرەتایی چاکبوونەوە لە دەمەوبەیاندا خۆیان دەرخست.

پاشا هەموو وەزیرەکانی کۆکردەوە بۆ ئەوەی بزانێت چ سیحرێکی شەیتانانە بوو بەرەو ئەو دۆزەخەی بردبووە و چۆن بتوانن کۆتایی پێبهێنن.

یەکێک لە وەزیرە زیرەکەکانی بۆ چارەسەرکردنی دۆخەکەی پێشنیارێکی کرد. پاشا باسی دۆخی خۆی ئەکرد کە لەگەڵ گەڕانەوەی مارەکاندا سەرئێشەی

زیاد دەکات و ئارەزووی تامی مێشک تێیدا گەشە دەکات بە تایبەتی ئارەزووی بۆ مێشکی ناسک دەچێت. ئەو وەزیرە لەوە تێگەشت کە ئەگەر بە مێشکی ناسک مارەکان خۆراک بدەن ئەوا تێریان دەکەن.

کە مێشکی ناسک بۆ ئەو مانای چییە پرسیاری بوو وەزیر خێرا وەڵامیدایەوە. مێشکی منداڵێ، ئەوەندە بچووک بێت هێشتا باڵق نەبووبێ بەجۆرێک مێشکی کاتی کارکردنی لەبەر خۆردا وشک نەبووبێتەوە و ئارەزووی جەستە هێشتا نەیگرتبێت. هەروەها نابێ زۆریش لەوە گەنجتر بێت کە مێشکی هێندە بچووک بێت برسێتی ئەوان تێر نەکات.

تەنها گەمژەیەک یان دڕندەیەک بە دەرمانێک دڵخۆش دەبێت کە لە ژەهرەکە خراپترە. بەداخەوە زوحاک لەوەش خراپترە. ئەو دڕندەیەکە بە ترسنۆکیش دەورە درابوو.

فەرمانی بە قوربانیکردنی دوو منداڵ لە پێناو وڵات و پاشا بە خێرایی و گەرموگوڕییەکەوە پێشکەش کرا کە هەر بەرخۆدانێک کە لە مێشکی ئەوانەی لەوێ دابوون سەریهەڵدا بێت، هەر دەمودەست لەوێ لەناوبردران.

لەسەر ئەوە کۆک بوون کە منداڵەکان لەناو خێزانی جیاوازەوە بهێنرێن تا ئازارەکان لە یەک شوێن کۆنەبێتەوە و بڵاوەی پێبکەن. ناشبێ کوڕە گەورەی خێزانەکە بێت تا زیان بە جێنشینی ناوی ئەو خێزانە نەگەیەنێت.

هەر لەو ڕۆژەدا دوو منداڵ ڕفێنران و ئامادەکران بۆ ئەوەی بیانکەنە قوربانی بۆ جنۆکەکانی زوحاک. ئەو گەنجانە ئەوەندە پێگەیبوون کە تێبگەن چی چاوەڕێیان دەکات و بە گەورەترین خەمەوە دایک و باوکیان جێدەهێشت، دەیانزانی کە تەنها ویستی پاشا خۆی پاسایە.

لە کۆشکدا بەڕێز و شکۆوە پێشوازییان لێکرا و بێ ئازار سەریان بڕین. مێشکیان دەرهێنان بەبێ ئەوەی زیان بە ڕوخساریان بگات، لەو کاتەشدا بێئارامی زوحاک لەگەڵ حەز و ئازار و تووڕەیی هەر زیادی دەکرد. تەنانەت پاشا خۆی نەیتوانی شەرەفی شەهیدبوونیان لێبسەنێتەوە.

دواجار، کاتێک پاشا ئازار گرژی کردبوو و لە تاوانا دەستی بەسەریەوە گرتبوو و لەسەر تەختەکەی دانیشتبوو، دوو مارەکەش لەلایەن پاسەوانانی

زرێپۆشەوە بە تەواوی دەستیان بەسەردا گیرابوون، تا ئەوکاتەی مێشکی منداڵەکانیش ئامادە کران.

هەر کە بۆنوبەرامی ژەمەکە گەیشتە ژوورەکە، زمانی چنگاڵئاسای دوو دڕندە ڕەشەکە بەرەو قاپەکەی مێشکەکانی لەسەر بوون کشان. چڵێسی ئەوان کاریان لە پاشا کردبوو و ئەویش داوای لە خزمەتکارەکە کرد کە نزیک بێتەوە.

کە مارەکان ددانەکانیان لە دوو مێشکەکە چەقاند، ئیدی پاشا هەستی بە حەسانەوەیەک کرد. هێندەی نەخایاند مێشکەکەیان تەواو کرد و ئەوانیش وردە وردە بچووک بوونەوە تا بە تەواوی دیار نەمان.

پاشا لە خۆشیدا ئاگای لە خۆی نەمابوو. دیسان ڕۆحی هاتەوە بەر خۆی و ئاسوودەبوویەوە و لە خۆشیا پاداشتی ئەو دوو خێزانەی بە منداڵەکانیان قوربانیان دابوو بە تێروپڕی دایەوە. دایبابە داماوەکان بە پارەکانیانەوە هاتنە دەرەوە، هێندە شۆک لێیدابوون نەیانتوانی هیچ ناڕەزایەتیەک دەربڕن.

جارێکی تر پاشا بە ئارامییەوە خەوی لێکەوت. بەڵام، پێش ئەوەی خۆر هەڵبێت، لە خەو کرا. لە ترسا چرچاوی گرژ کردبوو، مارەکان بەسەر دەموچاویدا خۆیان خزاندبوو و خۆیان لە ملی ئاڵاندبوو.

وا تێکئاڵابوو لە گەڵ مارەکان ئارەزووی خواردنی مێشکی تازە لە ئارەزووی خۆی بۆ جیا نەدەکرایەوە. لە ترسا فەرمانی بۆ پاسەوانەکانی دەکرد کە دەستبەجێ دوو منداڵ لە شەقامەکە هەڵبگرن و بۆی بهێنن. نەیدەویست بۆ ساتێکیش بێ لەوە زیاتر لەو ئەشکەنجەیەدا بمێنێتەوە. منداڵەکان دڕاندنە و بێ بەزەییانە سەربڕان، دوای ئەوە مارەکان پەلاماری مێشکەکانیان داو تەواویان کردن.

بەم شێوەیە سەردەمێکی تاریک داهات کە تێیدا هیچ منداڵ و خێزانێک پارێزراو نەبوون. پاشا گیرۆدەی هاوەڵە نوێیەکانی ببوو و باوەڕیشی بەوە هێنابوو کە بە نەمری دەمێنێتەوە ئەگەر هەموو ڕۆژێ مێشکی دوو منداڵیان پێبدرێت.

ڕۆژێکم بیرنایێتەوە کە تێیدا لە ترسدا نەژیابین، ڕۆژێک کە دایکێک لە شەقامێکدا نەگریابێ، لە خۆی نەدابێ لە تاو لەدەستدانی منداڵەکەی. ئەو منداڵە ناسکانەی کە تازە چاویان بە دونیا هەڵهاتبوو. تازە خۆیان ناسیبوو. ئەو منداڵانەی

تازە خەریکبوون دەدرەوشانەوە، لە ئامێزی پارێزەری خۆیان ڕاپێچ دەکران و دەکرانە خۆراک.

سەرەتا هەوڵیان دا هەموو شتێ بشارنەوە و لە نیوەی شەودا منداڵان لە سەر جێگاکانیان برفێنن. بەڵام دواجار وایلێهات بە ڕۆژی ڕووناک منداڵیان لە دایک و باوک دەسەند ئەوانیش هێچیان پێنەدەکرا جگە لەوەی دەیانڕوانیی چۆن منداڵەکەیان دەبرێت، کە هەرگیز جارێکی دیکە هیچ هەواڵێکیان نەدەزانین.

بەڵام تەنانەت لە کاتی خراپترین کوشتارگەشدا، هیوایەکی ڕووناکی دەکرێ بدرەوشێتەوە، ئەگەر ڕووناکییەکی تاڵیش بێت. ئەو دوو پیاوەی کرابوونە بەرپرسی گرنگیدان بە مێشک، خودا بیانپارێزێت، هەستی هەستکردن بەتاوان یەخەی گرتن. بەرگەی ئەو ژیانەی خۆیان نەدەگرت کە خوێنی ئەو هەموو بێتاوانەیان تێدا دەڕشت.

تا ڕۆژێ لەو ڕۆژە زۆرانەی کە دوو منداڵی بێدەسەڵات و ترساو لە چێشتخانەکەدا فڕێدەدران، فێڵێ هات بە بیریاندا. یەکێک لە منداڵەکانیان شاردەوە و لە شوێنی ئەو مێشکی مەڕێکیان بەکارهێنا. کەس نەیدەزانی مارەکان بەوە ڕازی دەبن یان نا، بەڵام ئامادەبوون بەرگەی ئەو مەترسییە بگرن.

دواتر ئەو بەیانییە، ئەو دوو پیاوە بە سینییەکەوە لەبەردەم پاشای بە تامەزرۆوە وەستان. بەدرێژایی ئەو هەفتانە ئارەزووی خواردنی پاشا بە ئارەزووی مارەکان تێکەڵ ببوو، بە بینینی سینیەکە ئەویش دەمی ئاوی دەکرد. ئێستا پاشا خۆیشی بەشدارە لەو ژەمە نەفرەتییەی ڕۆژانە ئامادە دەکران.

خزمەتکارەکان لە درندە چڵێسەکانی سەر تەختەکە نزیک بوونەوە. بۆئەوەی فێڵەکەیان بشارنەوە، دوو مێشکەکەیان تێکەڵ کردبوو و بەوردکراوی خستیانە بەردەستیان بۆ ئەوەی زووتریش هەرسی بکەن.

پیاوەکان لە ترسانا ئارەقیان دەردەدا، بەڵام چاوتێبڕینی پاشا و خەریکبوون بەو ژەمەوە ئەوانی ڕزگار کرد. سینی ژەمەکیان خستە بەردەم مارەکان. ڕووبەڕووی ئەو خشۆکە بێگیانە، جگە لە چوار چاڵی بێ بنی خۆراکخۆر هیچی تریان نەدەبینی.

مارەکان تامێکیان کرد، بەڵام بە هەمان تامەزرۆیی پێشوو نا، هەرچۆن بێ ڕازی بوون. پاشاش لە گەڵیان پێکەوە ژەمەکەیان تەواو کرد.

خزمەتکارەکان زۆر دڵخۆش بوون کە فێڵەکەیان سەریگرتووە. بەڵام بەهۆی کەمبوونەوەی تامەزرۆیی پێشووی مارەکانەوە نەیانوێرا مێشکی هەردوو منداڵەکە بە مێشکی مەڕ ئاڵوگۆڕ بکەن.

ئیتر ئاوها هەموو ڕۆژێ منداڵێک ڕزگار دەکرا و ئەویتر دەکرایە قوربانی. هەروا بەبێ پاساو یا سیستەمێ، یەکێکیان بە مەرگ دەبەخشرا و ئەوی دیکەیان لەلایەن پیاوی نەناسراو دەبرانە زنجیرە چیاکانی زاگرۆس. لەوێ تەنانەت تارمایی زوحاکیش نەدەگەشتە ئەو منداڵانە.

ئەو منداڵانە ئێوەن. لە سایەی ئەو فریشتانەی کە کرابوون بە جەللاد لە چنگی زوحاک ڕزگارتان بووە. ئەو دووانە ئەرمایەل و گەرمایەل، گیانی خۆیان لە یاخیبوونێکی بێدەنگدا خستە مەترسییەوە. بەڵام، دڵم ئێستاش هەر بۆ ئێوە دەگری.

ئاخۆ ئێوە لە چ تاریکییەکدا بن ئێستا؟ نازانم چیتان لێهاتووە؟ بێ دایک و باوک، بێ ئامێزێکی گەرم، بێ ڕێنمایی. پێش ئەوەی پێبگەن فڕێدرانە ناو ئەم جیهانە، باری بەرپرسیارێتی گەورەساڵانتان لەسەر نرا. ئایا ڕێگایەکتان بۆ خۆتان گرتۆتەبەر؟ یان ئەم دونیایە قووتی داون؟

منداڵەکانم بوونە قوربانی ئەو زوحاکە ساختەچییە. هەر چواریان، ئەو ڕۆحە ناسک و جوانەیان، هەر لە هەمان شەودا لە ماڵی گەرمی ئێمەوە برانە دەرەوە. ئەو دایکەی کە بە خۆشەویستییەوە منداڵەکانی دادەنێ کە لە ماڵێکی چۆڵی ساردوسڕدا لە خەو هەڵدەسێت، مرۆڤبوونی خۆی لەدەست دەدات. دەکەوێتە ناو چاڵێکی قووڵەوە کە هیچ ڕووناکییە تێدا نادرەوشێتەوە، لەوێدا تەنها بۆ ئەوەی خۆی ڕزگار بکات ڕووی خۆی بەرەو ئاسمان وەردەگێڕێ، تووڕەیی پەنگخورادووی لەوێدا بەردەدات، بۆ ئەوەی لەناو فرمێسکەکانی خۆیدا نەخنکێت.

لەو چاڵەدا بە گریان و نەفرەتکردن لە چارەنووسی خۆم، پڕبوو لە ڕق و کینە، تا ئەبەد مامەوە. کاتێ کە فرمێسکێ نەما تا بیڕێژم، تووڕەییەکەشم ڕاپێچکرابوو. هیچ نەمایەوە جگە لە خەم و پەژارە، وەک تاشە بەردێک کە لێشاوی ڕووبارێک دوو کەرت دەکات.

لەو چاڵە تاریکەدا، تیشکێکی کز لە دوورەوە دەگەشتە لام بەس بوو تا من بگێڕێتەوە. لەوێدا ئەوەم دۆزیەوە کە منی بە کەسانیترەوە لەم جیهانەدا دەبەستەوە. بەڵێ تەنانەت بە دڵی شەڕانگێزی زوحاکیشەوە. ئەویش تەنها ئەو کەسەی کە خۆی ئازاری هەبێ، دەتوانێ بێ ویژدانانە ئەو جۆرە ئازارانە بەسەر ئەوانیتردا بسەپێنێت.

ئایا لە کۆتایی ژیانیدا دەزانێت کە مەرگی ئەو چەندە خۆشیمان بۆ دەهێنێت؟ ئایا بەو زانینەی وایلێدێت کە بۆ لێخۆشبوون بپاڕێتەوە؟ ئایا تۆبە دەکات؟

ئاوها ئەو ئازارەی ناو دڵم بووە پردێ بۆ دڵیتر. ئاسوودەییمان لە ئامێزی یەکتردا دۆزیەوە و بەرە بەرە ئاسوودەیی شێوازێکیتری نوێی وەرگرت. شێوازێ کە یەکلاکەرەوە بێ. ئاواتێک کە هەرگیز ڕێگە نەدات شتێکی لەم شێوەیە دووبارە بێتەوە، هەرگیز ڕێگە نەدرێت دایک و باوک و منداڵ لەیەکتر جیا بکرێنەوە. ئازارە کە مانا بەم ژیانە دەبەخشێ، ئێمە بەرەو چارەنووسی خۆمان ئاڕاستە دەکات.

بەم نامەیە ئەو هیوایە دەخوازم پردەکە بۆ دڵە ونبووەکانی ئێوەش درێژ بکەمەوە. ئەم پێشکەشی دڵەی کە لەسەرە مەرگدایە ڕێگەی گەشتنە ماڵەوەت بۆ ڕووناک بکاتەوە، ڕێنماییەک بێت بتانباتە ئەو سەرچاوەیەی لێوەی هاتوون. ئەوجا پتەو و پڕ لە وزە، ڕووناکی لەگەڵ خۆتانا بهێننەوە. تەنها ڕووناکی ئێوەیە ئەوەندە بەهێز و پتەو دەبێت کە دەتوانێ ئەم تاریکییە بڕەوێنێتەوە.

١٢

ڕووناک بە هەناسەبڕکێ لە خەوێکی ترسناک خەبەری بۆووە. ئاهێک بە کۆی جەستەیدا هاتەوە کاتێک ئەو ڕووداوانەی کە تا ئێستە خۆی بەشێک بوو تێیدا ونبوون.

کتێبە چەرمینەکە لەسەر سکی کەوتبوو وەک بیرهێنانەوەیەک بوو بۆئەوەی کە خۆی زووتر هەستی پێکردبوو پێش ئەوەی لە جیهانی ئازار و خەمدا نوقم بێت. ئەو بەدەم خوێندنەوەوە خەوی لێکەوتبوو وا تێگەیشت کە ئەم کتێبە نهێنی سەرچاوەی ئەوانی دەرخستووە

خانەخوێ، شای ماران، ڕەنگە لەمبارەوە زیاتر بزانێ، ڕووناک هات بە بیریا.

دەرگەی دەرەوەی ژوورەکەی هیچ جۆرە هێمایەکی پێوە نەبوو. دەیتوانی بە لای ڕاست و چەپدا خۆی لار کاتەوە، بەڵام ئیمڕۆ پێچەوانەی دوێنێ هیچ بۆنوبەرامێ نەبوو ڕێنمایی بکات. بڕیاریدا لای ڕاست هەڵبژێرێت و دوای ماوەیەک ڕۆیشتن هاتە سەر دووڕیانێکی تر، کە دیوارەکان هیچیان پێوە نەبوو بۆ ڕێنماییکردن. خێرا ڕێیەکی هەڵبژارد و بەپەلە بەناو ڕاڕەوەکاندا دەڕۆیشت تا هیچ ئاراستەیەکی لەبەرچاودا نەما وەک ونبوویەک سەیری ئەملاولای خۆی ئەکرد.

'شاماران، تۆ لە کوێیت!' بە نائومێدیەوە هاواری دەکرد.

کۆڵانەکان چۆڵ و مات، دەنگێ نەبوو.

'شاماران!'

شاماران بۆ ئەمەیە ئەوی لێرە گیرداوەتەوە؟ لە ناو تۆڕێکی نادیاری ڕاڕەویی بێرانما ونی بکات؟

'تۆ خۆت ڕکابەریی نێوان مرۆڤ و مارت دروست کردووە!' ڕووناک هاوارێکی کرد بە نیازی شاماران بشێوێنێ. 'بەهۆی ئەم کتێبەوە هەموو شتێک ئێستە بۆ من ڕوون بۆوە!' لە پەککەوتەییدا لەسەر زەوی تەخت لێیکەوت.

لە درزێکی دیوارەکەوە مارێ دەرکەوت و بەسەر شانیدا بەرەو ناو قەدی خشا تا گەشتە زەوی.

ڕووناک بە حەپەساوییەوە سەیری دەکرد.

کاتێ مارەکە لێی دوورکەوتەوە، بڕیاری دا شوێنی کەوێت. بە ناو ڕاڕەوە تێکئاڵاوەکاندا ڕووناکی برد تا گەشتنە شوێنی لە دیوانی تەختی پاشایەک دەچوو. ڕووناک لە دەرگەی پشتەوە خۆی کرد بە ژووردا و لە وێوە تەنها بەشی پشتەوەی تەختی شامارانی دەبینی.

'خۆت ڕوونکەرەوە، بەچکە مرۆڤ. ئەم جۆرە تۆمەتانە بە کەم وەرناگرم،' شاماران هەر کە ڕووناکی بینی وتی.

'لێرەدا لەم کتێبەدا باسکراوە کە چۆن مار پاشا زوحاکیان شێت کردووە.' شازادە درێژەی دا بە چیرۆکی ناو کتێبەکە و بە دەوروپشتی تەختەکەشدا دەهات و دەچوو بەڵام شاماران ئەو مارانەی لەو کتێبەدا باسکراون نەدەناسی.

'مارەکانی من لەسەر سک خۆیان بەسەر خاکدا دەخشێنن تا لە نزیک زەوییەوە بمێننەوە،' شاماران وتی. 'ئەم مارانەی کە لەبەر هەوادا گەورە دەبن و مێشکخۆرن، سەر بە شانشینکەی من نین.'

ڕووناک کتێبەکەی بەرز کردەوە و وەک ئاماژەیەک بۆ تاوانبارکردنی شاماران. 'تۆ فەرمانڕەوای هەموو مارەکان نیت؟ چۆن بڕوا بەوە بکەم کە تۆ هیچ شتێ لەمبارەوە نازانی؟'

'هەموو شتێ بە ڕووخساریا خۆی دەرناخات، سیحر دەتوانێ زۆر شت ئاشکرا بکات بەڵام دەتوانێ ڕاستیش بشارێتەوە.'

'باشە ڕێگەم بدە با بگەڕێمەوەماڵەوە. دەبێت ئەم بابەتە بە گەلەکەم بڵێم. پێویستە بزانن ئێمە لە کوێوە هاتووین.'

'جاری وا پێویستە ڕۆژێکی تر پشوو بدەیت' دەنگی شاماران ئاڵۆزیی پێوە دیاربوو، قورس بوو، وەک ئەوەی هەر قسەیەک ئەزێتی بدات. پێدەچوو بە شتێکی ترەوە خەریک بێت. کەمێ دوودڵی پێوە دیاربوو کە دەنگێکی پێداگر نەبوو و ڕووناک ئەمەی بەهەل زانی تا لەسەر داواکەی سوور بێت.

'ئێرە شوێنی مرۆڤ نییە، شاماران. من لەوێ پێویستم کە لێوەی هاتووم.'

شاماران ئاهێکی هەڵکێشا. 'ئێستاش ناتوانم ڕێگە بە خۆم بدەم مرۆڤێکی بێتاوان لە جیهانێکدا کۆت بکەم کە سەر بە وێ نییە.'

'من بەڵێنی خۆم بە تۆ داوە کە کەس نابێ بە ئێرە بزانێ،' شازادە وتی وەک هەوڵێ تا شاماران قایل بکات.

'وایە وا وترا،' شاماران بڕیاریدا.

لە کونی دیوارەکانەوە دوو مار هاتنەوە دەرەوە کە هەریەکەیان پەرداخێکی هەڵگرتبوو.

'تاکە ڕێگای دەرچوون لێرە لە ڕێگەی کارێزەکەوەیە. ئەم پەرداخەیان گوشراوەی خوێنی منی تێدایە و ئەمەشیان ئاوی کارێزەکەیە. ئەم دوو پێکهاتە پێکەوە هەرکەس بیخواتەوە دەتوانێ لە ژێر ئاودا زۆر بمێنێتەوە. بەم شێوەیە دەتوانیت بەناو سەرچاوەکەدا مەلە بکەیت تا دەگەیتە ئەو دەرچە نهێنییە لەوێوە بۆ جیهانی خۆت بگەڕێیتەوە.'

ڕووناک یەکەم پەرداخ کە ئاوێکی شلەتێنی تێدا بوو خواردیەوە. پەرداخی دووەم شلەیەکی ڕەش بوو و وا دیار بوو بڵقە بڵقی دەکرد. دوودڵ بوو و بە گومانێکەوە سەیرێکی شامارانی کرد.

'هیچ دەرچەیەکی تر نییە.'

هەرچەن ئەوە ڕوون نەبوو کە شاماران مەبەستی چیی بوو، ڕووناک لەوە تێدەگەشت کە بژاردەیەکیتری نیە و بە یەکجار خواردنەوەکەی هەڵقوراند.

خوێنی مارەکە تاڵ بوو قورگی سوتاندەوە. هەر کە گەشتە گەدەی جەستەی بەرگری دەکرد قرقێنەیەکی پێلێدا. ئەژنۆکانی لاواز بوون تا پێیەکانی خۆیان پێنەگیرا و تەختی ئەو زەوییە سارد و ڕەقە بوو.

لەسەر زەوییەوە دیوارە ساردوسڕەکانی دەبینی چۆن دەگۆڕان بۆ دیمەنی ڕەنگاورەنگ و شێوەی زیندوو دەجوڵان هەروەک بڵێی تابلۆ ونبووەکان جارێکیتر ژیان کەوتۆتەوە بەریان. شامارانی سپی ئێستا فرەڕەنگ بوو، وەک پەلکە زێڕینە، بەڵام سێبەرێکی تاریک بەسەر چاوەکانیدا هاتبوو. بەم شێوەیە خیانەتەکە لەم جیهانەدا خۆی دەرخست. ڕووناک زانی کە ژەهراوی کراوە.

ئەو نەختە وزەیەی کە لە چوارپەلیدا مابوو، بە پەرۆشەوە بۆ تاکە شتەکە دەگەڕا تا ڕزگاری بکات، پەڕەکەی سیمورغ.

'بمبوورە، کیژە گچکەکە. دەکرا لێرە وەک میوان بمایتایەتەوە بەڵام ناتوانم ڕێگەت بدەم بڕۆی. بەرگری مەکە بەمزوانە کۆتایی پێدێت.'

وشەکانی شاماران وەک لە شوێنێکی دوورەوە بێ لای ڕووناک دەنگی ئەدایەوە. لە تاو ئازار دەتلایەوە و ژەهرەکەش بە جەستەیدا بڵاودەبۆوە. لەناوەوە

بەهۆی ئەو تێکەڵە ترشەڵۆکەیەوە گرژ دەبوون و دیوارەکانی گەدەی دەسووتاندەوە و هەموو ئەندامەکانیتری جەستەی تۆقاندبوو.

'بمبوورە.' وشەکان لە دەمی ڕووناک خۆیەوە بەربوونەوە وەک زیندانییەک.

لەگەڵ دوا ساتەکانی ژیانیدا، پەشیمانیی بەسەردا زاڵ بوو کە گوێی لە ئازارەکانی گەلەکەی نەگرتبوو. پەشیمان بووەوە کە مەشخەڵی نەوەکانی پێش خۆی هەڵنەگرتبوو. پەشیمان بووەوە لە تێوەگلانی ئاکام لە هەڵهاتنەکەیدا. دەپاڕایەوە بۆ لێبوردن کە گوێی بە هاواری باوک و دایکی نەدا بوو بۆ یارمەتی. فرمێسکی ئازار و فرمێسکی پەشیمانی تێکەڵ بەیەکدی ببوون، و لەسەر ئەو زەوییە ساردە، چەوو لم بە ڕوخسارە تەڕەکەیەوە لکا بوون.

کاتێک هەموو ئەو شتانەی کە دەیتوانی لێیپەشیمان بێتەوە دەرێڕی و زەوییەکەش قووتی دان، ئازارەکەشی نەما. لەگەڵ نەمانی ئازارەکە خۆشی ون بوو. لە هۆڵی تەخت لەگەڵ شامارانیشدا نەمابوو. لە هیچ شوێنێکی دیکەدا نەما بوو. ئەو ئیدی نەبوو. نە کات هەبوو، نە شوێن، تەنیا ڕەنگ و نەخش بێکۆتایی.

وردە وردە نەخشەکان دەبوون بە یادەوەریی. سەرەتا یادەوەرییەکانی خۆی، وەک ئەوکاتەی بە بێباکییەوە بە دوای باوکیدا بەناو کۆشکەکەدا ڕایدەکرد. ئەو بە پەلە دەڕۆیشت و بە چەندین وەزیر دەورە درابوون. باوکی لەو ساتانە ئەوەندە دوور بوو بۆی، وەک لوتکە شاخێ. وەزیرەکان گۆڕان بۆ بۆری پۆڵایین، بەجۆرێک باوکی لە قەفەسێکدا قفڵکرا بوو بە کۆشکەکەدا نمایش دەکرا.

هەروەها ئەو خۆشییەی دایک و باوکیشی بینی کاتێک خۆی لەدایک بوو. ڕووناک هەستی بە هیوای ئەوانیش کرد کە بۆ ژیانێکی پارێزراو بۆ خۆی ئاواتیان بوو. لەوەش زیاتر ڕۆشتە ناو مێژوو و گەیشتەوە لای یادەوەرییەکانی باوانی خۆی. بە شانازییەوە بە ناو زاگرۆسی شاخاویدا دەڕۆیشتن بەرەو جیهانی تەختایی، بڕیاریان دابوو کە ڕابردووی خۆیان جێبهێڵن.

هەموو ئەو چیرۆکانەی کە بۆی باسکرابوون، سەرلەنوێ ئەو تێیدا ژیایەوە لە چاوی ئەو کەسانەی کە خۆیان تێیدا ژیابوون.

زیاتر و زیاتر بۆ ڕابردووی خۆی دەگەڕایەوە، تا گەشتە ئەو دۆخەی تێیدا خۆی دەبینی منداڵێک بوو لە چێشتخانەی کۆشکی زوحاکدا وەستابوو، بە ترس و

لەرزەوە چاوەڕوان بوو، دەپاڕایەوە بۆ دایک و باوکی. هەستی بەو دەکرد چۆن بەبێ ڕوونکردنەوە و پاساوێک بۆ شوێنێکی نادیار ڕاپێچ دەکرێت، دوور لە هەموو شتێ کە پێی ئاشنایە.

سەرنجی دا کە چۆن منداڵەکە شورایەکی بە دەوری دڵی خۆیدا دروست کرد. چۆن ئەو شورایەی بە منداڵەکەی خۆی بەخشی، وەک قەڵغانێ بێت. هەستی دەکرد چۆن ئەو قەڵغانە لەگەڵ هەر نەوەیەکدا گەورەتر دەبێت، پتەوتر دەبێت، تا هەستی بەوەش کرد کە چۆن دڵێکی کراوە بەرە بەرە دەبوو بە بیرۆکەیەکی نامۆ.

ئەو زنجیرە یەک بە دوای یەکەکانی میراتگرانی دەبینی، ئێستە لە پێشیانەوە دەڕوا. ئەوەشی دەبینی کە چۆن هەر هەڵگرێکی نوێی قەڵغانەکە شێوەی خۆی لە سەر جێدەهێشت، فراوانتری دەکرد و هەر وەک دیارییەک بۆ پاش خۆی دەیگواستەوە.

تا دواجار لە کۆتاییدا گەیشتەوە لای باوکی. دەیبینی کە چۆن بینا قورسەکەی دەوری دڵی ماندووی کردووە، چۆن بە درێژایی ژیانی لەگەڵ خۆیدا هەڵیگرتووە و باری سەرشانی چەنێ قورس بووە. باوکی لە بەرگی شاهانەی خۆی ڕووتکرایەوە، ئەو تارماییەی کە داواکارییەکانی بەسەردا سەپاندبوو لێی دوورخرایەوە، تا بوو بە مرۆڤێ دەست درێژکات و هاوارێ بۆ یارمەتی بکات. 'یارمەتیم بدەن دڵم لەم قەڵغانە دوور خەمەوە لە فشاری ئەم قورساییە ڕزگارم بێ. یارمەتیم بدەن لەم تاریکییە دەرباز بم. یارمەتیم بدەن.'

دوای ئەمە هیچی تر نەمابوو جگە لە چۆڵایی.

هێندەی نەبرد بەرچاوی ڕەش بوو خۆی لە ناو فەزایەکی تاریکدا بینییەوە.

لەو تاریکییەوە بەشی ناوەوەی کۆشکێ گەشەی کرد، پڕ لە تابلۆ و کاشی جوان ڕازاوە. ئەو زەوییە ڕەقەی کە لەسەری کەوتبوو نەما، سەرماکە گەرم داهات.

لە ئامێزی شاماران ڕاکشابوو ئینجا شاژنی ماران دەستی بە سەریدا دەهێنا.

'تۆ لێرە پارێزراوی ئازیزم.' دەنگی نەرم بوو ئاوازی گەرم بوو.

ڕووناک لە دۆخێکی خەواڵوودا بوو، هێشتا تەواو نە هاتبوویەوە سەر خۆی. 'بۆچی خۆت کەنارگیر کردووە؟' بەشێوەیەکی ئاسایی ڕووناک ئەو پرسیارەی کرد، هەروەک هاوڕێ لە هاوڕێکەی لەبارەی ڕووداوێکەوە دەپرسێ.

شاماران دەستی هەڵگرت. 'من هەرگیز خۆمم کەنارگیر نەکردووە. هەرگیز.'

ڕووناک وردە وردە چاوەکانی کردەوە و چاوی پڕ لە خۆشەویستی شامارانی بینی. چاوەکانی شاماران زەرد نەبوون، بەڵکو سەوز بوون. دەنگی قورس نەبوو، بەڵکو ئارامیی تێدا دەدرەوشایەوە.

'من بەرەو جەمیساف ڕۆیشتم. خەتای ئەو نەبوو، ئەوەم دەزانی. ئەو لەلایەن فەرمانڕەوایەکی ساختەوە ناچار کربوو کە جێگاکەم بەو ببەخشێت، بۆئەوەی نهێنییەکانی من بۆ خۆی بەرێت. هەر شاژنێک دەبێ بیکات منیش کردم: شانشینی خۆمم پاراست. دەسەڵات و ژیانی خۆم دەبەخشی بە پاشا، ئەگەر ژەهرەکەمی بۆ تۆڵەسەندنەوە لە جەمیساف بەکاربهێنایە. هەرچۆنێ بوو بەوە ئەوم هەڵخەڵەتان. ڕێگەی پێدەدرا ئەو خوێنی شیفابەخشی من وەربگرێت ئەگەر ژەهرەکەم بدات بە جەمیساف. لە ڕاستیدا هەردووکیان خواردنەوەی ژەهر و خوێنەکە بە پێچەوانەوە پێیاندرا. من بە ژیانی خۆم باجی ئەم فێڵەم دا.'

'بەژیانی خۆت؟ ئەوەنییە تۆ هێشتا ئەژیت.'

شاماران خەندەیەک گرتی. لەسەر خۆ ڕووناکی لە ئامێزی دەرهێنا و لە هەمان ئەو دۆخەی کە پێشتر ڕاکشابوو، داینایەوە. 'گێتی هەم تاریکی و هەم ڕووناکی، هەم ڕاستی و هەم نهێنی لەخۆگرتووە، ئەوە تۆی ئازیزم، کە دەبیتە پردی نێوان ئەو دووانە.'

بریسکەی دیوارەکان کوژانەوە و تابلۆکانی سەردیوارەکان ون بوون.

'تۆ ئەوەی شاراوەتەوە ڕووناکی پێدەبەخشیت ئەو دوو جیهانە پێکەوە گرێدەدەیت. بەڵام تۆ هێشتا منداڵیت و دیتنت تەسکە.' تارمایی درەوشاوەی شاماران ون بوو و تەنها سەمای مەشخەڵەکان مانەوە. 'چاوەکانت بکەرەوە و لە نێو وەهمەکەوە بڕوانە.' گەرمییەکە نەماو زەوییە ساردەکە جێگەی گرتەوە. 'بڕوانە چی ڕاستەقینەکەیە.'

چاوەکانی ڕووناک فراوان کرانەوە و بیلبیلەکانیشی دەرپەڕین تا بتوانێ گشت تیشکێ ڕاکێشێت.

شامارانی چاو زەرد و سارد لەسەر تەختەکەی دانیشتبوو، چاوەکانی لەسەر ئەو منداڵە بە ئازارەی سەر زەوی لابرد بوو. میوانەکەی لە تلاوتل وەستابوو و تەنها ماوەیەکی کەمی دەویست تا کۆتایی بێت.

دیوارەکان دیسانەوە وەک خۆی لێهاتەوە ڕەق، سارد و بێ بریقە بوونەوە. شامارانیش ڕوخساری ڕەنگاوڕەنگی لەدەستدا و دیسانەوە وەک جارانی بە تەواوی سپی هەڵگەرا جگە لە درەوشاوەیەکی بچووکی مسی لە پشت پوولەکانییەوە دەدرەوشایەوە.

شازادە تەکانێکی بە خۆی داو بەرەو تەختی شاماران چوو.

'بەرەنگاری لەگەڵدا مەکە، بچکۆل. ئازارەکەت خراپتر دەکات. ژەهرەکە بەم زووانە کاری خۆی دەکات.' جارێکی تر دەنگی قورس ببووکە موچرکی بە لەشدا دەهێنا.

ڕووناک هێشتا هەر تەکانی بە خۆی دەدا.

'هیچتر نییە کە تۆ بتوانیت بیکەیت،' شاماران وتی کاتێ شازادە لەبەردەمیدا وەستابوو. لە تەختەکەیەوە سەیرێکی خوارەوەی کرد ئەو کچە بچووکە ناسکەی بینی بە حاڵ گیانی تیا مابوو.

ڕووناک دەستی بەرەو ئەو درەوشاوەییە مسییە درێژ کرد کە وەک چرایەک ڕێنمایی دەکرد. دەستی بە ناو پوولەکاندا خلیسکا و پەڕەکەی سیمورغی گرت.

دەرکەوتەی شاماران لەبەر یەک هەڵوەشایەوە و بووە سەدان ماری بچووک بچووک، بەترسەوە هەموو خۆیان خشان بەرەو ئەو کونانەی کە لەدیوارەکاند ابوون. تەنها یەک مار لە گەڵ پەڕەکەی سیمورغ لە ناو لەپی ڕووناکدا مایەوە. وەهمەکە شکا.

'هەموو شتێ بە ڕووخساریا خۆی دەرناخات،' ڕووناک وتی. 'شاماران دەمێکە مردووە و تۆ جێگەی ئەوت بۆ خۆت دزیوە.'

پێستی مارەکە بێجی و زەردێکی کاڵ بوو، بە جۆرێ نەخشابوو ئەو ڕەنگانە لە ژینگەیەکی شاخاویدا پەیدا نەئەبوو. پوولەکان زبر بوون و سەردەکەوتن لە نزیک چاوەکانییەوە وەک قۆچێکی بچووک دەردەکەوتن. پەلاماری ڕووناکی دا و هەوڵی ئەدا پێوەی بدات، چاوەکانی لە تووڕەییدا سوور هەڵگەڕابوون. جەستەی بە

دەوری کەمەری شازادەدا دەکشان و تا خۆی پێوە بپێچێتەوە، بەڵام بێدەسەڵات بوو. ڕووناک مارەکەی هەڵداو کێشای بە دیوارەکەدا و بە مەشخەڵێک پەڕەکەی سیمورغی داگیرساند.

مارەکە زانی خەریکە چی ڕوودەدات قیژەی کرد و بەپەلە بەرەو مەشخەڵەکە ڕۆیشت، بەڵام شازادە پێیدا کێشایەوە. 'هێرشی بۆ بەرن! پێش ئەوەی لەناومان ببات بیکوژن!' مارەکە بە نائومێدییەکەوە فەرمانی دەدا، بەڵام هیچ مارێ گوێی بە فەرمانی ئەو نەدا، لە ترسی ئەوەی کە دادێ.

'مەرج نییە هەر کەسێ تاجی بەسەرەوە بێت شاژن بێت،' ڕووناک وتی.

هەر کە پەڕەکە گڕی گرت و ئاگر کوژایەوە، ڕارەوەکان هاتنە لەرزین و دەنگی تەقینەوەیەک هات گوێی کەڕ دەکرد. شازادە بە چۆکا کەوت و دەستی بە سەرییەوە گرت تا خۆی لە پارچەی تەقینەوەکە بپارێزێ.

کاتێک چاوەکانی کردەوە، دیوارەکان ڕەنگەکانی سیمۆرغیان گرتبوو و دەدرەوشانەوە. تیشکی خۆر لە کونێکەوە کە تازە کەوتبوویە دیوارەکەوە جەستەی سیمۆرغ لەناوەوە تیشکی ئەدایەوە.

١٣

سیمورغ وەک بۆمبێ خۆی بە ئەشکەوتی مارەکاندا کێشا پڕی کرد لە شێوەی ڕەنگاوڕەنگی شکۆمەندی خۆی.

'تۆ منت بانگکرد – شازادە – وا منیش هاتم.' لەناو ئەو ئەشکەوتەدا دەنگی دەدایەوە. 'وا دیارە– من تۆ لەو بەڵایە ڕزگار ئەکەم – کە تۆ منت – لێ ڕزگار کرد.'

شازادە هەستایە سەر پێ. 'من ئێستە ئامادەم بۆ هەقیقەتی ئەم دونیایە، سیمورغ.'

مارەکان لە کونەکانیانەوە بە ترسەوە سەیری سیمورغی مەزنیان دەکرد. سیمورغیش بە سووک سەیری ئەکردن.

'ساتەوەختی ڕووبەڕووبوونەوەکە – ئینجا مرۆڤ دەزانێت – ئامادەیە یان نا.' لەم کاتەدا سیمۆرغ ئەمەی وت و سەریشی شۆڕ ئەکردەوە تا شازادە بتوانێت سەرکەوێت و باڵەکانیشی بڵاو ئەکردەوە.

'چاوەڕێکە،' ڕووناک وتی، وەک ئەوەی شتێکی لەبیر چووبێت. 'ئێوە هەقە بزانن کە شاماران خۆبەخشانە گیانی خۆی لە پێناو جەمیساڤدا بەخشیوە.'

'درۆ مەکە، مرۆڤ!' شامارانی ساختە هاواری کرد.

'ئەو درۆ ناکات – جەمیساڤ زۆری لێکرابوو،' سیمورغ دووبارەی کردەوە.

ڕووناک لەوە تێگەیشت کە شاماران لە دەرەوەی کۆشکەکەی خۆی مردووە. 'سیمورغ، تۆ هەموو ئەو شتانە دەزانیت کە لە بەر تیشکی خۆر ڕوودەدەن!' شازادە بە حەماسەتەوە وتی. 'تۆ دەزانی بۆچی جەمیساڤ خیانەتی لە شاماران کرد.'

مارەکانیتر لە کونەکانیانەوە بە شەوقەوە چاوەڕێ بوون بزانن سیمورغ چی دەڵێت. ئاوڕێکی لە دەوروبەری خۆی دایەوە و بڕیاریدا وەڵامی ئەو پرسیارە بداتەوە کە ئەو چاو زەقانە چاوەڕێی دەکەن. 'دەزانیت کە – هەر کەسێک کە – لێرە کاتێ بەسەر بەرێت – شێوەی وەک مار وەردەگرێ – و – بە ئاو – پوولەکەکانیان ئاشکرا دەبێت.'

شازادە بە سەرسوڕمانەوە سەیرێکی سیمورغی کرد. ئەوە مانای چییە بۆ خۆی؟

'وەزیری پاشاکەی جەمیساف – ئەوەی دەزانی – و کاتێک هەمان ئەو پاشایە نەخۆشییەکی کوشندەی گرت، بە دوای شامارانیدا دەگەڕا، هێزی شیفابەخشی شاماران دەتوانێت هەموو نەخۆشییەک چارەسەر بکات. هەموو ژێردەستەکانی ناچار کران – بچنە گەرماوی گشتی. بەم شێوەیە جەمیساف دۆزرایەوە. پاشا – جامیساڤ بەکارهێنا – بۆ ئەوەی شاماران کێش بکاتە دەرەوە – و لەوێ بینی کە چۆن – لەلایەن سوپایەک لە مرۆڤ – گەمارۆ دراوە. شاژنەکەتان – ویستی پاشا هەڵخەڵەتێنێ بۆ ئەوەی ژەهرەکەی بە هەڵە – بە خوێنی خۆی بزانێت – ئیتر ئێوە خۆتان تێدەگەن چی ڕوویداوە.'

سیمورغ سەیری پەرداخە کەوتووەکانی کرد. 'پێدەچێت – کە فێڵەکەی بە نهێنی مابێتەوە – تەنانەت لە ژێردەستەکانیشی. ئێوە بە تەمابوون – شازادە ژەهراوی بکەن – بەڵام دەسەڵاتەکانی شامارانتان پێدا.'

شازادە ئاوڕی لە شامارانی ساختە ترساوەکە دایەوە، کە چووبوویەوە جەستە بچووکە ڕاستەقینەکەی خۆیەوە. دەستێکی درێژ کرد. 'جیهانی مرۆڤ ئازاری تۆی زۆر داوە و تۆش بە هەمان شێوە لەگەڵ ئێمەتان کردووە. ئایا کاتی ناشتنی ڕقوکینە نەهاتووە؟'

وا دیار بوو مارەکە بۆ ساتێک ڕازی بوو و لە کۆشکەکەی دەرچوو، بەڵام لە دوا ساتدا بیرۆکەکەی گۆڕی. 'با خۆمان گێل نەکەین. ئەگەر بچمە دونیای مرۆڤەکان، نە لەبیرم ئەچێتەوە چییان بەسەر شاژنەکەماندا هێناوە، نە مرۆڤ ئازیزەکانیان لەبیر ئەکەن کە لە لایەن ئێمەوە پێیانەوە دراوە. هەمیشە ئازار لە دڵماندا دێت و دەچێت و وامان لێدەکات بە یەکتر بێمتمانە بین. کەواتە با ڕابردوو وەک خۆی قبوڵ بکەین. من پێویست ناکات ڕووناکی ببینم و تۆش پێویستت بە هاوڕێی مار نییە.' ئەو گەڕایەوە ناو کونەکەی خۆی و لەگەڵ مارەکانی تردا لە ناو دیوارەکاندا ون بوون. ئەشکەوتەکە بە چۆڵوهۆڵی مایەوە. مەشخەڵەکان شکا بوون و تەختی شامارانیش تەنها داروپەردووکەی مابوویەوە.

ڕووناک لە ئەشکەوتە چۆڵەکەدا دەستی بەرزکردەوە تا ماڵئاوایی لە مارەکان بکات. 'بەختێکی باش، دوژمنی مرۆڤایەتی.'

لەم جیهانەدا هەرگیز شتێک ناتوانێت ببێت بەوەی کە خۆی نییە. هەر شتێک ددان بە بوونی ڕاستەقینەی خۆیدا نەنێت، دەبینێت جیهانەکەی وشک دەبێتەوە و خودی خۆی ون دەکات. کاتێ مار نەیتوانیبوو لەدەستدانی شاماران، لەدەستدانی شاژنەکەی قبوڵ بکات، وەهمێکی دروستکردبوو، بە پلەی یەکەم بۆ خۆی، بۆ ئەوەی ناچار نەبێ لەگەڵ ڕاستیدا بژی. وەهمەکە ئارامی کردەوە تاخەوی لێکەوت، چونکە تەنها کاتێک کە خەوتبین و بێهۆش بین دەتوانین دان بە ڕاستییەکاندا نەنێین. لە دۆخێکی خەواڵوییدا دەژیا تا تەنانەت خۆشی لەبیری کرد کە کێیە، تا کۆشکی شاماران وشک بووەوە و بوو بە ئەشکەوتێکی بێ گیان.

سیمۆرغ بەزەحمەت توانی باڵەکانی بڵاوبکاتەوە، هەرچۆنێک بوو توانی بە خێراییەکی سەرسوڕهێنەر لەو کونەی کەلە دیوارەکە ببوو بتوانێ بفڕێتە دەرەوە.

شازادە دەستی بە پەڕەکانی سیمورغەوە گرتبوو کاتێک لە سەرووی زاگرۆسەوە بە بەرزی دەفڕی. کاتێ لە خوارەوەی دەڕوانی بۆ یەکەمجاربوو جیهانەکەی بەو بچووکیە ببینێ. هەموو ئەو شتانەی کە تا ئێستا پێی ئاشنا ببوو هەمووی پێکەوە بە یەکجار دەبینی چەنێ گچکە دەردەکەوت بە بەراورد لەگەڵ گەورەیی زاگرۆس.

لەودیو زاگرۆسەوە، زۆر لەودیوەوە، هەورێکی ڕەش بەسەر ناوچەیەکدا گیرسابۆوە ڕووناک هەروا تێدەگەشت ئەو شوێنە بەوە بناسێتەوە کە باوباپیرانی لێوەی هاتوون. هەر لەو کاتەدا بڕیاریدا کە دەبێ ڕۆژێک بچێتە ئەوێ و تاریکی ئەوێ بڕەوێنێتەوە.

'شازادە – خۆت لەناو پەڕەکانما بشارەوە – خۆت دەرنەخەیت تا خۆم پێت نەڵێم.'

ڕووناک لە ناو پەڕە پڕەکانی سیمورغدا وا خۆی نوقم کرد نە هیچی ئەدی و نە هیچی لە جیهانی دەوروبەری ئەبیست. ئەوەی تەنها هەستی پێدەکرد نەرمێتی نەرمی پەڕەکانی سیمورغ و هێمنی و بێدەنگی.

لە ناکاو هەستیکرد هێزێ بۆ دواوە پاڵی پێوە دەنێ. ئەمەش چەن خولەکێکی خایاند، پاش ئەوە هەستی بە خۆی کرد کە تەواو بێ کێش بووە.

'ئێستە دەتوانی – وەرە دەرێ.'

شازادە بۆشاییەکی فراوانی بینی و بێدەنگییەکی ئەزموون کرد کە وای لێکرد گومان لە بیستنی خۆی بکات. گۆیەکی شین لەو بۆشاییەدا گیرساوەتەوە.

لە حەپەساوی خۆیدا چاوەکانی زەق بوونەوە. 'ئەوە من سەیری چی دەکەم؟'

'ئەوە ئەو گێتییە – کە تۆ تێیدا دەژیت، شازادە. هەموو ئەو شتانەی کە تا ئێستا ڕوویانداوە و جارێکی دیکە ڕوودەدەنەوە، هەموو ئەو نیگەرانی و هەموو ئەو شتانەی کە چاوەڕێیان دەکەیت، هەر لەوێ ڕوودەدەن.'

لەم دوورەوە نە زاگرۆس، نە شانشین، نە هەوری ڕەش دیار نەبوون. نە بیناسازی، نە ڕووبار، نە مرۆڤ هەبوون. تەنها گۆیەکی شین، بە هەوری سپی داپۆشراوە، لەو بۆشاییە ڕەشەدا گیرسابۆوە.

سیمورغ بەسەر دەشتێکی خۆڵەمێشیدا گیرسابوویەوە کە وەک دوا درەختی پاییز هێشتا گەڵا ڕەنگاوڕەنگەکانی بەتەواوەتی هەڵنەوەراند بوو. 'ڕاستێتی – ئەم گێتییە – تەنها ئەوەیە کە دەژی – ژیانیش بە ئێمە دەبەخشێت. خۆر – خاکەکەی دەپیتێنێت – لەوێوە هەموو بوونەوەرەکان دێن – و هەموو شتێکیش کە پێویستیانە – بۆ ئەوەی گەشە بکەن.'

شازادە لە پشتی سیمورغەوە دەیڕوانی. 'ئەمە... زیندووە؟' بە سەرسوڕمانەوە پرسی، 'بەڵام چۆن دەژی؟ ئەوە تەنها بەرد و خاک و ئاوە. مرۆڤەکان دەژین، ئاژەڵەکان دەژین، بەڵێ، تەنانەت ڕووەکەکانیش دەژین. زەوی چۆن دەژی؟'

سیمورغ ئاوڕێکی لە شازادە دایەوە، چاوە گەورەکانی سەرنجی شازادەیان دەدا. 'ڕاستێتی – گێتی – ناتوانرێت ببەخشرێت – تەنها ئەزموون ئەکرێ،' وتی، لەسەر هەمان هۆشدارییەکەی پێشووی پێداگری کرد.

بە هیوای ئەوەی شازادە بتوانێت هەندێک تێگەیشتن لە چاوەکانیدا بدۆزێتەوە سیمورغ ئاوڕی لە گۆی زەوی دایەوە و بەردەوام بوو. 'ئێوە مرۆڤ دەپەرستن – خوداکان دەپەرستن – لێیان دەترسن – خۆشتان دەوێن – کاریان بۆ دەکەن – دژی ئەوان – دەجەنگن. بەڵام لە شانۆی ژیانتان – لەبیر دەکەن – ژیانتان پێبەخشراوە. هەروەک چۆن ئازادی – کە بەخشراوە – ئاوهاش لێتان دەسەنرێتەوە – گشت ژیانێک دەگەڕێتەوە – بۆ ئەو ئامێزەی کە هەڵیگرتووە.'

شازادە گوێی لە سیمورغ گرتبوو هەوڵی دەدا لە مەبەستی تێبگات. هەوڵیدا ئەو گۆیەی بە ئاسمانەوە بوو، بە تەواوی ئەزموونی بکات، کەچی خەیاڵیشی هەر لای ئەوە بوو کە لایەکی شانشینەکەی خۆی بدۆزێتەوە.

'ئەو ئامێزەی کە هەڵیگرتووە؟ مارەکەش ئەوەی گوت. کە مرۆڤەکان لەبیریان دەچێتەوە کە زەوی هەموو شتێک هەڵدەگرێت.'

ڕووناک سەرسام بوو بەوەی بوونەوەرەکانی ڕووناکی و تاریکی هەمان شت لەبارەی جیهانەوە دەڵێن.

'هەموو بوونەوەرەکان – سەرچاوەی خۆیان – لە هەمان – گێتیدا دەدۆزنەوە. ڕووناکی بێ یان تاریکی – لە کۆتاییدا هەموو شتێک هەمان کۆتایی – لە هەمان سەرچاوەدایە.'

شازادە هێشتا بە سەرسوڕمانەوە سەیری ئەو گۆ بێ گیانەی دەکرد. ئێستا لە ژێر هەورەکاندان دەتوانن ئاو و وشکایی لە یەکتر جیا بکەنەوە. لەو کاتەیا سێبەرێک گۆیەکەی داپۆشی. شەو بوو هات.

'ئەوە گێتییە وا دەکات – مرۆڤەکان گەشە بکەن – ئەوانیش لەبیریان دەچێت کە – هەموو شتێک پێیان بەخشراوە – هەموو ژەمێک – هەموو سەرکەوتنێک – تەنانەت هەموو خشتێک. جار لە دوای جار دونیا وە بیریان دەهێنێتەوە بەوەی هەموو دیارییەکانی دەباتەوە – بە ئاگر بە ئاو بە با – خۆی دەکاتەوە – و هەموو شتێک قووت دەداتەوە – کە مرۆڤ بە هی خۆیانیان دەزانی – جا گۆشت بێت، بەرد بێت، دار بێت یان پۆڵاش بووبێت. هەموو شتێکیان لێوەردەگرێتەوە و جارێکیتر لە سێبەری ئەودا دووبارە دەست پێدەکەنەوە – سەرەتا لە ترسدا – بەڵام زۆر نابات لووتبەرزی ڕوویان تێدەکاتەوە – تا جارێکی دیکە لەبیریان دەچێتەوە – بەخششەکان – و بە سەرکەوتنی خۆیان دەزانن، شانۆی – ژیانی تۆ – تەنها پەڵە هەورێکە بەسەردەچێت – لەسەر زەوی ئەم گێتییە.'

شازادە بیری لە خێزانەکەی و ئاکام دەکردەوە. بیری لە دڵی باوکی و حەز و ئارەزووی دەرچوون لە ماڵی دایک و باوکی دەکردەوە. بیری لە لەدەستدانی ژیانی خۆی دەکردەوە، ئەو بۆشاییەی کە تەنها کاتێک هەستی پێکرد کە زانیاری لەسەر مێژووی خۆی تێدا دەستکەوت.

خەیاڵێ ڕێگەی خۆی خۆشدەکرد بگاتە ژێی دەنگەکانی. 'بەڵام بۆ من گرنگە'

سیمورغ ئاوڕێکیتری لە شازادە دایەوە، سەری خۆی لەو نزیک کردەوە تا باش گوێی لێبگرێت. 'بۆ - تۆ - گرنگە؟'

'بەڵێ. بۆ من گرنگە،' ڕووناک دیسانەوە وتییەوە، ئەمجارەیان بە دڵنیاییەوە.

'دەبێ چی - گرنگ بێ - بۆ تۆ؟'

'خێزانەکەم، ترسەکانم، باوانم، گەلەکەم. ئەو ئازار و مەینەتیانەی کێشاویانە. ئەو جوانییەی لەناو خۆیاندا هەیانە.' پاشان، وەک ئەوەی هەموو شتەکانی لە یەک وشەدا کۆکردەوە. 'شانۆی ئێمە. بۆ من گرنگن.' دەنگی پێداگری پێوە دیار بوو.

سیمورغ باڵەکانی بەیەکدا داو پەڕەکانی ڕێکخستەوە. 'شازادەی شانشینە تازە پێگەشتووەکە - لەسەر زاگرۆس - شانۆی تۆ - ڕێگای تۆیە. با دوا خزمەتێکت بکەم. باوکت - وا ئێستە خەریکە - ئاکامی، جەنگاوەر - بە تاوانی - ڕفاندنی شازادەیەک لە سێدارە بدات. ئامادەی - ئەو قەرزەی بدەیتەوە؟'

ڕووناک سەرێکی ڕاوەشاند. ئەو دەیزانی کە دەبێت چی بکات و کەسیش نابێت ببێتە قوربانی.

لەگەڵ سەلامەتی شازادە لەناو پەڕەکانیدا، سیمورغ خۆی لە مانگ لادا. هێزی کێشکردن بە نەرمی بەریدان، و لە بۆشایی نێوان ئاسمان و زەویدا بۆ ماوەیەک گیرسانەوە. هەردووکیان چێژیان لە ئارامی و هێمنی وەرگرت پێش ئەوەی گێتی هەردوکیان کێشکاتەوە. هەر زوو بەهۆی ڕاکێشانی زەویەوە ئەو خۆ گیرسانەوەیە نەما.

وەک ئەوەی بە توندی پێشوازییان لێکرابێت، بە گەرمایەک دەورە دران کە تەنها لە قووڵایی زەویدا دەبینرێتەوە. پوولەکەکانی بەشی ژێرەوەی سیمورغ فوویان کردە خۆیانەوە بۆئەوەی دژ بە پلەی گەرمی پارێزگاری لە خۆیان بکەن. لەرزەیەکی توندی جەستەی سیمورغ جێگەی هێمنی بێ کێشی گرتەوە، هەوڵیدا تا لە ژێر فشاری بەرگەهەوادا نەتەقێتەوە. لەرزەی جەستەی سیمورغ ئەوەندە بە

خێرایی هات بە خێراییش گەردوون گەڕانەوەی ئەوانی پەسەندکرد و بە سەلامەتی پەڕینەوە.

سیمورغ بەرەو شانشین خۆی شۆڕ کردەوە.

١٤

لە شانشینی مرۆڤەکان دانیشتووان بۆ گوێگرتن لە سزای پاشاکەیان و بۆ ماتەمینی بۆ کۆچی دوایی پاڵەوانێک کۆبوونەوە. جەنگاوەرێک کە شایەنی ئەوە بوو لە لای پاشا بمێنێتەوە و بیپارێزێت، کەچی ڕێگای ون کرد بوو. ئێستا لە حەوشەی کۆشکەکە وەستاوە تا دوا وتەی سزا بە گوێیدا بدەن.

توێخی وشکبووی برینەکانی کە بە حاڵ چاکببووەوە، لەسەر ئێسکی ڕوومەتی ڕیزیان بەستبوو. ڕوخساری لێدراوی ڕەنگ زەرد و شێواو بوو. هەوڵی دەدا بە قاچە لەرزۆکەکانی لەسەر سەتڵەکە خۆی ڕاگرێت، لە کاتێکدا پەتە زبرەکەی گەردنی برینی تازەی دروست دەکرد. تەنانەت لە دوا ساتەکانیشیدا هیچ پشوویەکیان نەدەدایە.

'بەهۆی فەرامۆشکردنی ئەرکەکانی، ڕفاندنی شازادە، جێهێشتنی ژن و منداڵەکەی، خیانەتی مەزن لە شێروان پاشا، خیانەتی مەزن لە گەل، لەبەر ئەوە دادگا بڕیاری دا، ئاکامی جەنگاوەر، لە قەنارە بدرێ،' جەلادەکە ئەمەی بۆ ئامادەبووان خوێندەوە، وەک شانۆگەرییەک کە کەس مەشقی بۆ نەکردبێت، بەڵام هەمووان سیناریۆکەیان دەزانی.

جەماوەرەکە هاواریان دەکرد و قسەی ناشرینیان بە پاڵەوانە شکستخواردووەکە دەگوت. شەرەفی خۆی لە دەستداوە و دەسبەرداری مرۆڤبوونی خۆشی بووە.

پاشا لە باڵکۆنەکەیەوە بەسەر ئەو خەڵکەوە بەزەیی خۆی نیشان دەدا.

'ئاکام، تۆ وەک کوڕێکی خۆم بوویت. من تۆم لە ئامێزی شانشینی خۆمدا قبووڵ کردبوو. پێمان بڵێ چیت لە شازادە کردووە، مەیکە بە قوربانی کردەوەکانت.'

'نازانم لە کوێیە،' ئاکام بە کزۆڵەیەکەوە وتی، بە نائومێدییەکەوە دەیگوت هەوڵی دەدا باوەڕی پێکەن. 'لەو کاتەوەی پیایان کێشام بێهۆش کەوتم نەمبینیوەتەوە.'

پادشا بڕیاریدابوو دەسەڵاتی خۆی پیشان بدات، تا هیچ ژێردەستەیەکی وا بیر نەکاتەوە کە زانستی ڕەهای پاشا لەکەدار بێت، بە وەڵامەکەی ئاکام قایل نەبوو.

'ئەگەر پاشاکەت بە شایەنی ئەوە نازانیت کە ڕاستیەکانی بۆ بدرکێنی، هیچ نەبێت لە پێناو هاوسەرو منداڵەکەت بیدرکێنە.'

ئاکام بە ئیرادەیەکی ئاسنینەوە بەرگەی ئەو ئەشکەنجەیەی گرتبوو. بەڵام کە ژن و کچەکەی بینی، لە خەم و پەژارەدا دەگریان، ڕوخساریان ترسی لێهەڵئەوەری، ئەوی تێکشکاند. فرمێسکی سوێر بە گۆنایدا دەچۆڕایەوە و لە ناو برین و توێخی وشکبوو قەتیس دەبوو، وەک تەنانەت خەمەکانیشی ڕێگەیان پێنەئەدرا بە ئازادی بە خوڕ بڕژێنە خوارێ.

'لە دوا ساتەکانتدا نیشانیان بدە کە هێشتا تۆزقاڵێ شەرەف لە تۆدا ماوە، بۆ ئەوەی لانیکەم بتوانن بڵێن گرنگترین کەس لە ژیانیاندا وەک پیاو مرد.'

ئیرادەی ئاکام بەسەر یەکدا تێکشکا. هەستی ئەرک و شەرەفی بۆ چییە کە نەیتوانییێ گرنگترین کەسەکانی ژیانی خۆی بپارێزێت. لەگەڵ تێکشکانی ئیرادەکەیدا ئەو گڕەی ناو دڵی کز دەبوو.

بەڵام پێش ئەوەی ئاگرەکە تەواو بکوژێتەوە، بۆ دواجار بایەکی توند هەڵیکرد و ئەو پشکۆ کزبووەی گەشاندەوە.

سیمورغ خۆبەردانەوەکەیانی بە شەقەی باڵەکانی کرد بوو بە باڵە فڕێ. بە هێمنی لەسەر کۆشک نیشتەوە، دەیروانییە ئەو گۆڕەپانەی کە قەنارەدانەکەی تێدا ئەنجام دەدرا. جووڵەی هەر باڵێکی دەتوت ڕەشابایەک هەڵیکردووە کە خەڵکی ناچاردەکرد خۆیان بگرن تا نەکەون.

باڵندە ئەفسوناوییەکە لەبەر تیشکی مانگ زیوین دەردەکەوت و ئامادەبووانی توشی شەوارە کرد. لەسەر پشتی ئەم بوونەوەرە شێوەی مرۆڤێ دەردەکەوت، لە بەرامبەر مانگی پڕدا تەنها تارماییەک دیار بوو، قژی با بەملاولادا دەیبرد. 'گوێم لێ بگرە شێروان پاشای دانا! کچەکەت گەڕاوەتەوە تا تاریکی بڕەوێنێتەوە!'

چاوی بینەران لەگەڵ تاریکیەکەدا ڕاهاتبوون و دەرکەوت تارماییەکە شازادەی ونبووە. هەم ئەندامانی بنەماڵەی شاهانە و هەم خەڵکی ئامادەبوو بە حەپەساوی تەماشایان دەکرد.

تەنها شاژن تێبینی ئەوەی کرد کە کچەکەی ئیدی منداڵ نییە. لە گەشەکردنیدا هەنگاوێکی گرنگی ناوە. ئەو جیهانەی تێیدا دەژی، ئیتر هەروا لە خۆڕا ڕوون و ئاشکرا و بێگوناه نییە. ئامادە بوو چارەنووسی خۆی بەدی بهێنێت. هەر بۆیە شاژن یەکەم کەس بوو هاتە گۆ. 'کچەکەی ناو دڵم، شکۆمەندی شانشینی ئێمە. دواجار تۆ گەڕایتەوە بۆ لای ئێمە.'

سیمورغ سەری نزمکردەوە، تا شازادە لای دایبابی لە باڵەکۆنەکەدا بوەستێ و پاشان هەڵساو فڕییەوە و دوورکەوتەوە.

ڕووناک، بە ئاگادارییەوە بۆ یەکەمجار لە ژیانیدا، باوەشی بە دایک و باوکیدا کرد. باوکی هەستی بە پەرۆشیی و دڵسۆزی لە باوەشگرتنەکەی کچەکەی دەکرد. کچەکەی دواجار ئامادەبوو لە ماڵەوە بمێنێتەوە.

'بابە و دایە، بمبوورن. من ئێوەم فەرامۆش کرد بوو. کە لە دەستی ئێوە ڕامکرد من لە خۆم ڕامکردبوو. بە ڕەتکردنەوەی مافی سروشتی خۆم، ئازاری باوباپیرانم ڕەتکردبۆوە. من ئازار و هیوای ئێوەم خستە لاوە بۆئەوەی خۆم ئازاد بم. بەڵام ئێستا تێگەیشتم کە کەسمان ئازاد نابێ تا لە تارمایی ڕابردوومان ڕزگار نەبین.'

شازادە بە قسەکانی دڵی دایک و باوکی پڕ کرد لە خۆشەویستی. بۆ یەکەمجارە لە ژیانیاندا هەستیان کرد بتوانن متمانەی پێبکەن. سەرەڕای ئەوەی ئەوان لەو باوەڕەدا بوون دەبێ ئەو میراتگری داهاتوویان بێت، بەڵام بە نائومێدیەوە هەوڵیان دەدا قایلی بکەن، ئاراستەی بکەن، ڕێنمایی بکەن. ئیتر لەمەودا پێویستیان بەوە نابێ.

وەک ئەوەی ڕۆڵەکان پێچەوانە کرابێتنەوە، شازادە باوکی دڵنیا کردەوە. 'پێویست ناکات ئەمڕۆ جەنگاوەرێک لەدەست بدەیت، باوکە،' وتی و ڕووی لە خەڵکەکە کرد.

پاشا بەر دەرئەنجامی جێنشینەکەی کەوت. ئەو گرژ بوو لەوەی کە هەستیکرد بڕیاری کۆتایی لەسەر ئەوەی لێرە ڕوودەدات لای خۆی نەماوە، کە دەسەڵاتی بەر ئالینگاری ئەکەوێ.

'ئارام بگرە شێروان. متمانە بەو بارگرانییە بکە لە ژێر ڕۆشنایی ژیانماندا هەڵمانگرتووە،' هاوسەرەکەی وتی. کە هەستی بە گرژییەکەی دەکرد.

لەسەر متمانە هاوژینەکەی، و کچەکەی، پاشا ڕێگەی دا ڕووناک جێگەی ئەو بگرێتەوە وەک فەرمانڕەوای داهاتووی شانشینەکەی خۆی.

ئاکام هێشتا لەسەر ئەو سەکۆیە ڕاگیرابوو، پەتەکە بە گەردنییەوە بوو. هاوژین و منداڵەکەی چووبوونە لای ئەو و تەماشای شازادەیان دەکرد کە بەم دواییە وەک منداڵێک لەبەردەم ماڵەکەیاندا وەستابوو.

'نۆرەی منە تۆ بپارێزم،' وا دیار بوو بە چرپە پێی گوت. ئەو بەهۆی سادەیی خۆیەوە ئاکامی خستبوویە مەترسییەوە و وا ئێستا ئەو کارە ڕاست دەکاتەوە. بەڵام ئەو ساتە هێشتا نەهاتبوو. 'تا ئەوەنەی خۆمان لەبیرمان بێت، ترسێ لە دڵماندا خۆی مەڵاسداوە.' قسەکانی شازادە لە گوێی بیسەرانیدا وەک هەورەبروسکەیەک لە ئاسمانێکی سامالٔدا گرمەی هات.

'تارماییەکە کە ناتوانین لە خۆمان دووریخەینەوە یان لێی تێبگەین. وەک پەتایەکە، لە دایک و باوکەوە بۆ منداڵ دەگوازرێتەوە. ئەوەنە نەوەی زۆر لە ناوماندا دەژی ئێمە تەنانەت هەستیشی پێناکەین. ئەو ترسە بۆتە تابلۆی سەر دیوارەکانمان، شتومەکی ناو ماڵەکانمان، کۆگەی ناو بازاڕەکانمان. لە ئاگاییمان دەرباز دەبێت، لەولا دەتوانێت لە تاریکی گەشە بکات و بەسەرماندا زاڵ بێت.'

'من دەزانم کاتێک جیهان کش و ماتە و کەس لە دەوروبەرتا نییە، هەستێکی پێدەکەیت. ئەو تارماییە لە باوانمانەوە کاتێ منداڵ بوون لە ئەشکەوتەکانی زاگرۆس جێماوە و هەر ئەو تارماییە ئەمڕۆش بەرمان پێدەگرێت تا خەون بە داهاتوومانەوە ببینین.'

خەڵکان گوێیان دەگرت وەک ئەوەی ڕووداوێکی لەبیرکراوی گەنجییان یان وەک خەونێکی دوورەدەستیان بیرکەوێتەوە. شازادە بە ئاشکرا باسی شتێکی دەکرد کە هەرگیز بە ئاشکرا نە باسی ئەکرا، نە دانی پێدا ئەنرا.

'ئەوەتا لێرەدا، لەم کتێبەدا، بنەچەی گەلەکەمان باسکراوە. من بە وردی پێتان دەڵێم ئەو سێبەرە کێیە، تا بتوانین لە تاریکی دەریبهێنین و لەبەر تیشکی ڕووناکی بیێ بە هەڵم.

زۆر دوور لە پشتی زاگرۆسەوە پاشایەکی دڕندە دەژی. بێ جیاوازی هاوڵاتییەکانی خۆی دەکات بە خۆراکی شەیتانێتی خۆی. بەڵام دوو فریشتە توانیان بەشێکی خۆیان لە سیحرە تاریکەکەی بپارێزن و ڕۆژانە یەک منداڵ ڕزگار بکەن.

ئەو منداڵە ڕزگارکراوانە باوانی ئێمە بوون. لە ئامێزی گەرمی خێزانەکانیان دەرهێنران و ژیانیان وەک موعجیزەیەک پارێزرا. ئەوان لەو چارەنووسە ڕزگاریان بوو و ئێمەیان لە دایک هێنا.

ئێمە هەرگیز دەسمان لێبەرنەدراوە یا فڕێنەدراوین. ئێمە هیوای ڕزگارکەری گەلێک کە بێبەزەییانە ستەملێکراو بوون! ئێمە ڕووناکی ناو تاریکین! دۆخی بەزەییپێداهاتنەوەی ئێمە لە خواستی باوک و دایکمانەوە سەرچاوە دەگرێت تا درێژە بە ژیانمان بدەن!'

ترسە نێژراوەکانی بینەران هاتە سەر ڕوو. ترسی ئەو مەترسیە ڕاستەقینەیەی کە نەڕفێنرێن وەک ترسێکی نادیاری لێهاتبوو هەر لەگەڵیان دەژیا: وەک تارماییەک. کەچی ئێستا کە تیشکی خرایە سەر، ئەو خەڵکە خەریکن دەتۆقن.

لە ناو ئەو ژاوەژاوەدا دەنگی ڕووناک وەک پرشنگی مانگ لە ناو ماڵێکی تاریکدا دەدرەوشایەوە. 'گوێ بگرن، خەڵکەکەم! لە ترس مەترسن، بەڵکو هیوا بەن بە ڕووناکی! شازادەکەتان لە ئاسمانەوە نەگەڕاوەتەوە بۆ ئەوەی بتان تۆقێنی. ئاگاتان لە قسەکانم بێ!'

بێدەنگی زیاتر باڵی بەسەریاندا کێشا. هەمووان ڕوویان لە باڵکۆنەکە کردەوە کە شازادە وەک شاژنێک لە سەری قسەی دەکرد. ڕووناک چاوەڕێی کرد تا جارێکی تر گوێی لە شنەی با بێتەوە.

'ئێستا لای من ڕوونە کە دانایەتی پاشامان تا چ ئاستێک ڕۆشتووە. هەرگیز چاوی لە تاریکی دانەخستووە. ئەوەی بینی کە کێیە ئەو کەسەی ڕووناکی بۆ ئێرە دەتوانێ بهێنێت. ئەوە چارەنووسی من بوو! من کە لە ئاسمانەوە گەڕامەوە ئەوە تەنها هۆکار بوو.

من تاریکیم بە چاوی خۆم بینی و ئەرکی ئێمەش ئێستە ڕوونە. ئێمە دەگەڕێینەوە بۆ لای ڕابردووی شەیتانمان و پاشای دڕندە ڕاودەنێین. هەر لەبەر ئەوە، تاجەکە وەک شاژنتان دەنێمە سەر سەرم!'

شازادە لە خوارەوە ڕووخساری گەشاوەی گەلەکەی دەبینی. زۆر ناخایەنێت ئەو شوێنی ئەو باوکەی، کە دەستێکی لەسەر شانی شازادە دانابوو، دەگرێتەوە و بەرەو سەرەتای دروستبوونیان دەباتەوە. شازادە ڕووبەڕووی

ترسناکییەکانی ڕابردوو بووەوە، ئەو ترسەی کە باوانی ئامادە نەبوون خۆیانی لێدەن، ئەم ڕاستی ئەکاتەوە.

بەو متمانەیەی کە بەدەستی هێنابوو گەشتبوویە لوتکە، کاتی ئەوە هات قەرزەکانی بداتەوە. 'ئاکامی جەنگاوەر ئازاد بکەن. تاکە تاوانی ئەو بوێریی بوو کە شوێنم کەوت و ئەوەی کە تا ئەوکاتەش من نەمئەبینی ئەو ئەیبینی.'

ئاکام کۆتەکانی لێکرایەوە و خۆی بۆ شازادە نوشتانەوە. ئینجا باوەشیکرد بەخێزانەکەیدا لە گۆڕەپانەکەوە بە یاوەرییەوە دووریان خستەوە.

دوای ئەو ڕۆژە، چیرۆکی بنەچەی گەل لە هەموو گۆشەیەکی شانشینیدا بڵاوکرایەوە. گۆرانیبێژە گەشتیارییەکان کە بە دەنگبێژ ناسرابوون، باسیان لەوە دەکرد کە چۆن شازادە گەشتێکی کردووە بۆ قووڵاییترین قووڵایی جیهان بۆ دۆزینەوەی سەرچاوەی دروستبوونیان لەوێ، لەو تاریکستانەدا. باسیان لەوە ئەکرد کە چۆن لەلایەن فریشتەیەکەوە هێنراوەتەوە و ئەرکی لەناوبردنی پاشای ترسناک زوحاک لەسەر زەوی لە ئەستۆ گرتووە.

دەنگبێژەکان خۆیان لە هیچ جۆرە زیادەڕەوییەک نە دەپاراست بۆ ئەوەی سروشتی شەیتانانەی زوحاک تێکەڵ بەو بەسەرهاتانە بکەن. جارێکیان وەک فیل گەورە بوو. پاشان دیسان وەک شەو ناشرین بوو یان سێ سەر و سێ دەم و شەش چاوی هەبوو. دەیتوانی لە خەونەکانتدا دەستت بگرێت و پێی باشتر بوو منداڵی بزێو بخوات. تارماییەکە شێوەیەکی تایبەتی وای وەرگرت، بووە فۆرمێک کە دەبوایە لەناو ببرێت.

خەڵک وەک دۆستێکی لەمێژینەی لە بیرکراو پێشوازییان لە مێژووی نوێ کرد. بە بیرۆکەی ئەوەی کە شەیتان بە دەستی خۆیان دەشکێنرێت چاک وروژابوون. تەنانەت خێڵە دوورەپەرێز و دوژمنکارەکانیش لە ژێر یەک ئاڵادا لە دژی دوژمنێکی هاوبەش یەکیانگرت. شازادە بووە سەرکردەیان، کە ئەوانی بە مێژوویەکی نا ئاشنا یەکخستبوو.

بووە سەردەمێکی ئاشتەوایی گەورە، سەردەمی لێبوردن، سەردەمێ ئەو هەڤاڵانە دوژمنی یەکتر بوون وا جارێکی دیکە یەکتریان دۆزیەوە. کە زانیان باوانیان

بە چ کارەساتێکی هاوشێوەدا تێپەڕیون، دەستیان لە ڕکابەرییەکانی ئێستایان هەڵگرت.

هەروەها بووە کاتی خۆ ئامادەکردن و پێشبینیکردن. هەموو خێڵەکان خۆیان بۆ خەباتی سەرەتا ڕێکدەخست. ئەو جەنگەی کە تۆڵەی ئەو شتانەی تێدا دەکەنەوە کە بەسەریاندا هێنرابوون، ئیتر دوای ئەوە یەکجارەکی و بۆ هەمیشە لەو ترسە خەوتووەی ناخیان ڕزگاریان دەبێ، لەو تارماییەی کە لەبەر تیشکی هۆشیارییان ئۆقرەی گرتووە.

III

بەهاریگەش

١٥

پێش ئەوەی خێڵە یەکگرتووەکانی شانشین بچنە جەنگەوە، شازادە دەبێ ببێتە شاژن. ئینجا شاژنیش دەبێت پاشایەک هاوسەری بێت.

سەرکردەکانی جەنگ و ئاغاکان و خەڵکی خاوەن پۆستە گرنگەکان ئەمەیان وەک دەرفەتێک دەبینی بۆ ئەوەی پێگەی خۆیان بەرزکەنەوە. لە هەموو لایەکی شانشینەکەوە بە کوڕەکانیانەوە بەرەو کۆشک بەڕێکەوتن تا بۆ شازادە نمایشیان بکەن.

ڕووناک هەرگیز ئارەزووی لە پیاو نەبووە و ئێستاش لەوە تێنەدەگەیشت بۆچی خزمەتکارەکانی بە هەموو پیاوێکی ئەسپسوار مەست دەبن، ئەو ئەسپسوارانەی لە جلوبەرگ و خۆڕازاندوەدا زیادەڕەوی دەکەن و خەنجەرێکی بەنەخشونیگاریش دەکەن بەلا کەمەریاندا کە هیچ کەڵکێکی نییە.

'ئای شازادە. تۆ بەختت زۆر باشە کە ئەم هەموو پیاوە قۆز و دەوڵەمەندانەت لەبەردەستایە تا یەکێکیان هەڵبژێریت. هەریەکەیان ئامادەیە لە چاوتروکاندنێکدا لە پێناوتا خۆی بەخت بکات!' خزمەتکارێک لەو کاتەی قژی ڕووناکی دائەهێنا بە ئاهێکی قووڵ و گۆنایەکی سوورهەڵگەڕاوەوە وتی.

'باشە خۆ من نامەوێت ئەوان لە پێناوی مندا بمرن. پاشایەکی مردوو چ سوودێکی بۆ من هەیە،' شازادە نارەزایەتی دەربڕی و تێنەدەگەیشت لەوەی خزمەتکارەکان کە پێشتر سۆزی خۆشەویستییان ئەزموون کردووە، مەبەستیان چییە.

ئێستە شازادە کە قۆناغی یەکەمی ژنایەتی تێپەڕاندووە، کاتی ئەوە هاتووە دەربارەی ڕۆڵی داهاتووی وەک ژن دایکی ڕێنمایی بکات. شازادە بەرامبەر بەو شتانەی کە لەناو هاوسەرگیرییدایە بە ترسەوە کاردانەوەی هەبوو. ئەو دەیەوێ هاوسەرگیری بکات بۆ کاری پێویستە، کەسێک لەگەڵیا بێت تا بەم شێوەیە شەرعیەت بۆ پێگەی خۆی دابین بکات. هەرگیز بیری لە هاوسەرگیری تەواو و منداڵبوون نەکردۆتەوە.

'کاتێک پیاوێکی گونجاوت دۆزیەوە، تێدەگەیت ئازیزم،' شاژن بە زمانێکی شیرین پێیوت.

'باشە، بەڵام من پێموانییە. بۆنی ناخۆشیان و جەستەی ئارەقاوییان، وەک ئاژەڵ وان. هاوسەرگیرییەک ئەقلگەرایانە بۆ بەجێگەیاندنی ڕۆڵی من، پێموایە بۆ هەمووان وا باشتر بێت.'

خزمەتکارەکە پێکەنی. 'ئاخر شازادە، چەن خۆشە کە ئەو ئاژەڵانە پەلامارت دەدەن!'

تیلی نیگای شاژنی بینی و دەمی بە داوای لێبوردنێ هات بە یەکدا. 'گرنگە پیاوێک هەڵبژێریت کە بە باشی خەمت بخوات. کەسێ بێ کە داواکاری زۆری نەبێت. پیاوان داواکارییان زۆرە.'

شاژن تەماشای میوانەکانی دەرەوەی دەکرد دەهاتنە ناو گۆرەپانی کۆشکەوە. 'یەکەمجار مێردێ بۆ خۆت هەڵبژێرە. ئینجا پاشایەک. کەسێک هەڵبژێرە کە بتوانیت هەموو کاروباری سیاسیت لە پێناویدا جێبهێڵیت.'

'ڕاستە! کەسێک هەڵبژێرە کە دڵت بۆی خێراتر لێبدات، ڕۆمانسییەک، بە گوڵەوە. قۆزیش بێت!' خزمەتکارەکە درێژەیدایە.

لەگەڵ هەر وەسفێک شازادە گومانی لە بارەی هاوسەرگیرییەوە گەورەتر دەبوو. 'تۆ و باوکم چۆن یەکترتان ناسی، بە ڕاست؟' شازادە پرسی وەک هەوڵێ بابەتەکە بگۆڕێت.

'لە ئاهەنگی هاوسەرگیرییەکەماندا.'

دوو خانمە گەنجەکە بێدەنگ بوون.

گەلاوێژ پێکەنی. 'ئێمە ئێستا لە سەردەمێکی جیاوازدا دەژین،' ئەوانی دڵنیا کردەوە. 'چیتر چاوەڕێ ئەوە ناکرێت ژنان بەبێ ئەوەی هاوبەشی ژیانیان بناسن هاوسەرگیری بکەن و بۆ هەڵبژاردن ئازادییەکی زۆرتریان هەیە. بەڵام لەگەڵ ئەم ئازادییەی کە ئێستە باس ئەکرێت، ئێمەی ژنان بەرپرسیارێتییەکی ترمان بۆ زیاد بووە. بەرپرسیارێتی لە هەڵبژاردندا.'

'بەڵام تۆ دەتەوێت داگیر بکرێیت؟ نازت هەڵگرن! پیاوی پیاوانە چاوەڕی ناکات تا تۆ بڕیار بدەیت،' خزمەتکارەکە وەڵامی دایەوە.

'ئێ بەڕاست، ئەو هەڵبژاردنە چۆن چۆنییە؟' شازادە پرسی.

'کاتێ کە ژن بڕیار دەدات بە تاووتوێ و هەڵسەنگاندن نییە، بەڵکو دڵە هەڵدەبژێرێت. یەکەم شت کە پێویستە بیزانیت ئازیزم ئەوەیە کە پیاوان تەنها ئەو

کاتە پێدەگەن کە دڵی خۆیان بە ژنێکەوە دەبەستنەوە. ئەگەر وانەبێ، بە درێژایی ژیانیان وەک منداڵ دەمێننەوە و لە گۆڕەپانی گەمەدا بەدوای یەکتردا ڕادەکەن. بە دەرئەنجامی کاریگەرترەوە.'

ڕووناک بەترسەوە وەڵامی دایەوە. 'ئاخر من نامەوێت ڕۆڵی دایکێ بگێڕم دایە. پێموایە هەموو پلانەکە تادێت ناخۆشتر دەبێت.'

'خراپترین شت کە دەتوانیت لەگەڵ مێردەکەتا بکەیت، ڕۆڵی دایکی ئەو ببینی،کچم،' شاژن بە پێکەنینێکەوە وتی. 'تۆ هێشتا لەم قسانە تێناگەیت، بەڵام باش لەبیرت بێت. پیاوێ هەڵبژێرە کە بە باوەشی کراوەوە لە زریانی خۆشەویستیتدا بتوانێ بمێنێتەوە. پیاوێ هەڵبژێرە کە هەرگیز شەپۆلی دڵت ڕانەگرێت. پیاوێ هەڵبژێرە کە لەسەر پایەیەک هەڵتبگرێت کە هەرگیز ڕێگەت نەدات بەسەریدا بڕۆیت، کە بە خۆشەویستییەوە دەتپەرستێت ئەگەر چی هاوڕاشت نەبێت. زۆرن ئەو ژنانەی ئاگرەکەیان کز دەکەن بۆ ئەوەی ئەو پیاوەی خۆشی دەوێت نەیسوتێنێ. بەم کارە زیان بە ئارەزووی خۆشویستنی خۆی دەگەیەنێ و دەبێتە ڕێگر لەبەردەم گەشەکردنی پێویستی مێردەکەی.'

خزمەتکارەکە لە شانەکردنی قژی شازادە وەستا بۆ ئەوەی فرمێسکێک بسڕێتەوە. ئەو ژنە گەنجە لە قسەکانی شاژندا هەستی بە دڵتەنگی خۆی دەکرد. دڵێک کە دەیتوانی وەک خۆر بسوتێت و وەک گەرماوێ نەرمونیان بێت. خۆی بچووکتر کردبووەوە بەو هیوایەی ئەو پیاوەی کە تامەزرۆی بووە نەتۆقێنێت، هەر بۆ ئەوەی قورس نەبێت بەسەرییەوە. ئێستا هەستیپێکرد چەنێ خۆی چەوساندۆتەوە.

مرۆڤ پێش هەموو شتێک دەبێ لەگەڵ دڵی خۆی ڕاستگۆ بێت. چونکە چارەنووسی هەر لەو دڵەدایە. تەنها پاش ئەوەی شوێن ئەم دڵەی کەوت و هیچ دڵێکی تر نا، ئەوکات دەتوانێت تێکەڵ بە دڵێکی تر بێت کە چارەنووسەکەی ئەویش هی ئەو بێت. ئەم تێگەیشتنە لە ناخیدا وا خۆی دەرخست ڕۆشناییەک کە گومانەکانی شازادەی شۆردەوە، هەروەک دەریا چۆن لم ئەشواتەوە.

لەو هەفتەیەدا چەندین گەنج و پیرە پیاو خۆیان بە شازادە ناساند بەو هیوایەی خۆشەویستی دڵی شازادە بەدەستبهێنن.

پاش دیدارەکانی یەکەمجار، لەسەر ئامۆژگاری پاشا سێ کوڕ دیاریکران بۆ ئەوەی ڕووبەڕوو لەگەڵ شازادە قسە بکەن. 'کوڕەکەی سەڵاحەدین زیرەکە و خێزانەکەی دۆستایەتیان لەگەڵ ئێمەدا خۆشە. دەتوانین هاوپەیمانێتییەکی پتەو پێکەوە دامەزرێنین. قوبادییەکان توانستێکی بەهێزیان هەیە لە تاودانی ئەسپی جەنگ. لەگەڵ ئەوان هێزی سەربازیمان دوو هێندە لێدەکەین. بەڵام خورماڵییەکان بازرگانێکی زیرەکن و چەندین پۆستی گرنگیان هەیە.'

ڕووناک، لەبەرئەوەی بەوانە ئاشنایەتییەکی نەبوو، پەنای برد بۆ زانیاری و قەناعەتی باوکی.

دووانی یەکەمیان قسەخۆش و قارەمان بوون. هەموو هەلێکیان دەقۆستەوە بۆ ئەوەی بە باڵا و جوانییەکەی شازادەدا هەڵدەن. هەموو دونیایان پێدەبەخشی بۆ ئەوەی دڵی ئەو ببەنەوە. گشت ئێوارەیەک کە بەرەو کۆشک دەچوون بۆ دیداری شازادە تا دەهات زیاتر و زیاتر تامەزرۆی بینینی شازادە دەبوون و هەر جارێک کە لای شازادە دەبوون بە جوانی و باڵای ناسکی سەرسام دەبوون، یان خۆیان وا باسیان دەکرد، ئیتر هەریەکەو بە زیادەڕۆییەوە قسەی خۆی دەکرد.

'چەن پەکخەرن.' شازادە بەرامبەر خزمەتکارەکانی هەناسەیەکی هەڵکێشا. 'هەموویان هەروا زمان لووسن؟'

لەگەڵ یاران خورماڵی بە دوودڵیەوە دیدارەکەی دەستپێکرد. ڕووناک چاوەڕێی درێژدادڕێکی دیکەی دەکرد لەو دیدارەیدا، بەڵام یاران تەنیا بە ناوی خۆیەوە خۆی ناساند. شازادە لەبری ئەوەی دڵخۆش بێت، کەچی بێهیوا بوو. وا دیارە لەو پیاهەڵدانە بە باڵایدا هەندێک چێژی وەرگرتبوو.

گفتوگۆکەیان شەرمنانە بوو، بەڵام خۆشیش بوو. هاوبەشی گفتوگۆکەی زیاتر لە بەدوادا گەڕان دەچوو لەوەی تا خۆی یەکلایی کردبێتەوە. گفتوگۆکەیان بابەتی ئاسایی ڕۆژانە بوون و بایەخێکی ئەوتۆیان نەبوو، بەڵام هەرچۆنێ بێ گفتوگۆیەک بوو.

'یاران، بۆچی تۆ وەک هاوسەری خۆم دەبێ هەڵبژێرم؟' شازادە ڕووکەشی تێپەڕاند و ڕاستەوخۆ پرسی.

یاران پێکەنی. 'بەڕاشکاوانە شازادە، ئەوە ئاواتی باوکمە کە من هاوسەرگیریت لەگەڵدا بکەم. من خۆم هەرگیز حەزم لە هاوسەرگیری نەبووە.

بەڵام باوکم پێیوایە ئەمە دەرفەتێکی نایابە بۆ ئەوەی دەسەڵاتی خێزانەکەمان فراوان کەین. بەڕاستی، هەستم بەو جۆرە بوو تا ئەو کاتەی کە چاوەکانتم بینی لەکاتی پێشوازییکردنمدا چۆن دەدرەوشانەوە.'

پیاهەڵدانەکەی یاران بە شێوەیەکی چاوەڕواننەکراو هات و هێڵی بەرگری ڕووناکی شکاند. هەر ئەم کرانەوەیە ڕێگەی خۆی بەرەو ناو بەشە خەوتووەکەی شازادە گرتە بەر. ئەو بەشەی هەستی بە ئارامی کرد چونکە هیچ جۆرە شانۆگەرییەک لەو پێناوەدا ئەنجام نەئەدرا. یاران تەنها ناخی خۆی ئاشکرا دەکرد و ئەوەش جیهانێ بوو کە شازادە تێیدا هەستی دەکرد کە ئەوەماڵی خۆیەتی.

سروشتی پرسیارکارانەی ڕووناک وروژا، لەگەڵ کزانەوەیەکی گچکەش کەوتە سکییەوە. 'تۆش وەک ئەوانیتر، ئاوا "نوقمی چاوی جوانی من بووی، کە لە بەفربارینیدا لە توێکڵی قاوەیی درەختێک دەچێ،" یاران؟' شازادە بە سوعبەتێکەوە وتی.

بەناو باخچەکانی کۆشکدا دەڕۆیشتن لەوێوە دیار بوون. بۆنوبەرامی گوڵە یاسمین و شەوبۆ ئەو ناوەی پڕ کردبوو.

یاران وەستا و یەکەمجاری بوو لەم گفتوگۆیەدا تەماشای چاوەکانی شازادە بکات. 'نەخێر، من نوقمی نیگای تۆ بووم.'

ڕووناک حەپەسا ئاوا لە ڕوو قسە بکات. 'مەبەستت چیە؟'

'تۆ ئێمەت وەک جێپێیەک دەبینی بۆ شتێکی گەورەتر بەکارمان بێنی. شتێک کە من ڕۆڵێکم تێیدا هەبێت.'

ڕۆژی دواتر شازادە خوازبێنی کراو دوای هەفتەیەکیش ئاهەنگی هاوسەرگیریان بەڕێ خرا. ئاهەنگی خۆشی باڵی بەسەر تەواوی شارەکەدا کێشابوو. سەرسوڕهێنەرترین مۆسیقا و سەماکاران بۆ چەند ڕۆژێک شەقامەکانیان پڕ کرد بوون. بەتامترین خواردن لە هەموو گۆشەی شەقامەکاندا شەو و ڕۆژ لە بەردەستدا بوون.

کەس هێندەی ئەو دوو باوکە هەڵنەدەپەڕین یا دڵخۆش نەبوون، هەردووکیان خرۆشابوون لە خۆشی بژاردەی منداڵەکانیان. باوکی یاران بەوە دڵخۆش بووکە هاوپەیمانێکی بەهێزتر لە خودی پاشا بە خەیاڵیدا نەدەهات. پادشا

دڵخۆشبوو چونکە ڕووناکی ژیانی مەرجەکانی جێنشینی بە هاوسەرگیری لەگەڵ کەسێک لە بنەماڵەیەکی بەڕێز بەجێهێنابوو.

ئاهەنگگێڕەکان نەیاندەهێشت گەشاوەی خۆشی ئەو دوو باوکە بە فیڕۆ بڕوات بە ئەسپایی و پاشان پێکەنینێکی گەورە بەدوایدا دەهات، بە گاڵتەوگەپێکەوە بە "بوک و زاوا ڕیشدارەکان" ئاماژەیان بۆ دەکردن.

سمکۆ ئاغاش کوڕەکانی نمایش کردبوو، بەڵام سەرەڕای ئەو پۆستە بەرزەی هەیبوو بانگهێشت نەکرابوون بۆ ئەوەی لەگەڵ شازادە دیدار ساز بکەن. سمکۆ نەک هەر بە ڕەتکردنەوەی کوڕەکانی ئازاری پێگەیشت، بەڵکو ئەو بەتەما بوو خۆی بۆ شازادە نمایش بکات. بەتەمەنتر بوو، بە ئەزموونتر بوو و سەرۆکی دووەم بەهێزترینی خێڵەکان بوو. ئەو سڵی لە ئاهەنگێکی هاوسەرگیری دەکردەوە کە هەق بوو ئەو خۆی لەوێ میوانێکی خاوەن ماڵ بووایە.

ئەو دوو تازە هاوسەرگیرە کە بەشەرمەوە لەسەر تەختی خۆیان دانیشتبوون، پێشوازییان لە پیرۆزباییکردن و دیارییەکانیان دەکرد. ئەو خەڵکە زۆرەی هاتبوون بۆ بەخێرهاتنیان بۆ ژیانی نوێی خۆیان بێکۆتا شەپۆلیان دەدا، ئەو ڕووە خۆش و گەشەی ئەو خەڵکە بە جۆرێ بوون ئەم دووانە نەیاندەتوانی وەکو ئەوان بکەنەوە.

لەناو ئەو جەنجاڵی و نەزانییەدا، لانیکەم ئەم دووانە ڕۆحی یەکتریان دۆزیبووەوە. ئەوان نەیاندەزانی لەم قۆناخە نوێیەی ژیانیاندا چی چاوەڕێیان دەکات، بەڵام لانیکەم ئەوەشیان پێکەوە نەدەزانی.

ڕووناک و یاران مانگی هەنگوینییان بە تەواوەتی بۆ ناسینی یەکتر بەکارهێنا. پێش هاوسەرگیری جگە لە تۆوێک هیچیتر نەچێنرابوو. سەرەتای پەیوەندییەکی خۆشەویستی بوو.

یەکەم ساتی قووڵبوونەوەیان بەناو یەکترا کاتێ دەستیپێکرد کە پێکەوە چێژیان لە دیمەنی خۆرئاوابوون وەردەگرت. پاش ئەوەی ئەو ڕۆژەیان پێکەوە بەسەر برد، لە باخچەکەیاندا وچانێکیان دا. شازادە بە تیشکی ئەو خۆرەی دابووی لە لوتکە ماتەکانی چیاکانی کۆڕەک سەرسام ببوو کە تابلۆیەکی گەرمی لە ڕەنگەکان لەو ئاسمانەدا نەخشاندبوو.

شازادە خۆی بەدیوی هاوسەرەکەیدا وەرگێڕا و چاوی بەر چاوی کەوت. خۆرەکە ڕووخساری لای چەپی یارانی گەشاندبۆوە و ڕەنگێکی ئاسمانی پێبەخشی بوو. یاران چاوەکانی بەسەر جەستەی شازادەدا نە ئەخشاند، بەڵکو ڕاستەوخۆ چوو بە ناخیا، وەک ئەوەی هەوڵێ بدات لە بنی بنەوە ڕۆحی ببینێت. لەبەر گەرمی نیگایدا، ئارەزوویەک لە شازادەیا هەڵگیرسا کە هەست بە ئامێزی گەرمی یاران بکات.

لە ڕۆژانی دواتردا بە گەنجی و خەون و ترسی یەکتر ئاشنا بوون. لەناو درێژی قسەکانیاندا ون ببوون، پێکەنینیان پێکەوە هەردووکیانی توشی سک ئێشە دەکرد. ئەوەندە لێکچوونیان لە ناو یەکتردا ناسییەوە، باوەڕیان وا بوو کە ئاوێنەی ڕەنگدانەوەی یەکترین، تەنانەت جیاوازییەکانیان بۆ تەواوکەری یەکتر دەگۆڕی.

لە یەکێ لە شەوەکاندا کاتێک سۆزیان بەرزتر لە وشەکانیان شەپۆلیان دەدا، هەستیان کرد بەر یەکتر دەکەون. نەیاندەزانی کێ سەرەتا دەستی بەردەستی ئەویتر کەوتووە. تەنها ئەوەیان بیرمابوو کە لە ناکاو تەزوویەک بە هەردوکیاندا تێپەڕی، بەڵام پشت بەستوو بە هاوسەرگیریەکەیانەوە، دەستیان لە ناو دەستی یەکدا پشوویدا.

تامەزرۆییان گەورەتر بوو، پەیوەندی نیگاکانیان قووڵتر بۆوە، مەودای نێوان جەستەیان کەمتر بۆوە. لێوەکانیان وەک دوو خۆشەویستی لە یەکدی دابڕاو یەکتریان دەدۆزییەوە، کە پاش ماوەیەکی درێژی تەنیایی بە یەکتر دەگەنەوە. جەستەی شازادە نەرم و ئامادە، جەستەی یاران توند باوەشی بەودا کردبوو کە شازادەی هێندەیتر نەشئەدار ئەکرد.

پێستی ئەمیان تامەزرۆی پێستی ئەوی تریان بوو و پەلیان دەجووڵان تا بەربەستە قوماشییەکانی نێوانیان لادەن. پێش ئەوەی بە خۆیان بزانن لەسەر جێگان، پێستیان بەرامبەر پێستی یەکتر بوو، لە جیهانێکدا نوقم ببوون کە جگە لە هەستەکانی جەستەیان هیچی تر لە ئارادا نەبوو.

لە چەند ڕۆژ و شەوی دواتردا بە هەموو شوێنێکی جەستەی یەکتر ئاشنا بوون. شوێنە هەستیارەکان، شوێنە نهێنییەکان، شوێنە نەرمەکان. فێربوون بە نیگاکانیان و دەستیان، بە قسەکانیان، بە لێویان چێژ بە یەکتر ببەخشن.

یاران لە یەکەم بەریەککەوتنەوە تێبینی کردبوو کە جەستەی شازادە چۆن وەڵامی خواستەکانی دەداتەوە و هەستی بە کرانەوەی دەکرد تا ئاستی قووڵترین چێژ ئەمەش هانی دەدا تا بەردەوام بێت. لە تامزرۆیی کوێرانەی خۆیدا بۆ ئەزموونکردنی لەوە زیاتر گەر هەبێت، سنووری خۆشی شازادەی دەپشکنی.

کۆششی بەردەوامی وریایانە و پێداگرانەی هاوسەرەکەی، شازادەی لە دۆخێکی وروژاویدا بە بەردەوامی هێشتبۆوە. بە بەشێ لە خۆی ئاشان ببوو کە پێشتر نەیناسیبوو، بەشێکی نەرمتر، بەشێک کە دەیویست لە ئامێزی یاران پارێزراو بێت، بەڵام لە هەمانکاتدا پێداگرییەکەی بەسەریدا زاڵ بێت. تامەزرۆی ئەو متمانەیەی یاران بوو و ڕێگەی پێدا بچێ بە جەستەیدا. لە ڕێگەی جەستەیەوە بۆ ناو دڵی شۆڕبێتەوە.

جەستەیان بەناویەکدا تووانەوە، هەستیان بەوەکرد پێشوازیکردنی یەکتری چ واتایەکی هەیە. شەوگاریان پڕکردبوو لە لەزەتێکی سۆزداری، کە هەر تێر بوون، ئیدی ڕێگەی بۆ خۆشەویستییەکی ناسک چۆڵ دەکرد.

لە یەکێ لە شەوەکان یادەوەرییەکی لە یادچوو خۆی خستەوە بەر هەستی ڕووناک. ماوەیەکی زۆر لەمەوبەر کوڕێکی لە زاب ناسیبوو باسی هەندێ شتی دەکرد ئەم تێینەدەگەیشت. قسەکانی هێمن لە مێشکیدا دەنگی دەدایەوە، بەڵام ئێستا بۆی دەرکەوت کە هێمن و خۆشەویستەکەی هەمان ئەو شتەیان ئەزموونکردووە کە ئێستە ئەم لەگەڵ یاران هەیەتی.

دەگریا بۆ ئەو تاوانەی کە ئەوانی کردە قوربانی و دەگریا نەوەک یاران لە دەستا. دەگریا بۆ ئەو هەڵوێستە ساردوسڕەی بەرامبەر گەنجێک کە نەیدەزانی ئەوەی هەستی پێکردووە چی بووە. دەگریا چونکە کەسێ نەبووە بەو گەنجە بڵێ خۆشەویستییەکەی کارێکی خراپ نییە، بەڵکو ئەوە تەنها سەرەتایە بۆ جوانییەکی کامڵ.

هاوسەرە نوێکەی بەپەلە هات بەدەمییەوە تۆقی لەوەی نەوەک هەڵەیەکی کردبێ، خێرا گرتییە ئامێزی گەرمی. 'خۆشەویستەکەم، ببورە. ئازارم دایت. پێم بڵێ چیم کردووە.' فرمێسکەکانی لەسەر ڕوخساری سڕییەوە و لە چاوەکانیدا بینی کە خۆشەویستییەکەی هێشتا لە جێی خۆیدایە.

'تۆ هەرگیز ناتوانی ئازاری من بدەیت،' لە وەڵامدا ڕووناک وتی.

'ئەی چییە وا ئەوەندە ئەزێتت ئەدات، ئەزیزم؟'

شازادە چاوی بڕییە هاوسەرەکەی و هەستی کرد خۆشەویستییەکەی دەگەشێتەوە. تەنانەت لە کاتی خەمیشیدا بە هەمان نیگای ناسک لە ئامێزی دەگرێت. 'نابێت ئەوەمان لەبیربچێت کە خۆشەویستیمان هەرگیز لەسەر چێژ و خۆشی خۆی ڕانەگرتووە. ئەم خۆشەویستییە داوای شتێک لە ئێمە دەکات. هێشتا نازانم چییە، بەڵام هەرچییەک بێت، دەبێت ئێمە شایستەی بین. دەبێت ئێمە شایستەی خۆشەویستیی بین.'

١٦

دیدەوانەکان کە گەشتیان بۆ پشکنینی ئەو ناوچەیە کردبوو، گەڕابوونەوە. سوارچاکە ئازاکان ئازایانە ئەو زەوییە نەناسراوانەی ئەودیوی زاگرۆس باش گەڕابوون. لەوێ زانیبوویان کە زوحاکی ستەمکار دوای هەزار ساڵ هێشتا حوکمڕانی خاکی باوباپیرانیان دەکات.

هیچ ستەمکارێک ناتوانێت بێ بەرهەڵستی بۆ هەتا هەتایە بمێنێتەوە. کاتێ کە ستەمکاران مرۆڤی ڕاستگۆ دەکەنە قوربانی، ئەوکاتە ژێردەستەکان یەکگرتنیان فراوانتر دەبێت.

ئەم یاخیبوونە لە باوکێکەوە سەرچاوەی گرتووە کە خەم و پەژارەی هیچ نەکردن بەلایەوە گەورەترە لەوەی کە لە یاخیبوونەوە ڕوویان تێدەکات. کاوە ئاسنگەرێک بوو لە کۆشکی زوحاک کاری دەکرد. شەو و ڕۆژ لە بەرگەرمای ئاسنگەرخانەکەدا پتەوترین و تیژترین ئامێر و چەکی دروست دەکرد.

بەڵام لەگەڵ سەختی کارەکەی و وردی پیشەکەی و زوحاک چەندە سوودی لە کارەکەی وەرگرتبێت، کاوە نەیتوانی خێزانەکەی لە شەڕی چڵێسانەی پاشا بپارێزێت. تا ئێستا شەش منداڵی کراونەتە قوربانی برسێتی تێرنەکراوی پاشاکەی، و کاتێک دوا منداڵی بانگ کرا، کاوە بووە یەکەم کەس لە هەزار ساڵدا بوێری سەرپێچی لە ئیرادەی پاشا بکات.

لە هۆڵەکەی پاشادا پەشتەماڵە ڕەشەکەی بەری دڕی و کردی بە ئاڵا. کاتێ بە شەقامەکاندا دەڕۆشت، هەر زوو چەند کەسێ لێی کۆبوونەوە. بەناو گوندەکاندا تێپەڕین تا گەیشتنە ناو شاخەکان.

بە هەر شوێنێکدا تێپەڕی شوێنکەوتووانی زیاتر بوون، چونکە هیچ شوێنێک نەمابۆوە بەبێ چیرۆکی خەم و لە دەسچوون، کە وەک تۆو بوون لە خاکی زستانەدا چاوەڕێی بەهارێ بوون.

'خاوەن شکۆ، دەسەڵاتی زوحاک چەندە سامناکە، ئەوەندەش گەورەیە. بۆیە کاوە بۆ هەر شوێنێک بچێت لایەنگر کۆدەکاتەوە. ئەوانیش وەک منداڵانی هەمان ڕەچەڵەکی قوربانییەکان، داوامان لێدەکەن بەشداری ئەم جەنگە پیرۆزە بکەین.'

دیوەخان پڕ ببوو لەو کەسانەی دەیانویست گوێ لە چیرۆکی دیدەوانەکان بگرن. لەسەر تەخت سەرکردەی نوێیان دانیشتبوو، شاژن ڕووناک. هەر چەن ساڵێ گەورەتر ببوو، بەڵام لەو ماوە کورتەدا شارەزای ڕۆڵەکەی ببوو. ڕوخساری سادەیی سەردەمی منداڵی تێپەڕاندبوو.

شاژن بە گەردنێکی بەرزەوە هەستایە سەرپێ. 'ئەم پەیامە بە کاوەی ئاسنگەر بگەیەنە کە هێزی یەکگرتووی ئێمە هاوپەیمانی ئەو دەبن.'

جەماوەر بە شانازییەوە چەپڵەیان بۆ شاژنەکەیان لێدا.

شاژن چاوەڕێیکرد تا هۆڵەکە هێمن بوویەوە. 'بڕۆن ئەم هەواڵە بە هەموو هۆز و تیرەکان بگەیەنن. پێیان ڕاگەیەنن ئەو ڕۆژەی کە تۆڵەی خۆمان تێدا دەکەینەوە و بە ئازادی تێیدا دەژین نزیک بۆتەوە.'

هێزە جەنگاوەرەکان بە پلەی یەکەم گوێڕایەڵی سەرۆک هۆزەکانی خۆیان بوون. لە ڕابردوودا ئەم خێڵانە بە پێی بارودۆخەکە دەچوونە ناو هاوپەیمانی پێکەوە یان دژ بە یەکتر دەجەنگان. تەنانەت شێروان پاشا نەیدەتوانی کوێرانە متمانە بەوان بکات، دەبوایە بۆ پاراستنی پێگەی خۆی یا دانوستان بکات یان بجەنگایە.

ئەو ڕکابەرییە کۆنانە بەرە بەرە دەپووکانەوە. دۆزینەوەی مێژووی هاوبەشیان هۆکاری ئەوەبوو تا ململانێکان بنێژن و چەکەکانیان بخەنە ژێردەستی شاژنی نوێ.

سەربازەکان لە هەموو چین و توێژەکان و گشت خێڵەکان کۆبوونەوە بۆئەوەی ئەو گەشتە درێژە دەستپێکەن. گەشتێکە دەیانباتە ئەودیوی زاگرۆس. سوپا یەکگرتووەکە بە گرنگییەوە چاوەڕێی وتارەکەی شاژنەکەیان دەکرد.

ڕووناک کەمێ دوودڵ ببوو. ئەو بە خێرایی لە کاروباری کۆشک شارەزایی پەیداکرد بوو، بەڵام هەرگیز بەرەی جەنگی نەبینیبوو، و نەیدەزانی بۆ جەنگ و کوشتار چۆن هانیان بدات. سڵی لەو هێزانە دەکردەوە کە لەبەردەمیدا کۆ ببوونەوە. دەنگدانەوەی هەزاران زرێپۆش و چەک تەرکیزی ئەویان تێکدابوو.

سەربازەکان شیر و قەڵغانیان لە خۆیان دابوو کە ڕەنگدانەوەی داب و نەریتی هەر ناوچەیەکی پێوە دیاربوو، بۆیە مرۆڤ بە تەماشایەک دەیزانی کێ لە

کوێوە هاتوو. تەنها نەریتێک کە لە هەموو شوێنێک باو بووبێ لای ئەو ژنانە بوو کە سەرباز بوون. هەر ژنە سەربازێ خەنجەرێکی بچووکی زۆر تیژی لەگەڵ خۆیدا هەڵگرتبوو، لە ژێر پارچە قوماشێک لە ژێر مەچەکیدا شاردبوویەوە. ئەم خەنجەرە بۆ دوژمن نەبوو، هەرچەندە زۆرێک لە دوژمن بەو خەنجەرە کوژراون پێش ئەوەی بۆ مەبەستی سەرەکیی خۆی بەکاربهێنرێت. ئامانجی ئەم خەنجەرە بۆ ئەوە بوو کە خۆیان لەوە بپارێزن هەرکات کەوتنە دەستی دوژمن، شەرەفیان لەدەست نەدەن.

'سەربازەکانم، خۆتان ئامادە بکەن!' ڕووناک هەوڵیدا بە دەنگێکی بەرز قسە بکات، بەڵام دەنگی لە ناو زرێپۆشەکاندا دەنگی دەدایەوە و وشەکانیشی لەو گۆڕەپانە کراوەیەدا ون بوون.

شپرزەییەک لە ڕیزەکاندا هاتە ئاراوە.

لە پەنایەکەوە پیاوێکی زلەی ئەسپسوار هاتە پێش و خۆی بەو خەڵکە ناساند. سمکۆ ئاغا خۆی نیشان دا. بۆ پیاوانی وەک سمکۆ ژن تەنها دەتوانێت یەکێک بێت لە دوو شت، یا غەنیمەت بۆ بردنەوە یا بەربەستێ وێران بکرێ. ڕووناک بژاردەی یەکەمی مەحاڵ کردبوو.

'خاوەن شکۆ، ئێمە شانازی دەکەین کە خزمەتتان بکەین و بە تامەزرۆییەوە چاوەڕوانی هاندانتان دەکەین. سەرکەوتنی ئێمە لە ئەستۆی ئێوەدایە.'

شاژن هەوڵیدا بە توندی وەڵامی بداتەوە، بەڵام پێش ئەوەی وشە دەرببڕێ، سمکۆ قسەکەی پێبڕی.

'خاوەن شکۆ، هیچ فەرمانڕەوایەک بەبێ پاڵەوان سەرکەوتوو نابێت. تەنانەت حوکمڕانسەکەی، تۆش، هەرچەندە ژیر و بەهێزیت، ناتوانێت لەو چارەنووسە خۆی لادات.' چاوی لەسەر ڕووناک لابرد و ئاوڕێکی لە پیاوەکان دایەوە. 'ئەگەر بەبێ پاڵەوان بجوڵێین، ئەرکەکەمان دەکەوێتە مەترسییەوە.'

چاوەڕێکرد تا ڕێگە بۆ گومانکردن خۆش بکات.

'زمانە لوسەکەت ئەمڕۆ بەسەرماندا تێناپەڕێت، سمکۆ ئاغا.' ڕێزان کە شارەزایە لە لێکدانەوەی مەرامی سیاسی وەڵامی دایەوە. ئەسپەکەی بەرەو ئاغا چوو ئەی حیلان و سمی لێدەدا، وەک ئەوەی لە ژێرەوە شتێ گرژی کردبێت. 'هەوڵەکانت بۆ تێکشکاندنی شاژن ڕووناک بە ئاسانی بە سەرتەوە ناچێت.'

دوو پیاوی سمکۆ هاتنە پێش، ئاغای هاندا کە وەڵامی ئاڵینگارییەکەی ڕێزان بداتەوە. نەیتوانی ڕێگە بدات پیاوێتییەکەی بخرێتە ژێر پرسیارەوە. 'گەنجان لەم سەردەمەدا ئاوا ڕێز لە گەورەکانیان دەگرن؟'

ئەمجارەیان هەندێک لە پیاوەکانی ڕێزان هاتنە پێش و لێی نزیک بوونەوە. ئێستا دوو کۆمەڵ سەریان هەڵدا، کە پێکهاتبوون لە سەربازەکانی ڕێزان و سمکۆ، ئامادە بوون بەرگری لە شەرەفی سەرۆکی خۆیان بکەن.

ڕێزان لەبەر پێی سمکۆدا تفێکی کردە زەوی.

'کوڕە، ئاگادار بە، ڕێزگرتنی بەتەمەنەکان دەسکەوتێکە نابێ لە بەرەی جەنگدا لە دەستی بدەیت،' ئاغا وتی، لەوکاتەدا ئەسپەکەی چەمۆڵەی لێئەدا.

'یا ئەبێ ڕێزگرتنت تێدا هەڵکۆڵم تا لە بیرت نەچێتەوە،' یەکێ لە پیاوەکانی سمکۆ درێژەی دایە و دەستیشی لەسەر کێلانی خەنجەرەکەی بوو.

هەرچی پیاو لەوێدا بوو دەستیان خستە سەر کێلان، ئامادە بوون شمشێرەکەیان ڕاکێشن. هەڵمەتبردن لە جەنگێکی ناوخۆییدا خەریک بوو دەگەشتە لوتکە، هێشتا یەک مەتر دوور نەکەوتبوونەوە.

هەرچۆنی بێ ڕێزان نەیدەتوانی لە هەڕەشەیەکی ئاوا بێدەنگ بێت. بە ساردوسڕییەکەوە وەڵامی دایەوە، 'ئەگەر خۆت بە پیاو ئەزانیت، جارێکی تر بیڵێرەوە، هەی نامەرد!'

ئەسپەکان نائارامتر بوون و سمیان لێدەداو تۆز و خۆڵ بەرز بوویەوە. دەنگەدەنگ هەر زیادی دەکرد و هەمانکات مشتومڕی ئەمان نەدەگەشتە کەسانیتر.

ناکۆکییەک وەک زریانێ سەری هەڵدا، هەر بەبێ هیچ هۆیەک، بووە هەڕەشەیەک کە خەریکە یەکڕیزییان لە شەوێکدا بسڕێتەوە و ببنە دوژمنی یەکتر.

پێش ئەوەی دۆخەکە خراپتر بێت، ئەو خەڵکە گوێیان لەدەنگدانەوەیەک بوو ئاسنی لە ئاسن ئەسوی. دەیانبینی ئەسپێکی ڕەش بە کەسێکەوە لە دیوی خۆرەوە بەرەو ئەوان تاو دەدات. ئەسپەکە بە خشڵی ئاڵتونی جوان ڕازابۆوە و بە غاردانەکەیەوە دەنگی تەپڵی جەنگی دەدایەوە. پێش ئەوەی ئاکام بناسنەوە، بە ڕەنگە ڕەش و تاودانەکەی ڕەخشیان ناسییەوە، ئەو ئەسپەی کە تەنها گوێڕایەڵی یەک سوارچاکە.

ڕەخش بە دامێنی گردەکەدا بەناو چڕە تەپوتۆزێکدا تاوی دەدایە خوارەوە، سێبەرەکەی باڵای نیشان دەدایەوە ئەو وێنەیەی نمایش دەکرد کە لە ئەندێشەی هەڤاڵەکانیدا نەخشی خۆی کێشا بوو. لەسەر پشتی ئەو تاکە پاڵەوانەی هەڵگرتبوو کە لە نێو هەموو جەنگاوەرەکاندا بە هەمان ئەنداز ڕێزی لێدەگیرا.

ئەوە هەنار بوو کە ئاکامی ڕازی کردبوو جارێکیتر زرێپۆشەکەی لەبەر کاتەوە و خۆی پێشکەشی شاژنە نوێیەکە بکاتەوە. ئاکام پاش ئەوەی ئازادکرا هەنار بەوپەڕی توانایەوە گرنگی پێدەدا. خزمەتی دەکرد تا هەموو برینەکانی چاک بوونەوە، بەڵام زۆری نەخایاند دەرکەوت کە برینەکانی لەوە قووڵتربوون کە لەسەر جەستەی دیاربوون.

ئاکام زرێپۆشەکەی خستبوویەوە لاوە. دڵنەوایی خۆی بە کات بەسەربردن لەگەڵ کچەکەی و هاوسەرەکەیدا دەبینییەوە. ئەو دوو کەسەی بۆ ئەو لە هەموو شتێ گرنگتر بوون.

هەنار چێژێکی لەوە وەردەگرت کە دواجار ئاکام تەنها بۆ خۆی ماوەتەوە. ترس، هەفتەکانی چاوەڕوانیکردن، چوونە ناو ڕابردووەوە. بۆ ماوەیەک ئەو سێ کەسە لە پێکەوەبوونێکی بەختەوەرانەدا دەژیان. خەونێکی ونبووی وابوو، کە هیچ کامیان نەیانوێرا خەونی پێوە ببینن، دواجار هاتە دی.

تا ئەوکاتەی بانگهێشتی جەنگاوەران کرا و ئاکامیش ڕەتی کردەوە.

کتوپڕ ناسکی ئاکام بۆ نەرمبوونەوە گۆڕرا. هەنار گوێی لە ترسێ لە ناو دەنگیدا بوو کاتێ دەستی بە ڕووی نوێنەرانی بانگهێشتنەکەوە نا. بژاردەی مانەوە لەگەڵ خێزانەکەی لەبەرامبەر ئەو داوایەی لێیدەکرێت گرکانی ئەوی کوژاندەوە و ملکەچی مانەوەی کرد.

لە جاران کەمتر گرنگی بە کچەکەی دەدا، بەڵام بۆ هەنار ئەوە بەس بوو تا هەستی پێبکات. کاتێکیش هەستی خۆشەویستییان دەگۆڕییەوە، هەنار بە جەستەی ئاکام نەبێ هەستی بە هیچیتر نە دەکرد، بۆ ئەوەی ئاکام بە ئارامی لە ئامێزی هەناردا بمێنێتەوە دەبوایە ئەوەی لە ناو دڵیدایە بشارێتەوە. هەنار لەناخی ئاکامدا هەستی بە فشارێ دەکرد کە خەریکبوو دەتەقییەوە، بەڵام بە هەموو

توانایەوە کپی دەکردەوە. وەک ئەوەی ئەو هێزەی کە بە تەواوەتی هەناری خۆشدەویست هەر ئەو هێزە بوو کە بۆ جەنگ بانگی دەکرد.

لە یەکێ لە شەوەکاندا کە بەتەنیشت یەکەوە ڕاکشابوون، ئاکام بە سەری پەنجەکانی دەستی بە جەستەی هەناردا دەهێنا. بە قووڵی، بە ناسکی، هەروەک چۆن هەمیشە کردوویەتی، هەناریش هەستی بە خۆشەویستییەک دەکرد کە بە ناو پێستەکەیدا بەسەر پەنجەکانییەوە، بەرەو دڵی ڕێگەی خۆی دەبڕی، ئینجا لەوێدا بە جوانی دڵی دەپاراست. بەڵام ئیمشەو تەنها هەستی بە پەنجەکانی دەکرد دەخلیسکان. تەنها پێست و پێست، گۆشت و گۆشت.

'تۆ لە کوێی، ئاکام!؟ چرپاندی، هەروەک چۆن تەنها عاشقەکان لەگەڵ یەکدی دەدوێن.

هەندێ دوودڵ بوو، دەستی ڕاگرت. 'لەگەڵ تۆدام ئەزیزم. ئەو شوێنەی کە هەمیشە ویستوومە لێی بم،' بە هێمنی وەڵامی دایەوە، بەڵام دەنگی نەویستنی ئاشکراکردنی ئازارێکی دەردەخست.

هەنار سەرێکی بۆ لەقاند. ئەو دەمێک بوو دەیزانی چییە ئاکامی داگیر کردووە، بەڵام تامەزرۆی بوونی ئەو بوو لە گەڵیدا بێت، ئاکامیش لە ناخی خۆی دوور نەکەوێتەوە و ئەمیش لە جووڵەی ڕۆحی بێبەش نەکات. 'هیچ کات تۆ ئەوەندە لە منەوە دوور نەبووی وەک ئێستە. چەندین هەفتە چاوەڕوانی گەڕانەوەت بووم. چەندین مانگ بێهودە هەوڵم دەدا لە گۆشەی بەندیخانەکەتدا سەردانێکت بکەم، بێئەوەی بزانم ئاخۆ ڕۆژێ بێت بگەڕێتەوە لامان. تەنانەت لەو تەنهاییەدا تۆ کە ئێستە لێرەی لە منەوە نزیکتر بووی. بۆچی هەستت پێناکەم، ئاکام؟ بۆ دڵت بە سەر مندا داخستووە؟'

بێدەنگی باڵی بەسەر ژوورەکەدا وەک دیوارێ لە نێوان هەردوو عاشقەکەدا کێشا. وەڵامی ئاکام دەبوایە ڕێیەکی درێژی بگرتایەتە بەر. لە پێناویا دەجەنگا تا بیهێنێتە دەر.

هەناری خۆشەویستی بە ئارامییەوە چاوەڕوان بوو تا ئاکام لەو جەنگەدا سەرکەوتن بەدەست بهێنێت. لەو دارستانە چڕەدا چاوەڕێی دەکرد کە ڕۆژێ بوو تەختاییەکی وشکەڵان بوو تا ئەوکاتەی پاڵەوانەکەی ڕێی لەوێ کەوت. ئیدی دڵە زیندووەکەی نەدەگریا بۆ ئەوەی بێن بە دەمییەوە. چونکە بە یەکەوە لەگەڵ ئەو

دڵەی کە خۆی پێشکەشی ئەم کرد دڵیان لێیدەدا وەک ئەوەی کە بڵێ: بم دۆزەرەوە، ئەزیزەکەم، هەر ترسێ کە لە منی دەشاریتەوە، تۆ خۆت لە خۆت دوور دەخەیتەوە. لە چی دەترسیت بیدرکێنە ، چونکە خۆداخستنت بەسەر مندا، خۆداخستنە بەسەر خۆتا.

لە ئامێزگرتن و ئارامی هەنار ڕێگەی نیشانی ئاکام دەدا بەلای هەر درەخت و تەپۆڵکەیەکدا بڕۆشتایە. لێدانی دڵی وای لە درەختەکان دەکرد ئاماژە بە ئاکام بدەن لە کوێوە بە لایاندا تێپەڕێت.

'ئەترسم ئێوەم لە دەست بچێت،' بە چاوێکی فرمێسکاوییەوە دواجار وتی.

هەنار هیچی نەوت، ئەیزانی هێشتا ماوە بڵێ.

'کاتێ کە لە گۆشەیەکی بەندیخانەدا تەنها بووم، ئەمتوانی تەنیا بیر لە ئێوە بکەمەوە. لەوێ هەستم بەوە کرد کە چۆن ئێوەم تەنها جێهێشتبوو لە پێناوی کەسانێ کە بۆ بچوکترین یا بێ بەهاترین شت دەیانویست دەستبەردارم بن. بۆ جارێکیتر ئەو ڕێگە مەترسیدارە بگرمەوە بەرکەئێوەی تێدا لە دەست بدەم؟'

هەنار دەستێکی هێنا بە سەری ئەودا. بە ئاشکراکردنی ئازارەکەی و خۆکردنەوەی، ئاکام لای هەنار لە هەموو کاتێ جوانتر بوو، ئازاتر دەرکەوت لە چاو هەرچی جەنگێکدا کە تێیدا بووە. 'چونکە تۆ ژیانت لە پێناوی ئەوان ناخەیتە مەترسییەوە، ئاکام. تۆ لە پێناوی ئێمە ژیانت دەخەیتە مەترسییەوە. ئەرکی تۆ لەم ژیانەدا پاراستنی شاژنەکەمانە. کاتێ تەنها لە بەجێهێنانی ئەرکەکەتدا ڕاستگۆ بیت، خۆشەویستی ئێمەش دەتوانێ گەشە بکات. لە پێناوی پاراستنی ئەم بەهەشتەمان، ئەو ئاگرە دەکوژێنیتەوە کە خۆشەویستی ئێمە دەپارێزی.

وشەکانی هەنار لە هەرچی شمشێر هەیە تیژتر بوون، لە هەرچی تیرهاوێژێ هەبێ کاریگەرتر بوون. تەنها لە ڕێگەی گفتوگۆوە هەنار توانی ئەو قەڵغانە ئەستوورە بسمێت، گەورەترین پیاو بە چۆکدا بهێنێت.

'ئاکام، تۆ دەمێکە دڵی خۆت بە من بەخشیوە. هیچ شتێ لەم دونیایەدا ناتوانێ زیانی پێگەیەنێت تا لای من بێت. بەڵام جەستەت هەمیشە هی ئەم دونیایە بووە. من سوپاسگوزاری ئەوم کە هەر خولەکێکی بە من بەخشیوە لە گەڵتا بم، بەڵام ئەو گڕەت دەبێ هەڵگرسێتەوە.

ئاگرەکەت دەبێ تاریکی ڕووناک بکاتەوە، ئەگەر تۆ کوژایتەوە ئێمەش بە دووکەڵەکەت دەخنکێین.'

بەو ئاگرەی کە تێیبەربوو، ئاکام بە غاردان بە لای سەربازەکاندا تێئەپەڕی. شمشێرەکەی بەسەر سەرییەوە ڕاگرتبوو، تێکەڵ بە گرمەی سملێدان و تاودانەکەی ڕەخش، ئەو هاوارەی کە کردی ڕۆحی جەنگاوەرانەی لە گشت سەربازەکاندا بووژاندەوە. هاوارەکەی لە قووڵایی زەوییەوە دەهاتە سەرێ و هەموو دڵەکانی هێنایە لەرزە. هاوارەکەی ئاکام وەک زریانێ دەنگی دەدایەوە، بەهێزتر لەو زریانەی کە خەریک بوو بەش بەشی دەکردن.

هەمووان وەک شەیدا هەستیان دەکرد ناچارن کە دەبێ وەڵامی ئەو هاوارەی ئەو بە هەمان شەوقەوە بدەنەوە، وەک بیانەوێ نەهێڵن زەوی لە ژێر پێیاندا شەق بەرێت. بە هەزاران ئینجا توانیان بگەنە ئاستی ڕۆحی جەنگاوەرانەی ئەو، یەک زریانی بە کۆمەڵیان لەو شەوقەی خۆیان پێکەوەنا و بە ڕۆحێکی جەنگەوەرانەی یەکگرتووەوە ئامادەبوون.

بەبێ وشە، تەنها بە خۆبەرزڕاگرتنی خۆی، تەنها بە هێز و ئاگرەکەی، ئاکام لەشکرێکی لە کۆمەڵێ سەرباز پێکهێنا. شکۆی ئەو پیاوە کۆیکردبوونەوە بێگومان تا مردن لەگەڵی دەبن.

شاژنی دڵنیاکراو توانی وەڵامی سمکۆ ئاغا بداتەوە. 'خەمەکانت جێگەی ڕێزن، بەڵام لە جێگەی خۆیدا نەبوو. خۆت دەیبینی، ئەوە پاڵەوانەکەمان ئێستە لێرەیە.'

١٧

سوپاکە ڕووبەڕووی گەشتێکی سەخت بۆوە. لە ڕێگەی کۆڕەکەوە دەچوونە ناو زنجیرە چیای زاگرۆس و بەناو دارستانە دێرینەکانی دارسەروو بەرەو ڕۆژهەڵات دەڕۆیشتن. لە ڕێگەی لوتکەی چیای قەندیلەوە بۆ خاکی باوانیان پەڕینەوە. لەوێشەوە گەشتنە ناوچەیەکی نەناسراو.

لە کاتێکدا ئەوان لە پەنای جێگە ناسراوەکاندا بە بێ ترس حەوابوونەوە، بۆ چەندین نەوە ئەو دیوەیتریان فەرامۆش کردبوو. لە بنەچە تاریکەکانی خۆیان بە دوور گرتبوو. بەڵام ئەوەی باوانی ئەوانی هێنابووە زاگرۆس جێگەی وەلانان نەبوو. ئەو زنجیرە چیا سەختە ئێستە جگە لە پەردەیەک ئەوانی لەو تاریکییەی دوورخستبۆوە چیتر نەبوو کە دەبووایە بەسەریدا زاڵ بن بۆ ئەوەی ئازاد بن، ئەویش زوحاکە.

زاگرۆس ئیتر ئەو ناوچە وشکە نەبوو کە ڕووناک لە سەردانەکەی ساڵانێک لەمەوبەری دیبووی. ئەو ڕاڕەوە ساردوسڕانەی پێشوو، بە چیمەنی نەرم پڕ کرابوونەوە. سێبەری گیانلەبەرە کێوییەکان ئەوەنە هەبوون کە ئەو ناوە بە فێنکی بمێنێتەوە. ئاوەکە بە بەردەوامی لە کانییە بچووک و کارێزەکانەوە پڕ دەبوونەوە، بە تام و سازگار هەڵدەقوڵان، هەروەک ئەوەی کە دایکی کاتی خۆی باسی کردبوو. بیری لەوە دەکردەوە چۆن ئەمە هەمان ڕێگایە ئاوا گۆڕاوە.

پاش پەڕینەوەیان بە قەندیلا ڕێگەی خۆیان گرتەبەر بەسەر لوتکە شاخێ کە دێت: مامەند ئاغا. لێرەدا بۆ یەکەمجاریان بوو بەسەر ئەو خاکە نامۆیەدا بڕوانن. دیار بوو کە شتێکی سامناک چاوەڕێیان دەکات. پەڵە هەورێکی ڕەش بەسەر دیمەنەکەدا گیرسابۆوە کە هیچ تیشکێکی خۆر نەدەگەیشتە زەوی.

'ئەمە هەر ئاوایە، خاوەن شکۆ، وەرز لە دوای وەرز،' یەکێ لە دیدەوانەکان وتی.

'چوون بە ناویا بێ مەترسییە؟' یاران پرسی.

'بەڵێ، گەورەم، بەراستی نازانم چۆنە ئەگەر تیایدا بژیت، بەڵام ئێمە لەوسەرەوە بە سەلامەت دەرچووین.'

لەگەڵ هەر هەنگاوێک لە شاخەکەوە بەرەو خوارەوە شۆڕ دەبوونەوە ڕووەکەکان کەمتر دەبوونەوە و خەمناکتر دەبوون. تا زیاتر لە هەورەکە نزیک دەبوونەوە، زیاتر وا دیار بوو هەموو شتێک بە چینێ لە خۆڵەمێش داپۆشرابێت. لە کۆتاییدا چوونە ناو هەورەکەوە و خۆیان لەشوێنێکدا بینیەوە کە هیچ شتێکی تێدا ناڕوێ. بێدەنگی و کشوماتییەکی ئەوتۆ بوو کە تەنانەت هەواش پێیدا تێپەڕ نەدەبوو. کە گەشتنە دامێنی چیاکە، دیدەوانەکە ئەوانی بردە لای ئۆردوگاکەی ئەو ئاسنگەرەی کە یاخی ببوو.

کاوە پیاوێکی باڵابەرزی چوارشانەی سەر ڕووتاوەیەکی بریقەدار، وەک بڵێی سەری بەو بۆنەیەوە لووس کردبێت. ڕوخساری بە ڕیشێکی چڕ و خەندەیەکی گەرم داپۆشرا بوو. 'سەرچاوان بەخێربێن میوانە ئازیزەکان! گەورەتان کردین و دڵخۆشتان کردین کە دواجار پێشوازی لە کوردە ستایشکراوەکان بکەین.'

میوانەکان بە سەرسامییەوە سەیرێکی یەکتریان کرد. کوردەکان؟

'کورد لای ئەمان بە وانە دەڵێن کە شاخنشین بن یا کۆچەری بن، خاوەن شکۆ،' یەکێ لە دیدەوانەکان ڕوونی کردەوە.

'ئینجا ئێمەی کورد شانازی دەکەین کە شانبەشانی پیاوێکی ئازای وەک تۆ بجەنگین، کاوە،' ڕووناک وتی.

کورد. بوو بە نازناوێک بە شانازییەوە وەریاندەگرت، بووە یەک ناوی هاوبەش و خۆیان پێدەگرت. تا ئێستا کوردەکان تەنیا وەک ئەندامی خێڵەکان خۆیانیان دەناسی. پاش ئەوەی لەو دیدارەیان لەگەڵ کەسانی دیکەی دەری بازنەی ناوچەکەی خۆیان، کورد بووە ناوێکی هاوبەشیان، وەڵامەکەی شاژنەکەیان بوو کە شەرعیەتی بە ناوەکەیان بەخشی.

سوپاکانی کورد و کاوە چەند هەفتەیەکیان لە مەشقی هاوبەشدا بەسەر برد، تا لەبەرەکانی شەڕدا تەواوکەری یەکتر بن. هێزەکانی کاوە بە باشی ڕێکخرابوون و وەک یەک یەکە شەڕیان دەکرد. کوردەکان تیرهاوێژێکی متمانە بەخۆ و ترسناک بوون، چ ئەسپسوار یا پیادە بن. هەر زوو هێزیان لە خاڵە بەهێزەکانی یەکتردا دۆزیەوە و لە شوێنی پێویستدا تەواوکەری یەکتر دەبوون.

سەربازەکانی کاوە پێویستیان بە کاتێکی زیاتر بوو بۆ ئەوەی لەگەڵ ژنە شەڕڤانانی کوردەکان ڕابێن، کە هەریەکەیان لە هاوتا پیاوەکانیان کەمتر نەبوون.

پیاوە کوردەکان هەر لە منالییەوە فێر ببوون لەو ژنانە وەک نێچیرێکی برسی لە ئاسک نزیک نەبنەوە. پیاوەکانی کاوە هەر زوو هەمان وانە فێر دەبوون، هەرچەندە بێباجی هەندێ لووت شکان و دڵ شکان تێنەپەڕی. ئێشی هاوبەش، دوای ئاشتەوایی، کاریگەری برایانەی دەبێ.

سەرکردەکان بۆ دارشتنی پلانێک بۆ شکستپێهێنانی زوحاک خۆیان سەرقاڵ کردبوو.

'دیوارەکانی شاری هەشترود زێدی زوحاک، وەک فڕینی هەڵۆ بەرزبوونەتەوە و وەک پێستی فیلیش ئەستوورن. تەنانەت تیرهاوێژانی کوردانیش تیر بەسەریدا تێناپەڕێنن،' یەکێک لە ژەنەڕاڵەکانی کاوە وتی. 'تەنانەت لەگەڵ هێزە یەکگرتووەکانیشماندا دەبێت دان بەوەدا بنێین کە ئێمە ئەو هێزەمان نییە بتوانین بە سەرکەوتوویی شارەکە گەمارۆ بدەین.'

تیشکی مۆمەکان لە ناو ڕەشماڵە سەرەکییەکەدا سێبەری ئەوانەی لە وێدا بوون نیشان ئەدا، هەر یەکێکیان سەری خۆی شۆڕ کردبۆوە و بیری لەوە دەکردەوە چۆن خراپترین دێوەزمەیان لەناو بەرن.

'ئێمە کێشیان دەکەینە دەرەوە،' یاران وتی. 'لە زەوی کراوەدا، سوارچاکە خێراکانمان دەتوانن سەربازەکانی گەمارۆ بدەن لە کاتێکدا هێزەکانی کاوە بە خۆیانەوە خەریکیان دەکەن.'

'ئێ باشە زوحاک قەڵای پارێزراوی خۆی بۆچی جێدەهێڵێت؟' یەکێکی تر وتی.

یاران هەردوو قۆڵی کرد بەیەکدا. 'ئێمە شارەکە گەمارۆ دەدەین و هەموو ڕێگاکانی دابینکردنی خۆراک و شتومەک دەگرین. هەر بۆماوەیەکی کورت بەبێ پێداویستی تازە خۆیان دەگرن. ناچار دەبن یا خێرا هێرش بەرن یا مەترسی شەرکردن دواخەن بۆ کاتێک سەربازەکانی برسی دەبن و ورەیان دادەبەزێت.'

ئامادەبووان بە جۆشوخرۆشەوە لە پێشنیارەکەی یاران چوونە پێشەوە. یاران وەک بازرگانێک دەیزانی شارێک چەندە وابەستەی پێداویستییە بەردەوامەکانە و چۆن دەتوانیت بەبێ شەڕ دوژمنەکەت پەک بخەیت.

'گوندەکانی ئەو دەوروبەرەش بەبێ هیچ کێشەیەک شمەکمان بۆ دابین دەکەن،' پلانەکە لەلایەن کەسێکی دیکەوە پشتگیری لێکرا.

حەماسەت زیاتر بەرزبوویەوە. بێئەوەی خۆیان لە هیچیان کەم بێ، دەتوانن سوپاکەی زوحاک بخنکێنن.

بەڵام کاوە هاندانی پێوە دیار نەبوو. ناوچەوانی هەر گرژتر دەکرد و دەنگە گڕەکەی هاواری ئەوانیتری وەستاند. 'ئەم پلانە نایاب دەبوو، ئەگەر ئەو ڕاستییە نەبوایە کە ئێمە دژی شەیتانێک وەستاوین.' چاوەکانی بڕیبوونە مۆمە داگیرساوەکان، وەک ئەوەی وێنەیەکی ترسناک لەناو سەمای بڵێسەکاندا داگیری کردبێت. لە تەنیشتیەوە تەورێک کە سەلکەکەی لە سەرەگا دروستکرابوو دانابوو، چەکێ کە بە دەستی خۆی دروستی کردبوو، خۆی دا بەسەریا. 'ئەو ڕۆژەی کە ڕووبەڕووی بوومەوە بە چاوی خۆم ئەوم بینی. ئەو دڕندەیەی کە بووە بە زوحاک، دیمەنێکە کە حەز ناکەم بە وشە دایڕێژم. لە هەمووی گرنگتر ئەوەیە کە دوو باڵی گەورەی دزێوی هەیە. ئەگەر گەمارۆی بدەین، لە ئاسمانەوە گوندەکان بۆردومان دەکات، ئێمەش دەستمان پێیڕاناگات. جا ئەگەر هەستبکات کە لە مەترسیدایە زۆر بە ئیسراحەت دەرچێت و بفڕێت.'

ئەو چاوانەی کە تا ئێستە لە خۆشیدا بریقەیان دەهات زەق بوون، وەک ئەوەی سەمای بڵێسەکان ئەوانیشی گرتبێت. ئەو سەرکەوتنەی بەتامای بوون لێیان دوورکەوتەوە.

'ئەگەروابێ کەواتە پێوستە ئێمە بە وەشاندنی یەک گورزی خێرا کۆتایی بە جەنگەکە بهێنین،' ڕووناک وتی. 'ئەگەر من باش تێگەشتبێتم زوحاک بە ترساندن فەرمانڕەوایی دەکات. ئەگەر سەرچاوەی ترساندنەکە نەمێنێت ئەوا سەربازەکانی شەڕی بۆ ناکەن. سەری مارەکە دەپەڕێنین و خۆمان بە جەستەیەوە خەریک ناکەین.' ڕووناک شارەزایی لەوەدا پەیداکردبوو کە چ کاریگەرییەکی بە سەر هاوڵاتییەکانیەوە هەیە. لەگەڵ گەشە و فراوانبوونی دەسەڵاتەکەی دەیبینی هەر تەنها بوونی لەوێدا ترسی دەخستە دڵی ئەوانەوە. خزمەتکارەکان باشتر کاریان

دەکرد، بەگزادەکان بە ئەدەبتر قسەیان دەکرد و سەربازەکانیش ڕێکتر دەوەستان هەر کە ئەو خۆی بکردایە بە ژووردا. ئەگەر سێبەرەکەی ترس بێت دەبێ بەخششەکانی ئیلهام بێت. خۆڕاگرییەکەی ئیلهامی دۆزینەوەی چارەسەر دەبێت.

'من برایەکی لە خۆم گەورەترم هەبوو،' یەکێ لە شوێنکەوتووانی کاوە وتی، بێدەنگییەکەی شکاند. 'ئەوەندەی کە لە بیرم مابێ ئەو باسی ئەوەی دەکرد کە خەریکە تونێلێک لێدەدا. ڕۆژ دەهات و ڕۆژ دەڕۆشت ئەو بە دزییەوە خەریکی ئەوە بوو. ئەوە دەبێتە دەرچەیەک بۆ ئێمە، بەڵام من نەموێرا لەگەڵی بڕۆم، ڕۆژێ چووە دەرەوە ئیدی هەرگیز نەگەڕایەوە.'

لەو کاتەی چاوەکان هەمووی چووبوونە سەر ئەو، لەناکاو وەستا و بێدەنگ بوو. تاکە کەس کە لە ژێر سیحری ئەو مۆمەدا مابووەوە. ئەو هەمیشە ئەوە دەهاتە خەیاڵییەوە کە براکەی یا دەبێ بە دیل گیرابێت یان لە سێدارە درابێت، بەڵام پێداگرییەکەی شاژنی کورد هانی ئەویدا کە بوێرێ خەون بە ئەگەرێکی ترەوە ببینێت.

'ئێ!؟' یەکێ لە پیاوەکانی کاوە بە چاوەڕوانییەوە هاواریکرد.

پیاوەکەی لەو خەونە بە ئاگا هێنایەوە. 'ئێ، ئێ چی؟'

کاوە خەریکبوو لەسەر کورسییەکەی بەربێتەوە.

'تونێل!' تۆ خۆت تونێلەکەت دیوە؟'

'نەخێر، هەرگیز نەموێراوە بچم بیبینم.'

'خۆ دەبێ بزانیت کەوتبێتە کوێوە،' یاران قسەی کاوەی تەواو کرد.

'بەڵێ!'

ئەمە خۆی بەس بوو کە پێویست بێ بۆ ئەوەی پلانەکە دارێژرێ. گروپێکی بچووک تونێلەکەیان بەکاردەهێنن بۆ ئەوەی بە دزییەوە بچنە ناو شارەکەوە. پاشان هەندێک دەچنە ناو کۆشک و هەندێکیش دەروازەکان دەکەنەوە بۆ ئەوەی سوپاکەیان لە ناو شارەکەدا ئاژاوە بنێتەوە.

'نایابە. کاوە، ئاکام، یاران و دە کەس لە باشترین جەنگاوەرەکانمان و منیش ڕووبەڕووی زوحاک دەبینەوە،' ڕووناک وتی.

'خاوەن شکۆ، تۆ نابێ خۆت بخەیتە مەترسییەوە،' پیاوەکە ناڕەزایەتی دەربڕی.

'شاژن ڕووناک، وەک میوانێکی خۆم ناتوانم ڕێگەت بدەم تۆ خۆت بخەیتە ئەو مەترسییەوە،' کاوەش هەروای وت.

ئەوانیتریش هەر هەموویان پشتگیری ئەو دووانەیان کرد. هیچی وا نەگۆڕابوو لە چاو ئەو ڕۆژەی کە جادوگەرو تەلارسازەکە لە ژوورەکەیدا بەرامبەری وەستابوون. هەر هەموویان ئێستەش وەک خشڵێکی لە چینکۆ دروستکراو دەیبینن کە دەبێت خەمی بخورێ.

تەنیا یاران و ئاکام دەیانزانی کە گۆڕینی بڕیاری شاژن بێ سوودە. بێدەنگ بوون و بە ئارامییەوە چاوەڕێی ئەوە بوون کە بزانن خۆی چی دەڵێت. ئیرادەی ئەو لەنگەرگیر بوو، بڕیارەکانی نە ئەلەقێنران.

'بە چاوی خۆم دەبێ زوحاک ببینم،' وەڵامی شاژن بوو کە وەک ڕەشەبایەک هەموو نارەزایەتییەکی کپکردەوە.

'فەرمانتە، شاژن ڕووناک. لەگەڵ ئەو گروپەدا ئەوە دەکەین، بەڵام پێویستمان بە مەفرەزەیەکە بۆ ئەوەی ڕێگای شارەکە بۆ ئەو گروپە خۆش بکەین.'

کاوە وردەکارییەکانی بۆ ژێردەستەکانی خۆی جێهێشت و داوای لە شاژن کرد کە یاوەری بکات. هەندێک لە پرسەکان دەبێ تەنها بە گوێی ئەوانەدا بدرێن کە دەکەونە بەشی سەرەوەی ڕیزبەندییەکە.

بەناو ئۆردوگاکەدا دەڕۆیشتن کە ئاگری کەمپەکان تێیدا دەگڕان و ئەو خەڵکەش گۆرانییان دەوت و لە ناخی دڵیانەوە پێدەکەنین. لە هەر شوێنێکەوە تێپەڕ دەبوون، چالاکیان دەوەستان بۆ ئەوەی سەری ڕێز و نەوازش و ستاییشی خۆیان بۆ ئەوان دەربڕن.

'فەرمانڕەواییەکەتان لە هێزی سەربازیتان سەرنجڕاکێشترە، خاوەن شکۆ،' کاوە وتی.

'ئەوەی من پێم دراوە، بەبێ ئەوەی شایستەی بم. بەڵام ئەوەی تۆ بە پێچەوانەوە خۆت بەدەستتهێناوە و شایستەی خۆتە.' ڕووناک وەڵامی دایەوە. دەیزانی لە سیاسەتدا بەزۆری دەستخۆشیکردن داواکاری بەدوایدا دێت.

کاوە ئاماژەی دا بە لێژاییەک لەسەر ڕێگەکەیان سەرەتا شاژنی پێش خۆی خست. واتە: من تەنها شوێنکەوتوویەکەم، خاوەن شکۆ.'

'چۆن دەبێ شوێنکەوتوویەکی سادە ئەم هەموو خەڵکەی بە دواوە بێت؟'

'چونکە من شوێنی هیچ مرۆڤێ نەکەوتووم. من شوێن فریشتەی پیرۆز سرووش کەوتووم. ئەو هاتە خەونم و فەرمانی پێکردم کە دەبێ یاخی ببم. بۆیە دڵنیام سەردەکەوین، چونکە ئەرکێکە لە ئاسمانەوە بۆمان هاتووە.'

من ئاسمانم دیوە و چۆڵ بووە. ڕووناک ئەوەی نەوت، چونکە دەیزانی کە وشەی وتراو لە واقیعدا دەنگ دەداتەوە و ژیانی لێدروست دەکرێ.

کاوە بەدوای شاژندا کە بەسەرەولێژیەکەدا سەردەکەوتن دەڕۆیشت تا بەرز دەبوونەوە لێژاییەکەی زیاتر دەبوو و بەردینتریش دەبوو. 'پاشئەوەی سەرکەوتنمان بەدەستهێنا، ئایا کورد دەچێتەوە ڕیزی پاشای ڕاستەقینەی خۆی، خاوەن شکۆ؟'

ڕووناک ئاوڕێکی دایەوە و سەری شۆڕکردەوە و تەماشایەکی کاوەی کرد. 'ئەی ئەو پاشایە کێیە، کاوە؟'

وەستا و بە هەناسەبڕکێوە ئاماژەیەکی بۆ ڕۆژهەڵات کرد. 'لەسەر چیای بۆرز چاوەڕێی سەرکەوتنمان دەکات. منداڵێکی بچووک، کە لەلایەن خودی سرووشەوە وەک پاشای ڕاستەقینە دەستنیشان کراوە. ناوی فەرەیدوونە.'

ڕووناک ڕۆشت تا گەشتە لێواری تاشەبەردەکە. دەیڕوانییە سەربازەکانی هەردوولا ئەوەی خۆی و ئەوەی کاوەش کە چۆن بە کۆمەڵ لەگەڵ یەکتریدا وەستاون. سەرەڕای دووری هەزار ساڵ لە نێوانیان، تارادەیەک خێرا لەگەڵ یەکتر ڕاهاتن و بەیەکدی دەیانخوارد بەڵکو لەوەش زیاتر.

کاوەش هاتە پەنایەوە.

'کورد شاژنێکی هەیە و پاشایەکی ژیریشی لە تەکدایە، کاوەی ئازیز. بە درێژایی چەندین نەوە ئێمە شانشینی خۆمان دامەزراندووە و فەرمانڕەوایەتی خۆمانمان بەرەوپێش بردووە. تەنها یەک شت ماوە کە بە ترسەوە ئەمانبەستێتەوە، ڕابردوویەکە هیچ کام لە ئێمە پێی ئاشنا نین، لەبەر ئەوە پاش ئەوەی سەرکەوتنمان بەدەستهێنا دەبینە هاوپەیمانی ئازیزی یەکتر.'

کوردەکان نەهاتوون بۆ ئەوەی نەگەڕێنەوە، بەڵکو لە گەشتکردندان، کاوە تێگەیشت.'ئینجا هەموو پاشایەک خەون بە هاوپەیمانێکی وەک بەڕێزتەوە دەبینێ، خاوەن شکۆ.' کەمێ خۆی چەماندەوە و دەستیشی لەسەر سنگی دانا.

'شتێکی تر هەیە کە فریشتەکە پێی وتم دەبێ بیکەم. دەبێ زوحاک بە زیندووی لە ژێر چیای دەماوەند بە زنجیر ببەستمەوە.'

ڕووناک بەخۆی گوت ئەمە مەبەستی کاوە بووە بەدرێژایی ئەو ماوەیە. کاتێ داوای لێکرد کە زوحاک بە زیندوویی بهێڵێتەوە. وا دیارە کاوە هێندەی ئەوەی یاخییە سیاسەتمەدارێکی لێهاتووشە.

ڕووناک سەرێکی بەرز کردەوە و مانگی چواردەی بە ئاسمانەوە بینی. ساڵانێک لەمەوبەر لەوێوە بۆ سەرەوەی دەڕوانی، بەڵام ڕووی لە زەوی بوو. خۆی بینی سەرەوخوار بۆتەوە، وەک شەمشەمەکوێرەیەک خۆی بە تاشە بەردەکەوە هەڵواسیوە، سەیری مانگی لە خوارەوەی دەکرد. 'زنجیرەکانی ڕابردوو بشکێنم یان بۆ دەسەڵاتدارێکی ئاسمانی گوێڕایەڵ بم. ئەمە ئەو بژاردەیەیە کە تۆ داوام لێدەکەی بیکەم، کاوە؟'

١٨

ئەو کۆمەڵەی بەتەما بوو دزەبکاتە ناو شارەکەوە لە نیوەشەودا خۆی گەیاندە ئەو شوێنەی کە وا بڕیار بوو تونێلەکەی لێبێت.

کونێکی کراوەی شاراوە کە بەشارەزایی هەڵکەندرابوو لە نزیک دیوارە سەرنجڕاکێشەکانی شار لە چاوەڕوانی ئەواندا بوو. هەر وەکو چیلکەی تیژ کە دەتوانێت بە ئەستوورترین پێستا بچێت، لەوێ مابوو وەک بیرخستنەوەیەک کە هیچ بەربەستێک ناتوانێت بەر بە ئارەزووی ئازادی بگرێت. لە پێناو ئەو ئارەزووە، لەو تاریکیەدا خۆیان حەشاردابوو، بێ ئەوەی بکەونە بەرچاو خۆیان گەیاندە ناو شار.

ئاشتییەکی دزێو لەو شەوە درێژەدا دەبینرا. لەرزینی جەستەی دایبابە ترساوەکان لەسەر دیوارەکانی شار وەک بێدەنگییەکی کوشندە دەزرینگایەوە.

بە شێوەی کۆمەڵێکی پێنج نەفەری خۆیان کرد بەو کونەدا تا ناوچەکە لە ڕووی ئاسایشەوە دابین بکەن. ئەو مەفرەزەیە هەرچی پاسەوان و هاتووچۆکەرانی ئەو ناوە بوو بەبێدەنگ لە ژیانیان خستن. دەبایە ئەو خەمەیان بخواردایە کە بەهیچ جۆری ئاشکرا نەبن.

کاوە، یاران، ڕووناک، ئاکام و دە جەنگاوەری دیکە دواجار چوونە ژوورەوە و یەکسەر بە شەقامە دابینکراوەکاندا بەرەو کۆشکەکە بە ژێر ئاسمانی تاریکدا جووڵەیان کرد. بە لای هەڤاڵەکانیاندا تێپەڕین و بەسەر خوێنی کوژراوەکاندا ڕۆیشتن، چاویان لەسەر ئامانجەکەیان بوو.

پاش ماوەیەکی کورت گوێیان لە یەکەم دەنگی هەراوهوریا بوو کاتێ کە پاسەوانەکان زانیان دەروازەکان شکێنراون. شەقامەکان پڕ بوون لە دەنگدانەوەی لێکخشانی ئاسن و هاوارو قیژەو و قرمەقرمی ئێسک. چەندان سەدەی تۆڵە، کە نەوەیەک بۆ نەوەیەکیتری دەگوێزایەوە، لە هەڵدڕینی جەستەی پیاوەکانی زوحاکدا دەنگی دەدایەوە. ئەوانەی کە خاوەن بەخت بوون زوو گیانیان لەدەستدا، بەڵام هەندێکیتریان چەند جارێک هەستیان بەچەقینی ئەو ئاسنە ساردە بە ناو جەستەیاندا دەکرد پێش ئەوەی گیان لەدەست بدەن.

هێزی کوردەکان و هێزی کاوە کوشتارگەیەکیان لە ناو شەقامەکاندا دروستکردبوو تا هەموو سەرنجێ لەسەر ئەو گروپە بچوکە دوورخەنەوە کە هەموو هیوایەکیان پێدا هەڵواسیبوو.

سەربازەکانی ناو کۆشکیش بە پەلە هەڵسانەوە بۆئەوەی خۆیان بگەیەننە شەڕ. پاڵەوانەکان ئەو قەرەباڵغییەیان بەکارهێنا بۆ ئەوەی بە کەمترین بەرگری ڕێگە خۆش بکەن و تێپەڕن و بچنە ژوورەوە. کاوە ڕێگاکە شارەزابوو و ئەو چەند پاسەوانە کەمەی کە مابوونەوە خێرا کوژران. پێش ئەوەی کەس سەرنجی تەرمی ئەو کوژراوانە بدات، ئەوان ڕۆشتبوونە ڕاڕەوێکیترەوە.

ئەو گروپە بچووکەی کە پاسەوانی دەرگای ژووری تەختی زوحاک بوون، گەشتن بە هەمان چارەنووس. سێیان بە تیر کە چوو بە ملیاندا و سێ کەسەکەیتریان لە شەڕە شمشێرێکی کورتا کوژران. پاڵیان بە دەرگاکانەوە نا و خۆیان کرد بە ژووردا.

پاشایان لە قێزەونترین و دڕەندەترین دیمەندا بینییەوە. زوحاک خەریکی خواردنی جەستەی منداڵێکی سەربڕاو بوو، لە کاتێکدا دوو مارەکەش شەڕیان بوو لەسەر مێشک و تەرمی منداڵی دووەم. کاتێ زوحاک سەری بەرز کردەوە هێشتا پارچە گۆشت و شانەی مێشکەکان بەلالێویەوە بوون. 'کاوە، خزمەتکارەکەم. تۆ گەڕایتەوە و منداڵە ونبووەکانم لەگەڵ خۆت هێناوەتەوە،' ئەو دڕندەیە بە دەنگێکی لاوازەوە وتی.

پاش هەزار ساڵ لە خواردنی گۆشتی مرۆڤ و تێکەڵبوون بە مار، شێوەی مرۆڤی زوحاک شێوا بوو و ببوو بە دڕندەیەکی خشۆک. مارەکان ببوون بە ئەژدیها هێندە گەورە ببوون و دوو باڵی قێزەونیش لەسەر پشتی ڕووا بوون. لەشی زوحاک توێکڵی پوولەکەدار دایپۆشیبوو و لەگەڵ هەر هەناسەیەکدا ئەو ڕووناکییە کزەی ژوورەکەی هەڵدەمژی و دوکەڵێکی مەستکەری بە دوای خۆیدا دەدایەوە. مارەکانی سەر شانشیی بە دەوریدا دەسوڕانەوە و خانەخوێی خۆیان دەپاراست.

لە پاڵیشیا دوو ئەهریمەنی هاوکاری وەستا بوون. ئەمانیش بە هەمان ئەندازەی ئەوان دڕندە بوون و چاوەکانی هەریەکەیان دەگڕان و پریشکێکیان لێبەرئەبۆوە کە بەردەوام لەبەر ڕووی خۆیاندا دەسووتان و لە دۆخی توورەییدا

دەیهێشتنەوە. سەردەمانێک ئەمانە مرۆڤ بوون، پاڵەوان بوون کە هێزە تاریکخوازەکان گۆڕینیان بەم دێوەزمانە. بە چەکە قورس و تۆقێنەرەکەیانەوە لەبەردەم پاشاکەیاندا وەستان.

'کۆتاییت هاتووە. منداڵە ڕزگارکراوەکان گەورە بوون و بوونەتە سوپایەک هاتوون دەسەڵاتەکەت بڕوخێنن' ڕووناک بە تووڕەییەوە پێیوت.

زوحاک تەرمی منداڵەکەی فڕێدایە ئەو لاوە و بە ساردییەوە زەردەخەنەیەکی کرد. 'ئەو چێشتلێنەرانەی کە پێیان وابوو پاڵەوانن. تەنها پرسی کات بوو تا زانیمان. حەلوایەکی بە تام بوون.' لە کاتێکدا بە ڕووناکدا ئەیڕوانی لە تەپڵی سەریەوە تا نووکی پێی بە زمانە چنگاڵیەکەشی لێوی خۆی ئەلێسایەوە. 'ئەگەر بمزانیبایە کە خۆشترین منداڵیان شاردبێتەوە، بۆ ئێوەش دەگەڕاین تا بتاندۆزینەوە.'

یاران ئازایانە هەڵمەتی برد بۆ پێشەوە بێئەوەی لەو دیمەنە ترسناکانە سڵێ بکاتەوە ڕاستەوخۆ بەرەوڕووی پاشاکەیان ڕۆشت. شمشێری دێوی یەکەم ڕێی لێگرت بەڵام ئاکام بەپەلە بەلایدا تێپەڕی و خۆی لە دەسوەشاندنی دێوی دووەم پاراست. دێوەکەی بەرامبەر یاران بە وەشاندنی تەورەکەی کاوە لە پەلوپۆ کەوت و سەربازەکانی دیکەش گەمارۆی ئەوەی تریان دا.

ئاکام دەستەویەخە چووە جەنگەوە لەگەڵ سەرچاوەی نەهامەتیی و بەدبەختییەکەیان، ئەو تارماییەی کە بە درێژایی ژیانی بۆی ببوو بە ئاڵنگاری. لە پشتەوە هاواری هەڤاڵەکانی دەبیست، کە شەڕی مان و نەمانیان دەکرد. دڵنیا بوو لەوەی کە لە پشتەوە پارێزراوە و بە شمشێرەکەی هێرشێکی برد.

پێستی زوحاک هێندە ئەستوور ببوو ئەو ئاسنە توێکڵە ڕەقەکەی نەدەبڕی.

'بەم پارچە ئاسنە بێنرخە دەتەوێ ئاڵینگاری پاشای شانشینەکانی ئەم دونیایە بکەی،' بە گاڵتەجاڕییەکەوە زوحاک قیژاندی.

مارەکان هەوڵیان دەدا بە ئاکامەوە بدەن. بەرگەی خێرایی و هێزیان ئەستەم بوو، بەڵام ئاکام بێ ماندووبوون بەردەوام خۆی لە پێوەدانی ئەوان لادەدا.

کاتێ مارەکان نەیانئەتوانی پێوەی بدەن، ژەهریان تێگرت، کە کەوتنە سەرزەوی دەبوونە چاڵێکی سووتاو و ئەو ناوەی کرد بە زەوییەکی پڕ لە چاڵ.

'وەک مێشێ خۆت لە من لادەدەیت، بەڵام دەسەڵاتی من بە هیچ ڕاناگیرێت!' زوحاک قیژاندی.

لەگەڵ هەر خۆلادانێ، جووڵەکانی ئاکام ئارامتر و ڕێکتر و بچووکتر دەبوونەوە. لە کاتێکدا مارەکانی زوحاک بێ وەستان هروژمیان بۆ دەبرد، ئاکام دەکۆشا کە نێچیرەکەی بخاتە نێوان خۆی و دیوارەکەوە.

بریسکەیەک لە چاوەکانی تاریکیستانی بێ سنوورەوە بووە ئاماژەیەک بۆ ئەوەی ئاکام ڕمەکەی بهاوێ. پێش ئەوەی ژەهرەکەی برژێت، ڕمەکەی لە چەناگە نەرمەکەیەوە گەیاندە ئەو خشۆکە و بە دیوارەکەدا هەڵیواسی. ئەو ژەهرەی کە پێشتر دەریدابوو چاڵێکی سووتاوی کردە دەمی خۆی، زوحاک لە تاو ئازاردا هاواری لێبەرز بوویەوە.

ئاکام هاتبوویە پێشەوە، زانیبووی پلانەکەی سەرکەوتوو دەبێت. ئەو کاتەی بە هەل زانیبوو بۆ ئەوەی بە شمشێرەکەی لە ڕێگەی دەمە کراوەکەی مارەکەوە تا دوولەتی بکات، بەجۆرێک چەناگەی ژێرەوەی کەوتە سەر زەوی و چەناگەی سەرەوەی بە ڕمەکەیەوە مایەوە. لەناکاو لە سەر ملی هەستی بە ئازارێکی تیژ کرد.

گرژییەکەی زوحاک گۆڕا بۆ خەندە. 'خۆ وا بە تەما نەبووی ئەم ڕووشانە زوحاکی گەورەی نەمر بخات؟'

ئاکام بە تیلێکی چاو هەمان بریسکەی لە چاوەکانی مارەکەی تردا بینی، خەریک بوو بدات بە ملییەوە. پێش ئەوەی مارەکە دەست بوەشێنێت، زوحاک بەر گورزی تەورە سەرەگاکەی کاوە کەوت. دەنگی ئێسک و پروسک و ئاسن لە تەواوی ژوورەکەدا دەزرنگایەوە و مژدەی کۆتایی دا.

هەموویان دەسیان لە شەڕکردن هەڵگرت و سەریان بەرز کردەوە و چاویان بۆ هەڤاڵەکانیان گێڕا. سەرکەوتنێکی بێدەنگ ژوورە خوێناوییەکەی پڕ کرد. پریشکی چاوی دێوەکان کوژابوونەوە و تەرمەکانیان بێ جووڵە لەسەر زەوی کەوتبوون، بە جەستەی مرۆڤی شێوێنراو دەورە درابوون. بەڵام کات نەبوو بۆ ماتەمینی گێڕان، چونکە هەمووان بە ترسەوە لە ئاکامیان دەڕوانی چ خوێنێکی زۆری لەبەر دەڕۆشت.

زوحاک پشتی شکا و بێدەسەڵات لەسەر زەوی کەوتبوو، مارەکانیشی بێ جووڵە بوون. یەکێکیان لە تەنیشت ئاکامەوە کە لەسەر ئەژنۆی ڕاگیرابوو کەوتبوو و ئەوی دیکەیان لەتوپەت ببوو و بە دیوارەکەوە شۆڕ ببۆوە.

ڕووناک خێرا خۆی گەیاندە ئاکام و سەری لە ئامێزی نا پێش ئەوەی لار بێتەوە و سەر بە زەویدا بدات. خوێن لە ملیەوە فیچقەی دەکرد و جلەکانی ڕووناکیش سوور هەڵگەڕان. هەوڵیدا قسە بکات، بەڵام هیچ وشەیەک لە زاری نەهاتە دەرەوە.

مارەکە ددانەکانی لە دەوری قورگیدا گیرکردبوو و کاتێک کە بەربووەوە، قورگی ئاکامی هەڵتەکاندبوو.

چاوەکانی ئاکام لە تاو ئەوەی هاوڕێکانی لە قسەکانی تێنەدەگەیشتن زەق بوون. دڵۆپە فرمێسکێ ڕژایە سەر گۆنای جەنگاوەرەکە. ئەوەی دەیترساند مردن نەبوو، بەڵکو ئەو ڕاستییە بوو کە دوا قسەکانی دڵی هەرگیز ناگاتەوە ماڵەوە.

'پاڵەوانەکەم، بە ئارامی بنوو،' شاژنەکەی وتی. ڕووناک هەموو توانای خۆی کۆکردەوە بۆ ئەوەی قسەکانی بە ناو خەمەکانیا بە ڕوونی بگەیەنێت. 'پاڵەوانەکەم. دەزانم لە دوا ساتەکانتدا دەتەوێ چی بدرکێنیت. لە تۆدا ئەوە دەبینم کە قووڵترین ئارەزووت چی بووە، هەروەک چۆن تۆش لە مندا ئەوەت بینی. پاڵەوانەکەم، هاوڕێکەم لێم ببوورە. بمبوورە کە تۆم برد بۆ جەنگێ لە پێناوی ئاشتییەک کە هەرگیز نایبینیتەوە.'

فرمێسکی شاژن تێکەڵ بە خوێنی ڕژاوی جەنگاوەرەکە بوو. وەک ئەوەی فرمێسکەکانی نەک تەنها خوێنی بەڵکو ئازاریشی ڕوون بکەنەوە، ئاکام لە دوا ساتەکانیدا سەبووری بۆهاتەوە. شاژنەکەی ئەو خەمە دەخوات کە دوا وشەکانی دڵی لەبارەی هاوژین و کچەکەیەوە ڕێگەی خۆیان بەرەو ماڵەوە بگرنەوە.

ڕووناک هەمان نیگای ئەو شەوەی بینیەوە کاتێ داوای لە ئاکام کرد یاوەری بکات، دوور لە هاوژین و منداڵەکەی. هەروەها هەمان ئارەزووی تێدا بینییەوە کاتێ خواستی وابوو ڕێگەی بدرێ وشەکانی خۆشەویستی خۆی بگەیەنێتەوە بە ماڵی خۆی.

ئاکام پێشوازی لە مەرگ کرد، زانی کە ئیدی هیچیتر نەماوەتەوە تا ئەو جێبەجێی بکات و ژیانی جێهێشت.

هەر وەک ئەوەی کە دونیاش بۆ مەرگی ئەو قارەمانە بگری، باران لە هەموو کون و کەلەبەرەکانی کۆشکەوە هاتنە ژوورەوە. بۆ چەن ساتێ دەنگی ئەو دڵۆپە بارانانەی دەیاندا بە زەویدا بەرزترین دەنگی ئەو ناوەبوو لە کاتێدا هەراوهوریای جەنگ لە دەرێی کۆشک وردە وردە کز دەبوون.

قاقای پێکەنینێکی گەورە بێدەنگییە سامناکەکەی شکاند. زوحاک خوێنی هەڵئەهێنایەوە کەچی بە مەرگی ئاکام دڵخۆشی خۆی دەربڕی. 'هیچ فەرمانڕەوایەک بەبێ پاڵەوان سەرکەوتن بەدەست ناهێنێت،' بە لووتبەرزییەکەوە وتی. 'ئەوە چارەنووسە و وا نووسراوە. دەزانم ئێوە مۆڵەتی ئەوەتان نییە کۆتایی بە ژیانی من بهێنن. بەو هێزە چارەسەرکارانەی کە هەمن بەم زووانە هەر کە–'

پێش ئەوەی ڕستەکەی تەواو بکات، شاژن شمشێرەکەی ئاکامی کرد بوو بە قوڕگی زوحاکدا. نیگای شاژنی تێکەڵبووی بە خوێن لە شمشێرەکەشی تیژتر بوو. 'بە درێژایی هەزار ساڵیتر ڕێگە نادەم لەم هۆڵەدا خوێنی ئاکامی قارەمان زیاتر لە خوێنی زوحاکی شەیتان بڕژێت.'

شمشێرەکەی لە ملیدا جێهێشت و سەیری دەکرد کە وردە وردە خوێنی تا مردن لێدەچوو. شایستەی ئەو بەزەییە نەبوو کە زوو بمرێ.

لەو کاتەی کە زوحاک لە تاو ئازار خۆی گرژ ئەکرد و دەستی بە ژیانەو دەگرت، ڕووناک ئەو منداڵە ترساوەی بینی کە لە بەرگێکی زرێپۆش ئاسای سیحراوی پاشایەتیدا دەپێچرایەوە. بۆ دۆزینەوەی سەلامەتی، هەموو دەرفەتێکی قۆستۆتەوە و هیچ سڵێکی لەوە نەکردەوە کە ژیانی مرۆڤانەی خۆی لەو پێناوەدا لەناو بەرێت.

زوحاک لە دوا ساتەکانیدا دەرفەتی ئەوەی بۆ ڕەخسا کە تەوبە بکات، لەگەڵ نزیکبوونەوەی کۆتایی خۆیدا سەیری کۆی کارەکانی بکات و بزانێت کە ژیانێکی نەفرەتی بەسەربردووە. ئەو هەلەی هەبوو هەست بە ترس و تەنیایی خۆی بکات و تیشکێکی ئازادی ئەزموون بکات پێش ئەوەی قووڵایی بێبن لە خۆی بگرێت.

بۆ ساتێک هەلێک هاتە ئاراوە، بەڵام لە دوا ساتەکانی دیتنی ئەو جووتە چاوە، هیچ پانتاییەک بۆ ئازارەکانی نەبوو. لە چاوەکانی ڕووناکدا تەنیا ئەو دونیایەی دەبینی کە هەر لە منداڵییەوە چۆن خۆی ئازاربەخشێ بوو و لە دوا ساتەکانیشیدا

هەر وەک چۆن ژیابوو هەر وا وەک خۆی مایەوە: تاڵ و ترس، توورە و پڕ ڕق، بێ ئەوەی بەزەییەکی بجووڵێ بۆ ئەو ئازارانەی کە خۆی هۆکار بووە.

بە دوا هێز کە مابووی چەناگەی کردوە و مارێک لە دەمی پەڕییە دەرەوە و قەپی کرد بە قورگی ڕووناکدا. کەس نەیتوانی بەر بە مارەکە بگرێت و بە ترسەوە لەو دیمەنە سامناکەیان دەڕوانی.

شاژن یەک بستیش لە جێگەی خۆی نەجوولا، بەپێچەوانەوە بە هەمان مکوڕییەوە چاوی لەسەر دوژمنەکەی هەڵنەگرتبوو.

زوحاک وەک چۆن ژیا ئاواش مرد، ترسنۆک و تاڵ.

لەگەڵ مردنی زوحاک، مارەکەش بەربوویەوە سەرزەوی و پێستە تەڕەکەی ڕووناکیش شێوەی ڕاستەقینەی خۆی دەرخست. ئەو پولەکی مارەی کە لە خوێنی شامارانەوە وەریگرت، لەو پێوەدانە پاراستی.

تیشکی ڕووناکی خۆی کرد بە ژووردا و گەرمییەکی بەهەشتییانەی پێبەخشی، وەک ئەوەی خۆر پیرۆزبایی ئەوەیان لێبکات کە دواجار ڕووناکی بەسەر تاریکیدا سەرکەوت. دڵیان پڕ بوو لە گەرمی و ئارامی، هەرچەند ئارامیەکە پڕ بوو لە ئازار. ئارامییەک مرۆڤ ئەوکاتە ئەزموونی دەکات کە ئەو هەموو خەم و پەژارەیەی هەڵیگرتبوو لە ڕێگەی فرمێسک ڕشتنەوە جەستەی جێدەهێڵێت.

پاش هەزار ساڵ خۆر بڕیاریدا جارێکی تر لەسەر خاکی زەوی بدرەوشێتەوە و تەمومژە سەرخۆشکەرەکەی ڕەواندەوە. خۆڵەمێشەکە لاچوو و زەوی برسییەکەی ئاشکرا کرد. چیمەن و گوڵە سیس و وشکبووەکانی ژێر خۆڵەمێش، بە یەکەم بەرکەوتنی تیشکی خۆر سەر لەنوێ ژیانەوە. خەڵک بەبێ ترس لە ماڵەکانیان هاتنە دەرەوە و خەندە و پێکەنینی منداڵەکانیش سەر شەقامەکانی گرتەوە، پاش ئەوەی لە سەربازە سەربڕەکان خاوێن کرانەوە.

شەوی درێژ کۆتایی هات و ڕۆژی نوێ هەڵهات.

١٩

'خاوەن شکۆ، تۆ ئێمەت شەرەفمەندکرد کە لەم جەنگەدا لەگەڵمان بووی،' کاوە وتی. لەبەردەم دەروازەی کراوەی شاری هەشترود بەرامبەر یەکتر وەستا بوون.

'ئێوەش هەروا،' ڕووناک وتی. سەیرێکی شاری ئازادکراو و ئاسمانی شینی کرد. سەربازەکانی دەبینی بەلایاندا تێدەپەڕین، گەشتی بەرەو ماڵ دەستپێکرد.

ئەی تۆ چاوەڕێی فەرەیدوون پاشای ئێمە ناکەی؟ ئەو دڵخۆش دەبێ کە چاوی بە ئێوە بکەوێ،' کاوە پرسی.

ڕووناک تەماشای ئەو تابوتانەی کرد بەلایدا دەبران، پڕ بوون لە تەرمی هەڤاڵەکانیان، چاوەڕێی ئەوە بوون بگەنەوە بە خێزانەکانیان. 'ئەوە شەرەفێکی گەورەیە بۆ ئێمە، بەڵام دەبێت شەهیدەکانمان بۆ دوا ئارامگەی خۆیان، لەنێو کەسوکاریاندا، بەرینەوە.'

کاوە سەرێکی بۆ دانەواندەوە ئاماژە بەوەی کە لێی تێدەگات. 'لێرە بەرزترین شەرەفی ڕێزلێنان بە هەر کوردێکی شەهید دەبەخشم، بەڵام دەزانم ئێوە پەسەندی ناکەن. دیارە ئێوەش شەرەفی ڕێزلێنانی تایبەتی خۆتانتان هەیە.'

'ئێوە چۆن ڕێز لە شەهیدەکانتان دەگرن؟'

کاوە بە چاوی پڕ بوو لە شانازی. 'ئێمە دەیانبەین بۆ "تاوەری خامۆشان" لەوێ لەلایەن داڵەکانەوە دەبرێنەوە ناو سروشت، تا لە جیهانی مردندا خۆراکی کەسانیتر بدەن وەک چۆن لە ژیاندا خۆراکیان بە ئێمە داوە.'

ڕووناک سەرێکی بۆ ئاسمان بەرزکردەوە، بینی باڵندە دەفڕین. تۆ بڵێی سیمورغ لەم ناوە لە شوێنێکدا بفڕێت؟

'ئەی ئێوە؟' کاوە پرسی.

وەک ئەوەی بیری لێبکاتەوە سەیرێکی کاروانی هاوڕێ شەهیدەکانی کردەوە و تەماشایەکی زەوی کرد و ڕووی لە کاوە کرد. 'شەهیدانمان دوا دەدرەوشانەوەیان نیشان دەدرێت پێش ئەوەی ئاگر بیانگرێتەوە. با سووتماکەکانیان لە سەرانسەری جیهاندا بڵاودەکاتەوە، لەوێ خۆراک بە خاکێ دەدەن و ژیان لە شوێنێ دروست دەکەنەوە کە تەنانەت ئێمە ناشیانناسین.'

'هەمیشە لە خۆشیدا بیت، شاژن ڕووناک.'

'تۆش هەمیشە هەر لە خۆشیدا بیت، کاوەی ئاسنگەر. دەتوانی هەمیشە هاوپەیمانی لە پشتی زاگرۆسەوە ببینیتەوە.'

سەریان بۆ یەکدی دانەواند و ڕووناک بە یاوەری هاوسەرە دڵسۆزەکەی چوویەوە ناو سوپاکەیەوە.

'ئەزیزم، وا باشتر نەبوو چاوەڕێی فەرەیدوونمان بکردایە؟'

'جا بۆ وا بکەین، یاران؟'

'زۆرجار دەگمەنە دەسەڵات بگۆڕدرێت و هاوپەیمانی نەگۆڕدرێت. دامەزراندنی پەیوەندی لەگەڵ ئەم پاشا نەناسراوە گرنگە.'

'هیچ گرنگتر نییە لەوەی کە دوا شەرەفی ڕێزلێنان لە شەهیدەکانمان بگرین. جگە لەوەش هێشتا کاری ئێمە تەواو نەبووە. ئێمە هێشتا ماومانە شایستەی خۆشەویستی بین.'

یاران بە سامیکەوە سەیرێکی هاوسەرەکەی کرد. هێشتا ئەو نیگایەی پێوە دیار بوو. هێشتا دووربین بوو، وەک ئەوەی شتێک لەو دوورییە شاراوە بووبێت کە تەنها چارەنووسی ئەو بێت.

کوردەکانی ڕووناک بە هەر شوێنێکدا تێدەپەڕین، بەهاریان لەگەڵ خۆیان دەهێنا. ئەو سەرکەوتنەی بەسەر ئەو شەوە درێژەدا، سروشتی ڕازاوەی گوڵزار بۆ هەر هەنگاوێک کە ئەوان دەیاننا ڕێزی خۆیان نیشان دەدا. لەسەر لوتکەی کۆرەک ئاگرێکیان کردەوە بەبۆنەی ئەم ڕۆژە و گەڕانەوەیان بۆ ماڵەوە. زۆری نەخایاند ئاگرێکی هاوشێوە لە هەموو گوندەکانی ئەو شانشینەدا کرایەوە.

تەرمی ئاکام بەوپەڕی شەرەفەوە گرنگی پێدرا، وەک ئەو پاڵەوانەی کە زوحاکی بە مەرگ گەیاند، سەری ڕێزی بۆ نەوی دەکرا. لەسەر سوتگەکە، لەگەڵ هاوڕێ شەهیدبووەکانیدا، ڕاکشابوو. بۆ جاری دووەم کە خەڵکی لە دەوری کۆببوونەوە، ئەمجارەیان بۆ نکوڵیکردنی نەبوو، بەڵکو بۆ ڕێزلێگرتنی بوو.

هەنار ئەو شەرەفە ئازاربەخشەی بەرکەوت کە جەستەی ئاکام ڕەوانەی ژیانی دوای مردن بکات. هیچ مەشخەڵێکی ئاگری لەگەڵ خۆیدا نەبردە سەرەوە چونکە پێویست نەبوو. تەنها ماچێک بەس بوو بۆ ئەوەی دوا گڕ لە تەرمەکەی هەڵسێنێت.

کچەکەیان تەمەنی ئەوەندە هەبوو کە تێبگات ئیدی باوکی ئەمجارە هەڵناسێتەوە. جەستە بچووکەکەی بەسەر جەستەی باوکیدا دا و ڕوخساری خۆی لە ناو ملیدا نوقم کرد، دەستە خنجیلانەکانی خستە سەر دەموچاوی. فرمێسکەکانی ڕیشی باوکی تەڕ دەکرد کاتێک لێی دەپاڕایەوە تا هەڵسێتەوە.

هەنار کچەکەی لە باوەش گرت و بە ماچێ ماڵئاوایی لە هاوژینەکەی کرد.

'بەخێر بێیتەوە بۆ ماڵەوە، ئەزیزەکەم. جیهان تۆی بۆ خۆی بردۆتەوە،' چرپاندی لە کاتێکدا بڵێسەی ئاگرەکە ئاکامی دەخستە باوەشی خۆیەوە.

فرمێسکەکانی بە گڕی ئاگرەکە دەبوونە هەڵم و لەگەڵ سوتماکی ئاکام بەرز بوونەوە. هەنار بۆ ئەوە نەدەگریا کە ئاکام ژیانی لە دەستداوە، چونکە پیاوێ کە ژیانی بۆ چاکە تەرخان بکات هەرگیز لەناو ناچێت. هەموو ئەو ئارەزووانەی کە ئەو لە پیاوێکی ویستبوو ئاکام پێیبەخشیبوو. ئەو بەتەواوی خۆی بەم دونیایە بەخشیبوو لەبەرئەوەش بە هەنار. فرمێسکەکان بۆ خەم وپەژارەی کچەکەی بوو، کە ئیتر هەرگیز لە ژێر سایەی ئەودا ئەزموونی ئارامی ناکات، ئارامییەک کە ڕۆژێک دەبێت خۆی فێری بێت لە ناو خۆیدا گەشەی پێبدات.

ژیانی ئاکام لەسەر جەنگکردن وەستابوو، بەڵام دڵی ژن بەجەنگ نابرێتەوە. تەنانەت ئەگەر ئاسمان و زەویش لەیەک بدەی، ناتوانی دڵی بە زۆر بکەیتەوە. ئاکام لەناو ئەو بیابانە بێدەنگەدا لەوە تێگەشتبوو. تەنها شتێک کە دەیتوانی بیکات قوربانییەک بوو لە قوربانگاکەیدا بیدات، دڵی خۆی بوو. لەو دیدارەدا ئاکام زانی کە دڵی ژن خۆی هەر وەک ئەم دونیایە وایە. دەبەخشێت و وەردەگرێت بە پێی حەزەکانی خۆی و خەڵک هیچ بژاردەیەکیان نییە جگە لە ڕازیبوون بە چارەنووسی خۆیان. دڵی بۆ هەنار بوو، جەستەیشی بۆ دونیا بوو. هەردووکیان ماڵیان لە دوا ئارامگەدا بینییەوە.

کوردەکان لە دەوری ئاگرەکە هەڵدەپەڕین بۆئەوەی ڕێز بۆ مەرگی قارەمانەکانیان نیشان بدەن. ئاهەنگیان بۆ ژیانیان دەگێڕا لە ڕێگەی هەڵپەڕکێکردنەوە. هەریەکەیان قۆڵی کردبوو بە قۆڵی ئەوەی تەنیشت خۆیەوە و بە نیوە بازنە بە دەوری ئاگرەکەدا لەسەر ڕیتمی دەف و دەهۆڵ، هاوکات لەبەر مێلۆدیی شمشاڵ و تەمبور هەڵدەپەڕین.

هەڵپەڕکێی ئەوان هێمای کۆمەڵگەیەکی یەکگرتووی تێکئاڵاو بوون، کەس لە ناویاندا تەنیا نەبوو بەڵکو بە کۆ دوای شووانەکەیان کەوتبوون. ئەو کەسەی سەرچۆپی گرتبوو، ڕیتم و خێرایی هەڵپەڕکێکەی دیاریدەکرد، گرنگی ئەو لەوەدابوو کە هەمووان بە مۆسیقاکە بووروژێنێت و سەرسامیان بکات. سەمایەکی بێخەم و گرێدەر بوو. سەمایەک کە تێیدا گرنگ نەبوو پیاو بیت یان ژن، پاشا بیت یان ڕەعیەت، خزم بیت یان بێگانە.

پاشا تاریکە کە لادرابوو و کوردەکان لەوە دڵنیا بوونەوە کە چیتر دوژمنیان نەماوە. ساڵ دوای ساڵ ڕێز و شکۆمەندی ڕووناک زیادی دەکرد.

سەرکەوتن بەسەر زوحاک و شەهیدبوونی ئاکام لە سەر ئامۆژگاری پاشای پێشوو شێروان بە لێهاتوویی بۆ بەهێزکردنی پێگەی ڕووناک بەکارهێنرا. مێژووی ئەم جەنگاوەرە گەورەیە لەلایەن بنەماڵەی شاهانەوە بە شێوەیەکی مەزنی ئەوتۆ ئاهەنگیان بۆ گێڕا، بەبێ ئەوەی هیچ کات باسی ئەو قۆناغە تاریکە بکەن کە تێیدا هەر خۆیان خەریک بوون لەسێدارەی بدەن.

ئەو جەنگاوەرانەی لە دژی زوحاک جەنگا بوون، پاداشتی گەورەیان درایەوە و زۆریش ستایش کران. ئەم جەنگاوەرانە لەگەڵ بەهێزکردنی پێگەی دەسەڵاتیان لە ناو خێڵەکانیاندا، پتر لە بنەماڵەی شاهانە نزیک خرانەوە، تا ئەوەی پەیوەندییان لەگەڵ بنەماڵەی شاهانە زیاتر پەرەی سەند.

'سەرۆکێکی بەهێزی جەنگ یان سەرکردەی خێڵێ کەمتر بە ئاشکرا بەرەنگاری تۆ دەکات ئەگەر لێتەوە نزیک بێ،' پاشای پێشوو ئامۆژگاری کرد. هەرچەندە شێروان لە ڕاوێژکارێ زیاتر نەما بوو، شاراوە نەبوو کە هیچ بڕیارێکی گرنگ بەبێ ڕەزامەندی ئەو نەدەدرا.

هەروەها ڕووناک چالاکانە دەستوەردانی لە ناکۆکییەکانی نێوان سەرکردە ناوچەییەکاندا زۆرتر دەکرد. وەک ناوبژیوانێک لە نێوان بەرەکاندا، کاریگەرییەکەی پتر گەشەی کرد بیانوویەکی باشی هەبوو بۆ دانانی دڵسۆزترین سەرباز و ژەنەڕاڵەکانی لە هەر شوێنێ بیویستایە. ئەو دەسەڵاتەی کە سەرگەورەی گوندەکان و سەرۆکی خێڵ و جەنگاوەرەکان بەسەر ناوچەی خۆیاندا هەیانبوو، بەرە بەرە بۆ ناوەند گواسترایەوە، لای ڕووناک.

ئەو ئامۆژگارییەکانی باوکی جێبەجێ دەکرد لەو شوێنانەی کە لەگەڵ ئامانجەکانیدا هاوتەریب بوون، بەڵام جگە لەوە پلانی خۆی هەبوو. ڕووناک هەرگیز هێمنی لەبیر نەکردبوو.

ڕووناک لەوە تێگەشتبوو کە ئەرکی بەرزڕاگرتنی شەرەفی خێزان قورسایی لەسەر هەموو خێزانەکان داناوە. قورساییەک کە ژنانی گەنج دەخنکان پێش ئەوەی بتوانن پێبگەن، و برا و باوکی دەکردە جەلادێکی بێباک.

سەرەڕای بوونی ئازادی زۆر و توانای گەیشتن بە پۆستەکانی دەسەڵات، هێشتا ڕاستییەک هەبوو کە کچانی گەنج نەیانتوانی خۆیانی لێدەرباز بکەن. ڕادەی ئازادی لە ژیانیاندا لە دەست پیاوانی ئەو خێزانەدا بوو کە تێیدا لەدایک دەبوون.

لابردنی ئەم ڕاستییە ئامانجی تەواوی ڕووناک بوو. بۆ ئەوەی شایستەی خۆشەویستی بێت، دەبوو ئەو خۆشەویستییەی کە خۆی دەستی پێگەشتبوو بۆ هەمووان لە بار بێت. تەنها لە ئازادیدایە خۆشەویستی دەتوانێت گەشە بکات.

کاتێک کاریگەری ڕووناک وەک پێویست بڵاوبۆوە و فەرمانی ئەو لە هەموو گوند و شارێکدا جێبەجێ دەکرا، سزادانی منداڵان لەلایەن خێزانەکانەوە بە ئارەزووی خۆیان قەدەغە کرد. سەندنەوەی ژیان ئیتر کاری پیاوسالار نابێ. 'لەمەودوا ژیانتان تەنها ملکەچی شاژن دەبێ،' فەرمانی دەرکرد بوو. 'ئێمە چیتر کۆمەڵێک منداڵی بەجێهێڵراو نین. ئێمە ئەو گەلەین کە جیهانمان لە تاریکی ڕزگار کرد و وەک هەر گەلێکی ئاسایی یەک سەرکردەمان هەیە.'

ئەمە یەکەم بڕیار بوو دەریکرد بەبێ ئەوەی ڕاوێژ بە باوکی بکات.

'هەڵەیەکی گەورە دەکا،' شێروان ئاهێکی بۆ گەلاوێژی هاوسەرەکەی هەڵکێشا. 'ناتوانیت ڕێگە لە سەرۆکە ناوچەییەکان بگریت تا خۆیان کاروباری خێزانی خۆیان ڕێکبخەن.'

گەلاوێژ هاوسەرەکەی بینی چۆن بە ژووری نوستندا ئەهات و ئەچوو. 'ئەی باشتر نییە کە ڕووناک دەسەڵاتی بەسەر ئەو ناوچانەدا بشکێت؟

شێروان وەستا و بە بێزاربوونێکەوە تەماشایەکی گەلاوێژی کرد. 'ئەوە پەیوەندی بە هاوسەنگییەوە هەیە. هەندێک نەریت هەن بەبێ ڕاپەڕین ناتوانیت لەوانی بسەنیتەوە. ئەمڕۆ یا سبەی لە دژی بەکاردەهێنرێتەوە.'

'ئەی ئێمە ئەوەنە دوور نەهاتووین لەبەرئەوەی نەریتمان شکاندووە؟' گەلاوێژ وەڵامی دایەوە، ئاماژەی دا بە بڕیارەکەی خۆی سەبارەت بە جێنشینی تەختی پاشایەتی. 'ڕەنگە کاتی ئەوە هاتبێت کە تۆ متمانەت بەوە هەبێت کە دیدگای ئەو لە دیدگای تۆ دوورتر دەڕوات.'

لە تەنیشتی گەلاوێژەوە خۆی دا بەسەر جێگاکەیدا و پاڵی دایەوە. شتی زۆر لە ئارادایە، گەلاوێژ. لە پێناوی ویژدانێکی ئاسوودە ناتوانی هەموو ئەوانە پشتگوێ بخەیت.'

لەگەڵ گەشەی خۆشەویستی نێوان ڕووناک و یاران، پێویستییەکی تری نوێ گەشەی کرد، پێویستیەک کە خۆشەویستیەکەیان بەرجەستە بکەن، بیخەنە ناو دونیا و تەماشای بکەن کاتێ گەشە دەکات. ئەوان بەم شێوەیە چوار منداڵی ژیکەلەیان بوو، هەریەکەیان لە دایکیان یان باوکیان دەچوون. لەو منداڵانەدا خۆشەویستیەکەی خۆیان بینی کە شێوازێکی تری وەرگرتبوو، جیا لە خۆیان.

پاشا و شاژنی پێشوو بە دڵێکی خۆشەوە سەیری نەوەکانیان دەکرد. شێروان هەموو نیگەرانییەکانی لەبارەی شانشینی پێشووی لەبیر کرد، کاتێک لەگەڵیاندا گاڵتەوگەپی دەکرد، پێدەکەنی و دەیقیژاند، خۆشیی منداڵە نوێیەکان گرتبووی. دەتوت منداڵی پێنجەمە لەدایک بووە. ڕووناک دەیبینی منداڵەکانی لەلایەن دایبابیانەوە بە خۆشەویستیی داپۆشراون بەبێ ئەوەی هیچ ترسێکیان لە داهاتوو هەبێت. ئەو بە خۆشییەوە سەیری ئەو جیاوازییەی کاتی منداڵی خۆی دەکرد، چونکە دەیبینی چۆن خۆشەویستی دایک و باوکی بێ ترسانە بەسەر منداڵەکانیدا و دواجار لە خۆشی منداڵەکانیدا ڕەنگ دەداتەوە.

کاتێک دایبابەکەی مردن، هەستی کرد کەوتۆتە هەمان ئەو چاڵە بێ بنەی ئەو ڕۆژەی کە لە ئاکام جیا بووەوە. بەڵام ئەم چاڵە قووڵتر بوو، چونکە ڕەگ و ڕیشەی خۆی بوو کە بۆ هەمیشە مردن. ئەو ڕەگانەی کە بە توندی لە شوێنی خۆیدا گرتبووی، پشتگیریان دەکرد و لێیەوە دەیتوانی دەستی بە حیکمەتی ساڵان بگات.

ئەوە ئەوکاتە بوو فێر بوو جارێکی تر خۆی لە جیهاندا بێت و خۆی خۆراکی خۆی بدات. فێری ئەوە بوو ڕەگ و ڕیشەی خۆی گەشە پێبدات و ببێتە پاڵپشتی

ژینگەکەی بۆ ئەوەی چیتر تەنها فەرمانڕەوایەک نەبێت، بەڵکو پشتیوان و پەناگەیەکیش بێت.

٢٠

هەر ڕۆشناییەک سێبەری خۆی دەرئەخات. لە ڕۆشناییەکەی ڕووناکدا سێبەرێکی تاریک گەشەی دەکرد. دوای سەرکەوتن بەسەر زوحاکدا سمکۆ ئاغا تاکە کەس بوو کە ئارامیی ئەزموون نەدەکرد. بێمتمانەیی ئەو بە گشت نائاشنایەک بە توندی بە دڵیەوە چەسپابوو.

سمکۆ کە گەشتە ناو کۆشکی زوحاکەوە فریاکەوت خوێن لەبەرڕۆشتن و مەرگی ئەو دڕندەیە ببینێت و ئەوەشی بینی چۆن هەمووان بەو دیمەنەی ڕووناک مەست ببوون. یەکەم تیشکی خۆر کەوتە سەر ڕوخساری ڕووناک و بەسەر پێستە مارینەکەیدا لە ناو چاوەکانی ئەودا بریسکایەوە. سمکۆ لەوێدا کورتهێنانی مرۆڤانەی خۆی و پێگەی ژێردەستانەی لە سێبەری ڕووناکدا بینییەوە.

بەربڵاوی کاریگەری شاژن سمکۆی هەراسان دەکرد. شاژن لەسەرخۆ و بەڵام بە دڵنیاییەوە هێزی ئەوەندە کۆدەکردەوە کە بە ئاسانی بتوانێ ئەو بڕوخێنێت. کارەکانی ژیانی چی بەسەردێت ئەگەر ئەم شاژنەش وەک زۆرێک لەوانەی پێش خۆی، بڕیاردات هەموو دەسەڵاتەکەی بۆ خۆی قۆرخ بکات؟ چی لە ڕەچەڵەکی ئەو دەمێنێتەوە ئەگەر شاژن شارەکەی داگیر بکات و هیچ بوارێ بۆ تۆڵەسەندن نەهێڵێتەوە؟

سمکۆ دەکۆشا بە نهێنی هاوپەیمانییەک لە دژی ڕووناک پێکبهێنێت، بەڵام کەس نەیدەوێرا خۆی لێدات، لە ترسی ئەو سیخوڕانەی شاژن لە هەموو شوێنێکدا دانابوون. چۆن دەتوانن بیر لەوە بکەنەوە تەنانەت ئازاریشی پێبگەیەنن ئەگەر ڕووناک خاوەنی هێزێکی پارێزبەندبەخش بێت؟ بێهودە لە هەوڵی ئەوەدا بوو ببێتە خاوەنی ئەو هێزانە. سیخوڕی لە دەوری بنەماڵەی شاهانە دانابوو و هەوڵیان دەدا بزانن ئەو سیحرە چییە ڕووناک بەدەستی هێناوە، بەڵام هیچ ئاماژەیەکیان دەستنەکەوت کە پەیوەندی بە سەرووسروشتەوە هەبێت.

سمکۆ هەموو دارستانەکانی پشکنی بۆ ئەوەی ئەو درەختە ئەفسوناوییەی بدۆزێتەوە کە سیمورغ لە سەری بێچووەکانی بەخێو دەکرد، بە هیوای ئەوەی هێزەکانی بۆ خۆی بەرێت. ئەگەر بێچووەکان لە دایکیان جیاکاتەوە، دەتوانێ ڕایان بهێنێت لەسەر ئەوەی گوێڕایەڵی ئەو ببن. دوای چەند مانگێک لە

گەڕان و پشکنین، تەنها دار گوێزێکی تەنیای دۆزیەوە، هیچ جیهانێکی نهێنی پێوە دیار نەبوو، نە میوەی ئەفسوناوی گرتبوو و نە جریوە جریوی باڵندەی لێبوو.

هەوڵیدا شاماران بدۆزێتەوە تا خوێنی بخواتەوە و وەک شاژن ببێتە پارێزبەند. بەڵام تەنها شتێک کە لە ئەشکەوتی شانەدەر دۆزیەوە کونوکەلەبەرە شێدارەکانی بێکۆتای ناو ئەشکەوتەکە بوو. مار و دووپشک و مشک و گیانلەبەری دیکە لەوێ زۆر بوون، بەڵام هیچیان هیچ شوێنەواری سیحرییان پێوە دیار نەبوو.

دونیا چۆڵ بوو، چونکە ئەو خۆی چۆڵ بوو. لەناو ئەودا دڵێک لە گۆشت و خوێن نەدەژیا تا بتوانێت هاوسۆزی لە گەڵ دڵی بوونەوەرەکانی تردا هەبێت. بۆیە لای ئەو جیهان وەک شوێنێکی بێ ڕۆح دەردەکەوت، شوێنێکی مردوو کە ناتوانێ هیچ بەو ببەخشێ تەنها ئەم دەسەڵاتی بەسەردا هەبێت. گێتی بە ئازادی دەدوێ بۆ دڵە کراوەکان، بەڵام بێدەنگ دەبێ بەرامبەر دڵە داخراوەکان. ئێستە کە لە ژێر دەستی کەسێکی تردایە، وا تە ئەویش یەکێکە لە شتە مردووەکانی ئەم جیهانە، خاوەنی ئیرادەیەکی خۆی نییە.

باوکی ڕووناکیش دەسەڵاتدار بوو، بەڵام هەمیشە وەک مرۆڤێ بە گۆشت و خوێن مابووەوە. شێروان دەبوایە ڕێز لە سمکۆ بگرێت تا دووچاری بەرهەڵستکاری ئەو نەبێت. بەڵام ئەم شاژنە نوێیە بەبێ ئەوەی سڵ لە هیچ بکاتەوە، پێ بەسەر نەریت و بنەماکانی دەسەڵاتی ئەودا دەنێت. ئەم شاژنە لە مرۆڤێکی وەک باوکی نەدەچوو و لە چەک و ڕووبەڕووبوونەوە نەدەترسا.

سمکۆ شکستخواردو و خەمبارانە پاشەکشەی کرد و دەسبەرداری ئاواتی گەورەکردنی دەسەڵات بوو.

ڕۆژێک گەڕیدەیەک خۆی کرد بە قەڵاکەیدا. ئەو پیاوە کڵاو بەسەرە داوایەکی پێشکەشکرد کە تا بە ئاغا بڵێن داوای یارمەتی دەکات. سمکۆ ڕێگەی دا بێتە ژوورێ، بەو هیوایەی خۆی بە شتێکیترەوە خەریک کات.

'ئای سمکۆ ئاغای مەزن،' کابرا وتی. سوپاس و پێزانینم زۆرە کە لە کۆشکی کەسێکی ئاوا گەورە پێشوازیم لێدەکرێ. پیاوێ خاوەن دڵێکە کە هیچ هاوتایەکی نییە و کۆڵنەدەرە. بەم دیدارەت شەرەفمەندت کردم، گەورەم.'

سمکۆ لە دۆخێکی دەروونی وادا نەبوو کە بۆ ماوەیەکی درێژ کەسانی نامۆ دڵخۆشبکات. بەڵام ئارەزووی بوو ستایش بکرێ، هەرچەن ڕوونیش بوو کە ئەو کابرایە داوای شتێکی لێدەکات.

'داواکاری تۆ چییە، کابرای نەناسراو؟' بە کپی و ساردییەکەوە پرسی.

'گەورەم سمکۆ ئاغا، لە هەموو شوێنێکدا من بەدوای پیاوی شایستەدا وێڵم. پیاوانی وەک تۆ، کە لە سەروو هەمووانەوەن. من بەدوایاندا دەگەڕێم، تا دیارییەکانی خۆمیان پێببەخشم. وا لێرەدا ئێستە لە هەموویان شایستەتر لەبەر دەممدایە.'

سمکۆ بە بێزارییەوە، سەری خۆی لەسەر لەپی دەستی دانابوو. 'پیاهەڵدانەکەت باشتر سەردەگرێت ئەگەر بوێری دەموچاوت دەرخەیت.'

گەڕیدەکە تەپلەکەی سەری لابرد. کوڕێکی گەنجی پێست سپی و چاو سەوز دەرکەوت. لە پەیکەرێ دەچوو کە بجولێتەوە پێستی هێندە سپی و تەنک بوو. تەنانەت چاوە سەوزەکانی ژیانی پشت ئەو ڕواڵەتە فەخفوورییەیان دەردەخست.

'دەمێکە لە سێبەری ئەوانی تردا دەژیت، ئاغای گەورە. سەرەتا لە ژێر سێبەری شێروانی لووتبەرز و ئێستاش لە ژێر سێبەری ڕووناکی گەمژە. ئیدی کاتی ئەوە نەهاتووە وەک فەرمانڕەوایەکی دروستی هەموو ئەم خەڵکانە ئەو شوێنەی خۆت بگریتەوە؟'

لە هۆڵەکەدا جەنجاڵییەک دروست بوو. ئەم سووکایەتیکردنە نابێ هەروا بەسەرییەوە بچێ.

سمکۆ لەسەر کورسیەکەی بەرزبوویەوە. 'لە لای من ئاوا بە زمانێکی خیانەتکارانە قسە مەکە، ئەگین دەتبەم!' قیڕاندی بەسەریا، تا خەونە شاراوە خیانەتکارەکانی خۆی پەردەپۆش بکات. ئەم بچکۆلە ئارەزووە کپکراوەکانی وروژاند و شتێکی تێدا وەئاگاهێنایەوە.

'تۆ ترسەکانت وەک نیشانەیەک دیارن بەسەر سنگتەوە، گەورەم،' میوانەکە بە خوێن ساردییەکەوە وتی. 'ئێمە دەتوانین ڕاشکاوانە بە ڕاستگۆیی لە بەردەم هەموو ئامادەبوواندا لەو بارەوە قسە بکەین، ئیدی دوای ئەو گفتوگۆیە شتێک نامێنێتەوە تا لێی بترسیت.'

'تۆ کێیت؟' سمکۆ لەگەڵ دەرخستنی گرنگیپێدان پرسی.

'گەورەم، ئەم گێتییە جگە لە گۆڕەپانی ڕووبەڕووبوونەوەی نێوان ڕووناکی و تاریکی هیچی تر نییە. منی ئەهریمەن، لە سەرەتای زەمانەوە بە ناو دڵی مرۆڤەکاندا وێڵم بەدوای ئەو کەسانەدا دەگەڕێم کە ئەوەندە تاریکی لەناویاندا نیشتەجێیە کە شایەنی خەڵاتی دەسەڵاتن. دڵت، سمکۆی گەورە، وەک خەڵووز ڕەش بووە، چاڵێکی بێ بنی ئەوتۆیە کە دەتوانێت هەموو جیهانەکانی ژێر خۆر قووت بدات.' میوانەکە پێش ئەوەی قسەکەی کۆتایی پیبهێنێت کڕنۆشێکی برد. 'ئەگەر خۆت ئامادە بیت بەم کارە هەڵسیت.'

قسە ئومێدبەخشەکانی ئەهریمەن بەرگری سمکۆی شکاند. ئەو کورەگەنجە ترس و ئارەزووەکانی سمکۆی خستە بەرچاو و لە هەمان کاتدا چارەسەریشی پێشکەش کرد.

'جا مرۆڤ چۆن دەستی لەم جۆرە دەسەڵاتە گیر دەبێت؟' بە شۆخییەکەوە پرسی، هەوڵێکیتری بێهوودانە بوو تا ئەو ئارەوزووانەی لەو وشانەدا ڕەنگیان دەدایەوە لە قاڵبی گاڵتەجاڕیدا بیشارێتەوە.

ئەهریمەن خەنەدەیەکی کرد، چونکە ئەمە ڕێک ئەو کاردانەوەیە بوو کە هیوای بۆ دەخواست. 'ڕێگەم بدە تا بە گوێتا بچرپێنم، گەورەم.' هەڵوێستە گاڵتەجاڕییەکەی سمکۆی پشتگوێ خست و وەڵامەکەی وەک داواکارییەکی جددی وەرگرت، چونکە ئەو وەڵامەی سمکۆ تەنها ڕووکەشێ بوو.

ئاغا نەیتوانی خۆی لەو هیوایە لادات. خۆی بەوە قایلکرد کە زیانێ ناکات ئەگەر گوێ لەو کوڕە گەنجە بگرێ. چیرۆکێکی خۆشی کەسێکی زمان لووسە، بەڵام تەنها بەڵێنی دەسەڵاتێکی لەو چەشنە هیوایەکی لەودا وروژاند کە نەیدەتوانی چاوی خۆی لێداخات. سمکۆ ئامادەبووانی ناو وهۆڵەکەی بیرچووەوە ئاماژەی بە میوانەکەی کرد بێتە پێشەوە و خۆیشی لەسەر تەختی ئاغایەتی دانیشت و پاڵیدایەوە.

ئەهریمەن هێمنانە هەنگاوی بەرەو سمکۆ نا. 'ئەو دەسەڵاتەی باسی دەکەم هی ئاسن و خوێن نییە. هەردووکمان دەزانین کە هیچ شمشێرێک ناتوانێت ئەو گەورەترین دوژمنەت ببەزێنێت، بەڵام ڕێگەیەکی تر هەیە کە دەتوانیت بەهۆیەوە بە سەریدا زاڵبیت.' لە تەنیشت سمکۆوە وەستابوو.

لە تامەزرۆییدا سمکۆ خەریکبوو شەق دەبرد، خۆی بۆ نەگیرا کە بۆ ئەو خۆی نەچەمێنێتەوە.

ئەهریمەن دەمی لە گوێی سمکۆ نزیک کردەوە. بە دەستی دەمی داپۆشی تا کەس نەتوانێ جوولەی لێوەکانی بخوێنێتەوە.

میوانەکان نەیانبینی کە ئەهریمەن وشەیەکیشی وتبی. لە بری قسە، دووکەڵێکی ڕەش بە هەوایەکی ساردەوە کردی بە گوێی سمکۆدا. وردە وردە دوکەڵەکە بە جەستەیدا بڵاوبووەوە و هەموو ئەندامەکانی کرد بە خۆڵەمێش. کاتێک لە ناوەوە بە تەواوی پڕبۆوە، دوکەڵە ڕەشەکە بە هەموو کونیلە و بۆشاییەکی جەستەیدا هاتە دەرەوە تا هەموو جەستەی داپۆشی، وەک بەفری بەر خۆر ون بوو.

دووکەڵەکە بە هەموو ژوورەکەدا بڵاوەی کرد، ئەو خەڵکە هەمووی ڕایکرد. دووکەڵ بە پەنجەرە و درزەکاندا چووە دەرێ. هەر زوو کۆشکی ئاغا دیار نەما.

ماڵەکان و گوڵدانەکانی قووت دا، دابەزییە سەر دوکان و شوێنە قەرەباڵغەکان کەشوهەوای زیندووی ئەو ناوەی خنکاند خەڵکیش خۆیان پەنا دەدا. دوکەڵەکە هەموو شارەکەی گرتەوە و لە گردەکەوە دابەزی و تەشەنەی کرد تا دارستانەکانی گارە و گوندی ڕێبین و زاب و ماڵی هەنار و شاری شاژن ڕووناکیشی گرتەوە.

پەلی کێشایە ناو باخچەکانی کۆشک و بە گۆڕەپانەکەدا بڵاو بۆوە تا گەشتە ژووری تەختی شاهانە کە سەرتاپای ئەو شوێنە ڕازاوەیە بە چینێکی ئەستووری خۆڵەمێش داپۆشی بەجۆرێک هەموو ڕەنگێکی کۆشکی شاژن ڕووناک وەک ناخی سمکۆ بە ڕەشایی داپۆشی.

لە ماوەی چەند ساتێکدا، شانشینەکە بە هەورێکی ڕەش داپۆشرا و ترس و دڵەڕاوکێی لەناو خەڵکیدا دروستکرد. خۆڵەمێشەکە کەوتە سەر دارەکان و دەیخنکاندن. باڵندەکانی لە ئاسماندا وا قورسی دەکردن وەک بەرد دەکەوتنە خوارەوە. دەچووە ناو هەر ماڵێکەوە، هەموو سەرچاوەیەکی گەرمی دەکوژاندەوە و دانیشتوانەکانی لە ناو سەرمادا بەجێدەهێشت. دەچووە ناو مێشکی ئەو خەڵکەوە و لە ناویاندا ترس و دڵەڕاوکێی دروست کرد، وای لە براکان کرد وەک شەیتان یەکتر

ببینن و خوشکەکان وەک گەمژە لە یەکتر بڕوانن. دایک و باوک منداڵەکانیان وەک گا و مانگا دەبینی و منداڵەکانیش دایک و باوکیان وەک شوانی کۆیلە.

ئەو ترس و دڵەڕاوکێیە بووە هۆی تۆقین و بێمتمانەیی و ئەو تارماییەی کە پێیان وابوو لەناویان بردبوو، دەرگای هۆشیارییان شکاند و دەستی بەسەردا گرتن. لاوازەکان لە بەهێزەکان دەترسان و بەهێزەکانیش هەموو تووڕەیی خۆیان بە لاوازەکان دەڕشت. ئێستە سمکۆ ئاغا تاکە فەرمانڕەوای مەزنی هەموویان بوو. هەر بەرەنگارییەک پێش ئەوەی دەرکەوێ دەیخنکاند، دەستی بۆ خەیاڵی ئەو خەڵکەش دەبرد بە جۆرێ دەسکاری دەکرد تا وەک فریادڕەسێ بیبینن.

تەنها سمکۆ وەک هیوایەکی ڕووناکی مایەوە کە بتوانێت ئەو دڕندانە دوورخاتەوە. لەم کابوسە نوێیەدا تەنها خۆی ڕێگەی پێدرا بەبێ مەرج خۆشبویسترێت.

'هیچ ڕێگەیەکی تر نەبوو؟' ڕووناک لە کۆڕەکەوە سەیری شانشینەکەی دەکرد کە بە هەمان ئەو دوکەڵە ڕەشە داپۆشراوە کە ساڵانێک لەمەوبەر ڕەواندبوویەوە.

لە تەنیشتی ڕووناکەوە پیرە پیاوێکی ئاشنا بە ڕیش و مێزەرە سپییەکەیەوە وەستابوو.' سمکۆ ئاغا بە تەواوەتی خۆی ڕادەستی تاریکی کرد و لە پێناو دەسەڵاتدا دەستبەرداری مرۆڤبوونی خۆی بووە. هیچ شتێک نەبوو کە تۆ بتوانی بیکەیت. ئەگەر لە کۆشکەکەت هەڵنەهاتبایتایە، ئێستە تۆش وەک هەموو ئەوانی تر قووت درابووی و هەموو هیوایەک لەدەست دەچوو.'

سوڕانەوە و بەرەو کاروانەکەیان ڕۆیشتنەوە کە بریتیبوو لە چەند پاسەوانێک، خزمەتکار، یاران، و منداڵەکانیان. ئەوان لە کاتی خۆیدا هەڵاتبوون بەهۆی ئاگادارکردنەوەی ئەو پیاوەی کە ساڵانێک لەمەوبەر ناسیبوویان ئەو دانایەی کە لە ناو ئاپۆڕەی جەماوەرێک دانیشتبوو سەبارەت بە ئازایەتی پرسیاری لێدەکردن. بە سوکرات ناسرا بوو. لە زێدی خۆی، وڵاتی دەنگدان، چاوی بە ڕێبین کەوتبوو و لەگەڵیدا هاتبوو بۆ زاگرۆس. لە نزیکەوە تێکچوونی سمکۆی ئاغا بینیبوو. لە هەر گەشتێک سمکۆ دەهاتەوە، دەیبینی هەرجارە و سێبەرێکی تاریک زیاتر ڕووخساری داگیر کردووە.

کە ئەهریمەن هاتە ئەوێ، سوکرات زانی کە کۆتایی نزیک بۆتەوە. دوای چەندین ساڵ گفتوگۆ لەو گۆڕەپانەدا، بڕیاریدا کە ئیتر کاتی ئەوە هاتووە سەردانی ئەو کچە بکات کە بووەتە شاژن، ئەو کچەی کە جارێک لەوێ بینیبوی فزوڵی و چاونەترسی پێوە دیار بوو.

'وا باشە بچین بۆ لای کاوە،' یاران وتی. ئەو لەوکاتەدا منداڵە گچکەکەی لە باوەشیدا بوو و ئەویتریانی بە دەستەوە بوو. دووانەکەی تریان بەردیان هەڵدەدایەوە بۆ گیانلەبەر لە ژێر بەردەکان دەگەڕان.

ڕووناک سەرێکی پەسەندکردنی لەقان و لەوکاتەشدا منداڵەکەی لە یاران وەرگرت و هەستی بە دەستە بچووکەکانی لە سەر ملی کرد.

٢١

دڵی ڕووناک قورس ببوو. بەرگەی ئەوەی نەدەگرت وڵاتەکەی جێبهێڵێت، گەلەکەی بداتە دەست ئەو چارەنووسە.

یاران لە ناو گالیسکەکەدا قۆڵێکی کردە ملی ڕووناک. 'سمکۆ هەموو هەوڵێک دەدات بۆ ئەوەی ژیانت لێبباتو منداڵەکانمان بکوژێت، بۆ ئەوەی بچووکترین تۆوی هیوا کە هێشتا هەن لە بنەوە هەڵکەنێت. بەڵام تا تۆ بژیت، ئەو تۆوانە بە ئارامی چاوەڕێی ئەو ساتەوەختە دەکەن کە دەتوانن بڕوێنەوە.'

'لە خوێنڕشتن زیاتر چی بەدەست دەهێنرێت؟'ڕووناک بە نائومێدییەوە وتی. ئەگەر تەنها سەرکەوتنی یەکێک بەسەر ئەوی تردا بێ. باوکی ڕایسپاردبوو کە گەلەکەیان لە بازنەی توندوتیژی دەربهێنێت. کەچی ئەوە دەسەڵاتەکەی خۆی بوو سمکۆ ئاغای پاڵنایە ناو تاریکییەوە. گەڕانەوە بۆ ملکەچکردنی سمکۆ تەنها گۆڕینی دەسەڵاتە کە هەمان ئەنجامی کۆتایی ئەمرۆ دێنێتەوە.

لەو کاتەدا چیرۆکێکی لە مێژینەی وەبیرهاتەوە کە هەمووان لە ئاستی دەسەڵاتدا بەرامبەر یەکتر یەکسان بوون. 'سوکراتی دانا، ئایا وایە لە زێدی تۆدا هەموو کەسێک دەتوانێت بە شێوەیەکی یەکسان بەشداری بڕیاردان بکات؟' ڕووناک پرسی.

سوکرات کە بەرامبەری دانیشتبوو، ئاهێکی هەڵکێشا، وەک ئەوەی ڕابردوویەکی شەرمەزارکەری بیرکەوێتەوە. 'ئۆه بەڵێ، تەنانەت گەمژەترین هاوڵاتی ئەوەندەی ژیرترینیان مافی ڕادەربڕینی هەیە. بەراستی ئەوە شتێکی نالەبارە.'

'ئەی ئەوە تاکە ڕێگا نییە بۆ شکاندنی ئەم بازنەی توندوتیژییە؟ بۆ ئەوەی هیچ کەسێ بەرەو ئەو تاریکییە نەبات کە لە وێدا ترسەکانیان دەتوانن مێشکیان تێکبدەن؟'

سوکرات دەستێکی لە هەوادا هەڵسوڕان وەک ئەوەی لە پێشنیارەکەی دوور کەوێتەوە. 'دڵنیابە کە دانایی بەدەست گێژەڵوکەی گەمژەکان تلۆر دەبێتەوە.'

ڕووناک بەناو کورسیەکەیدا ڕۆچوو. 'واتە ئێمە ناچارین یا حکومەتی گەمژانە یا توندوتیژی هەڵبژێرین؟'

'خاوەنشكۆ بۆ وا دەزانی کە حکومەتی گەمژانە سەر بەرەو توندوتیژی ناکێشیت؟' سوکرات وەڵامی دایەوە.

'بۆ دەسەڵات بەشکردن بە گەمژە ناودەبەی؟' ڕووناک پرسی. 'دەیتوانی ئێمە لەم تراژیدیایەی ئیمرۆ بپاراستایە.'

سوکرات قۆڵەکانی کرد بەناویەکترا و ماوەیەک بێدەنگ بوو. 'خاوەنشكۆ، یاران، کاتێ مامەڵە لەسەر نرخی شمەکەکانت دەکەین، ڕێگە دەدەی کە هەمووان لەگەڵتا بڕیار بدەن یا شارەزاترتین بازرگان ئەو کارە لە ئەستۆ دەگرێ؟'

یاران پێکەنی. 'ئەگەر ڕێگە بدەم هەمووان لەگەڵما بڕیار بدەن ئەوا بە چەن مانگێ مایەپووچ دەبین، سوکرات.'

'ئەی تۆ، شاژن ڕووناک، ئەگەر مناڵەکانت بکۆکن یان بریندار بن، ڕێگە دەدەی هەمووان لەگەڵتا بڕیار بدەن لەسەر چارەسەرێ یان ڕادەستی پزیشکی دەکەیت؟'

'بێگومان ڕادەستی دکتۆرێکی دەکەم،' ڕووناک بەسەرسامییەکەوە وەڵامی دایەوە.

'ئەی بۆ وا دەکەی؟'

'ئەگەر یارمەتی گونجاو وەرنەگرن ڕەنگە خراپتر بن.'

سوکرات خۆی دا بەسەر پەنجەرەی گالیسکەکەدا. 'یان، بەهۆی نەزانییەوە دەشێ زیان بە منداڵەکانت یان بازرگانییەکەت بگەیەنی. هەروەک بۆ تەندروستی و بازرگانی ئەوانەی دانا و شارەزان دەیانکەیتە ڕابەر، بۆ حکومڕانیش هەردەبێ وا بکەیت.'

ڕووناک و یاران بەسەرسامییەوە ئاوڕیان لە یەکتردایەوە.

'ئاخر لە بواری تەندروستی و بازرگانی ئامانجەکە دیارە،' یاران وتی. 'من دەزانم کە دەمەوێ بە هەرزانترین نرخ شتم دەسکەوێ. ئەی ئامانجی شانشین دەبێ چی بێت؟'

'ئەمە پرسیارێکی نایابە، پاشای دانا،' سوکرات وتی و لەپەنجەرەکەوە تەماشای دەرەوەی دەکرد و بێدەنگ بوو.

ڕووناک بۆ دووەمجار لە زاگرۆسەوە لە وڵاتی کاوەی دەڕوانی. ئێستا فەرەیدوون لەوێ بووە بە پاشایان. ئایا ئەو چۆن پێشوازی لێبکات؟ وەک هاوپەیمانێکی دڵسۆز یان دەسەکەلایەکی دانوستاندن؟ وەک پاڵەوانێک کە زوحاکی تێکشکاند یان لادەرێ کە سەرپێچی لە فەرمانێکی ئاسمانی کرد؟

لانی کەم کاوە دەیپارێزێ. پەیوەندی کاوە لەگەڵ کورد بەخوێنی ڕژاوی هاوبەشەوە بەستراوەتەوە، کە زۆربەیجار دەبێتە هاوپەیمانییەکی بەردەوام.

'ئێمە لێرە هیچ نەبێ لە سمکۆ پارێزراوین،' یاران وتی کە هەستی بە نیگەرانی دڵی هاوژینەکەی دەکرد. 'پاش ماوەیەکیش دەتوانین هێز و کاریگەری کۆکەینەوە تا ڕۆژێک بێتەوە جارێکی تر ڕووبەڕووی ئاغا ببینەوە.'

ڕووناک هیوای کز بوو کە ئەم جەنگە ئاکامێکی باشی هەبێ و بەتەواوی بوێری تێدا کوژایەوە.

'سوکراتی دانا، کاتێک بۆ یەکەمجار یەکترمان بینی، ئێوە گفتوگۆتان لە مەڕ ئازایەتی دەکرد، وایە؟

'بەڵێ، خاوەن شکۆ.'

'دوا وەڵامتان چی بوو بۆ ئەوەی ئازایەتی چییە؟' ڕووناک پرسی و دووریش دەیڕوانی.

سوکرات شانی بەرزکردەوە. 'ئای، ئەوە شتێکە کە هەرگیز لەگەڵیدا نەگەشتینە ئەنجام. ئێمە بەردەوام بەدەوری ئەوەدا دەخولاینەوە کە چۆن ئازایەتی هەموو فەزیلەتەکانی تێدایە، بەڵام بێگومان ئەو پێناسەیە بۆ فەزیڵەتە نەک خودی ئازادی.'

'هەمیشە ئاسانترە کە بڕیار بدەی شتێ چی نییە تا بڕیار بدەی شتێ چییە.'

'ئەوە وایە خاوەنشکۆ. ئەتوانی بێئەژمار شتێ چی نییە بیڵێی، بەڵام یەک وەڵام هەیە بۆ شتێ کە چییە.'

'بۆیە بە دڵنیایەوە دەتوانم بێژم کە خۆشاردنەوە ئازایەتی نییە. ئێمە بۆ وڵاتەکەت بەرەوە. من بۆ خۆم ئەو شێوازەی حکومەتەکەت دەبینم و بڕیار دەدەم کە ئایا گەمژانەیە یان ژیرانە.'

لە ڕێگەی کۆڕەکەوە ڕۆشتن بۆ لوتکەی چیای مەسلوک، لەوێشەوە بۆ سەمدی و شیلۆ و دواجار گودی. وا دیار بوو زاگرۆس ڕێگاکەیان پیشان دەدا، هەر لوتکەیەکی نوێ وەک مەنارەیەک بوو. ئەم زاگرۆسە سەردەمانێک بۆ ڕووناک دیمەنێکی سارد و سڕ بوو، پاشان ناوچەیەکی گەش، ئێستەش ڕێبەری دەکرد. ئەوە زاگرۆسە ئەوەندە دەگۆڕێ یان خۆیەتی؟

لە گودی بەدواوە کاتی ئەوە هات زاگرۆس جێبهێڵن. ئەم هەموو کاتە لە تاریکی ئاغا پاراستبوونی، بەڵام لەوێ هەر ئەوەندەیان بۆ دەکرا، خۆیان بپارێزن.

ڕۆژێ هات وشکایی کۆتایی هات، لەوێ ئاو بە بەسەر لمدا شەپۆلی دەدا. ڕووناک دابەزی تا تەماشای ئەو دیمەنە بکات. ئاسۆ بێ سنوور خۆی کشاندبۆوە چاوەکانی هیچی پێنەدەگیرا و ئارام بوونەوە. ئەندێشەکانی لە ئاست دەریای فراوانی بێ سنووردا بچووک و بێ بایەخ بوونەوە.

هەنگاوی نایە سەر کەنار دەریاکە و هەستی بە لمە گەرمە کرد کە لە ژێر پێیەکانیدا ختووکەی دەدەن. ئاوەکە سارد بوو، بەڵام سازگار بوو. لەو کەنارەدا، بە پێی لەناو ئاوەکەدا، شنە بایەک لە قاچی دەخشا. دەنکە زیخی نێوان پەنجەکانی قاچی لە گەڵ هەر شەپۆلێک دەڕۆشتن و شوێنی بۆ دەنکێکی نوێ دەکردەوە.

لە بریسکەی خۆر لەسەر دەنکە زیخەکان و کەفی چڕبۆوە سروشتی ڕاستەقینەی ئەم ئاڵوگۆڕەی بینی. دەریا و خاک دوو ئاشق بوون، لە سەرەتای زەمانەوە بە قووڵی بە ناویەکدا چووبوون. دەریا بە دەوری خۆشەویستەکەیدا سەمای دەکرد. ڕایئەکێشا و پاڵی پێوە ئەنا، ئەو بە جەستەی خۆی ئەمی دادەپۆشی. ئەویش لە بەرامبەر هەوەسەکانی ئەو خۆی ڕاگرتبوو و خۆشەویستییەکەی بۆ ئەو نەئەگۆڕا و ئەو خۆی چۆن بوو ئەم وا پەسەندی دەکرد.

لەکاتێکدا ئەو بەسەریدا چڕ دەبوویەوە، ئەم بە خۆشەویستییەوە وەڵامی دەدایەوە. کاتێک دەستی بەسەریدا دەهێنا، ئەو هەرگیز ڕەتی نەدەکردەوە. کاتێک لە شایستەی خۆی زیاتری ببردایە، لە قووڵایی ناخییەوە دەتەقییەوە تا ئەوەی بەشەکەی خۆی بەرێتەوە بۆ خۆی. لە یەکتریان دەبرت و بەبێ یەکتریش نەدەبوون. دوو خۆشەویست بوون لە شەڕی کۆتا نەهاتووی خۆشەویستیدا لە هاوئاهەنگییەکی تەواودابوون.

ڕووناک هەرگیز هەستی بەوە نەکردبوو ئەو گەردوونە جێگیرەی کە لەسەری دەژی، گۆڕەپانی یارییەکی خۆشەویستی تەواو بووبێت، کە شانۆی ژیانی خۆی داگیری کردبوو. ئەم جیهانەی کە ئەوەندە بە خۆشەویستییەوە دەیبەخشی و هەموو شتێکیش کە هەر بۆئەوێ دەگەڕێتەوە، لە ڕاستیدا ململانێی دوو بەش بوون لە خۆیاندا. وەک هەر هەناسەیەک دێت و دەڕوات، هەموو شتێک بە هەمان شێوەیە. شەپۆلەکان لە دەریاوە بەرز دەبنەوە و بۆ ناو دەریا دەگەڕێنەوە. مرۆڤەکان وەک نەمام لە زەوییەوە دەردەچن و بۆ ناخی زەوی دەگەڕێنەوە. شانشینان، خۆشەویستان، بیرکردنەوەکان، هەموویان یەک ڕێگا دەگرنەبەر.

ڕووناک پێی وابوو کوشتنی زوحاک ڕەواندنەوەی تاریکی بوو، بەڵام تاریکی مرۆڤ نییە، شتێک نییە تا بمرێت. دەریا بەبێ وشکانی نابێت، هەناسەوەرگرتن بەبێ هەناسەدانەوە ڕوونادات و ڕووناکی بەبێ تاریکی بوونی نابێ.

لە شەپۆلدانی سەر ڕووبارەکەوە ئەو دوورتر دەیڕوانی و لەوێدا دەرگا باڵدارە کۆنەکەی خۆی دەرکەوت. کەوەکەی سەرنجڕاکێشتر دەردەکەوت کە دەهاتەوە یادی.

لە درزەکانەوە سێبەرێکی ڕەش هاتەدەر و مچورکێک بەناو بڕبڕەی پشتیدا تێپەڕی. دەرگاکە لەگەڵ زرمەیەک کرایەوە. هەورێکی ڕەشی زەبەلاح پەیدا بوو و بە تەواوی ئەوی هەڵلووشی.

بێئەوەی هیچ ببینێت، هێلنجی دەدا و دەکۆکی. دەستی خۆی دەگێڕا بۆئەوەی دەست بەشتێکەوە بگرێ، بەڵام هێچی لێنەبوو. دووکەڵ سییەکانی پڕکرد تا کەوتە سەر ئەژنۆ و دەکۆکی.

ژیانی خۆی هاتەوە بەرچاوی لە کاتێکدا هەناسەبڕکێی بوو. لەو تاریکییەدا هیچی بۆ نەمابۆوە جگە لە قبوولکردنی ئەوەی ڕوویدەدا. هەناسەیەکی قووڵی هەڵمژی و خۆی ڕادەست کرد. هەرچۆنێ بێ لەو دوا ساتەیدا ئەو تارمییەی کە هێشتا بە دواوەیەتی بناسێت.

'خۆت دەرخە،' ڕووناک وتی.

دەستێکی بچووک بە نەرمی دەستی لە قاچی دا. تەمێکی گەرم چوو بە ناو جەستەیدا و ئەو هەستە خنکێنەرە بوو بە ئاهێکی قووڵ کە هەرچی دووکەڵ بوو

هەڵیهێنایەوە. ڕووناکێکی بچووک بەرامبەری وەستابوو و قۆڵەکانی لە کەمەری ڕووناکی گەورەوە پێچابوو.

قورسایی ئەو هەستپێکردنە بە ناخیدا شۆڕبۆوە. ئەو تارماییەی کە خۆی و گەلەکەی بە پەرۆشبوون لە خۆیانی دوورخەنەوە، هەرگیز زوحاک نەبوو. ئەو منداڵە بچووکەی ناو خۆیان بوو کە لەبیریان کرد بوو. ئەو منداڵەی کە پێش ئەوەی دەرفەتی ژیانی بۆ ڕەخسا بێت، ڕەوانەی شاخەکان کرا بوو و دەبوو بە تەنیا خۆی خۆی بپارێزێت. ئەو منداڵە هەمان شێوازی لەناو چەندین نەوەی بە دوای یەکدا دووبارە کردبۆوە بەو هیوایەی کە جارێ ببینرێت.

هەرگیز هیچ چەتەیەک نەبووە لەدەرەوەی خۆیان کە لە دەرگاکان بدا. ئەو منداڵە بووە لەناو خۆیاندا دەپاڕایەوە بۆئەوەی بهێنرێتە ژوورەوە، بۆئەوەی لە گەرموگوڕی ئەوان بەشدار بێت، بۆئەوەی لە بیریان بێ بە منداڵی خەونیان چی بووە، بۆئەوەی ڕێز لەو ئازارە بگرن کە بەرگەیان گرتووە.

جێهێڵراوێکی ناو سەرماو سۆڵە، ئەو منداڵە سواڵکەرە تاڵ و بێ متمانە بوو کاتێک دەرفەتیان بۆ هاتە پێشەوە، لە شێوەی ترسدا خۆی لە ناخیاندا نیشان دەدایەوە. بەرەو تووڕەیی و جەنگ و ملکەچیش دەیبردن بە هیوای ئەوەی ڕێیان لەو ئارامی و ئاسیيشە بکەوێ کە تەنیا لە ناخی خۆیاندا دەدۆزرێتەوە.

ڕووناک خۆی خۆی گرتە ئامێز. 'سوپاس بۆ تۆ کە لەم هەموو ساڵانەدا هەرگیز منت جێنەهێشت، ڕووناکی بچووک. بمبوورە کە تا ئێستە ڕێگەم پێ نەداوی بێیتە ژوورێ، بەڵام دواجار وا تۆم دۆزیەوە و هەرگیز ڕێگە نادەم جارێکیتر دوورکەویتەوە.

خۆی دەستی خۆی گرت و هەستایە سەرپێ تا تەماشای منداڵەکانی خۆی بکات. منداڵە جوانەکانی هەمان ڕووناکیان لەناو خۆیاندا هەڵگرتووە. ئەوان بوونەوەرێکی بچووکی ناسک بوون، هەمیشە زەردەخەنەیان بە پێکەنینی پاراو پڕ ببوون، گریانیشیان کروزانەوە بوو. هەموو هەستێکیان پاک و بێ گەرد بوون، چونکە هێشتا فێر نەبووبوون دەمامک بەسەر ناخیاندا بدەن.

بەرە بەرە بەڵام بە تۆکمەیی ڕووداوەکانی ژیانیان ڕێگەی خۆیان دەبڕییە ناو ئەو دڵە کراوانەوە و لەوێدا شوێنەواری خۆیان جێدەهێڵن. دیواریان بەرزدەکەنەوە تا بتوانن بەشە برینداریيەکانیان بپارێزن. وردە وردە دەبنە مرۆڤی پاراو کە دەبێ گەشتی گەڕانی خۆیان بە ناو ناخی خۆیاندا وەبەربێنن.

هەمان ئەو گەشتی گەڕانە بوو کە ڕووناک بەرگەی گرتبوو. ئەو گەشتەی کە پێنەگەشت تا هەرچی ئەو دایمەزراند بوون لەدەستی دان. سەردەمێ هیچی تری نەدەویست جگە لەوەی کۆشکەکەی بە تەواوی لە تاریکیدا ونبێت، تا ئازاد بێت.

ئێستا بۆی ڕوون بووەوە کە ئەرکی ئەو دەبێ چی بێت لە ژیاندا، هەناسەدانەوەکەی دەبێ چی بێت چونکە ئەو ئیدی ئازادی خۆی دۆزیبۆوە. لە ئاشتبوونەوە لەگەڵ ڕابردووی خۆی و بەدەستهێنانی داهاتوو ئەو ئیتر ئازاد ببوو.

ئەوە ئازایەتییە کە گوێ لە هاواری ڕۆحت بگریت. شوێن ئەو هاوارە بکەوی بە درێژایی چ شاخێک یا پانتایی چ دەریایەکدا دەتبات.

لەو ڕۆژەوەی کە ڕووناک پێیەکانی لە نێوان لم و دەریاکەدا بوو، خۆر لە ڕووخساری دەدا، ئەو بۆ یەکەمجاری بوو گوێی لە هاوارە ڕاستەقینەکەی ڕۆحی خۆی بێ.

نەیدەزانی چۆن ڕووناکی دەتوانێت بە هاوئاهەنگی لەگەڵ تاریکیدا هەبێت. نەیدەزانی چۆن کۆتایی بە سووڕی توندوتیژی و ژێردەستەکردنی لاوازەکان لەلایەن بەهێزەکانەوە بهێنێت. بەڵام هەروەک چۆن دایک و باوکی متمانەیان بەم هەبوو، ئەویش متمانە بە منداڵەکانی خۆی هەبوو.

ئەو هەستە چەپاوەی لە منداڵیدا هەستیپێدەکرد، هیوای دایک و باوکی بوو تا بەڵکو ڕووناک لە خۆیان زیاتر برەوی پێبدات، تا ئەوە ڕاستکاتەوە کە خۆیان نەیانتوانی بوو بیکەن.

ئێستا نۆرەی ئەو بوو کە هیوای خۆی بۆ منداڵەکانی بگوازێتەوە. خۆی دەبێتە ئەو زەوییە بەپیتەی کە ئەوان بتوانن ڕەگی خۆیانی تێدا داکوتن، لەوێدا دەتوانن پتەو و بەهێز بتوانن گەشە بکەن. ڕووناک ژیانی خۆی بۆ ئەم چوار ڕۆحە تەرخان دەکات، تا هەرگیز دڵیان بەسەر قووڵایی ناخی خۆیاندا دانەخەن. تا باوانیان بیر نەچێتەوە، تا ترس هانیان نەدات، تا ئاییندەی خۆیان بەدەستبهێنن. بۆ ئەوەی پاش ساڵانێک کاتێ منداڵی ناو ناخیان لە دەرگای دڵیان دەدا، وەک نامۆیەک نەینێرنەوە و لە ناو سەرماو سۆڵەدا فەرامۆشی بکەن.

ڕۆژێ دێ گێتی ژیانی ڕووناک دێنێتەوە بەرخۆی، داوای منداڵەکانیشی دەکاتەوە. تەنانەت زاگرۆسی بێسنووریش بێدەسەڵات دەبێت کاتێ لە ئامێزیا قووتی

دەدات، دواجار هەموو نیشانەیەکی نەهامەتیی کوردەکان لە بنا هەڵدەکێشێت. بەڵام تا ئەو کاتە ڕۆڵیٚ ماوە بیگێڕێ.

بانگەوازی ڕووناک پاراستنی ڕووناکیی لە دڵی منداڵەکانیدا بوو، و کە کاتی هات، یارمەتیان بدات بدرەوشێتەوە. چونکە ڕۆژێک دیٚ دەگەڕێنەوە کوردستان، ئەو چوار منداڵە جوانە، باکور، باشور، ڕۆژهەڵات و ڕۆژاڤا، و ئەوان سەرکەوتنی ڕووناکی بەسەر تاریکیدا دەهێنن وەک زارۆکانی زاگرۆس.

پاشوته

کەم شت هەیە لەوە ناخۆشتر بێت کە کتێبێک بکەیتەوە بەوپەڕی تامەزرۆییەوە چاوەڕێی بووبیت، بەرەورووی پێشەکییەکی درێژ بیتەوە. پێش ئەوەی چێژ لە خۆشی وەرگریت دەبێت گوێ لە وتارێک بگریت. بۆیە ئەم پاشوتەیە لێرەیە.
لە دەوروبەری ٢٠١٩ دا لە ناخما ئارەزوویەکی نوێ سەبارەت بە بنەچە و مێژووی کورد سەریهەڵدا. بیرم نایەتەوە هۆکارەکە چی بوو، بڕیارم دا لە ناو چیرۆک و ئەفسانەدا لەو بنەچەیە بگەڕێم. لەوێدا پێم وابوو جیهانبینییەک یان ئەخلاقێک دەدۆزمەوە کە بتوانرێت بە ڕیشەی کورد ناوببرێت. ئەوە گەر بە کورتی بوترێ، کارێکی ساویلکانە بوو.
خۆ ئەگەر خاڵی دەستپێکی دیاریکراو نەتوانرێت بدۆزرێتەوە، ئەوە بەو مانایە نایەت کە چیرۆکێکی جیاواز بۆ گێڕانەوە لە ئارادا نییە. لەگەڵ ئاگاداربوونم لە چیرۆکەکانی سیمورغ و شاماران و زوحاک، تێکەڵ بە ئەزموونەکانی خۆم و شیکارییە سایکۆپۆلیتیکییەکانی باوکم[1] سەبارەت بە کورد، بیرۆکەیەک سەریهەڵدا. ئەمە جگە لە بیرۆکەیەک هیچی تر نەبوو.
هەرچەند ئەمە شتێکی کلێشەیی بێت، پاشماوەیەک دابڕان لێی خۆم پابەند کرد بەو کارەی زانیم دەبێت بکرێت، بەڵام لە ترسا نەمدەوێرا بیکەم: نووسینی ئەم چیرۆکە. نیوەی ئەم کتێبەم لە ماوەی دە ڕۆژدا نووسی، هەرچەندە هەندێکجار وا دەردەکەوت کە چیرۆکەکە خۆیەتی دەنووسێت. نۆ مانگی خایاند تا یەکەم ڕەشنووسی دەستنووسەکە تەواو بوو. پاشان نۆ مانگی تری خایاند تا ئامادە بوو بۆ چاپکردن.

بەرهەمێکی هونەری، کە من بەرهەمی ئەدەبیش لەو بازنەیەدا دادەنێم، دەبێ بتوانێت لەسەر پێی خۆی بوەستێت. هەر کە تەواو بوو، نووسەر خۆیشی

---

[1] (ئازاد قەزاز) چەن کتێب و وتارێکی لەبەر تیشکی تیۆری " سایکۆپۆلیتیک" نووسیوە لە ساڵانی ٢٠٠٦ و دواتر کە لە باشووری کوردستان بڵاوی کردوونەتەوە. لەوێدا شیکاری بۆ ئەقڵی سیاسی کورد و کۆنەستی گەلی کورد و کاریگەرییەکانی بەسەر دەرنجامەکانییەوە دەخاتە ڕوو و هاوکێشەی پەیوەندی نێوان جەللاد و قوربانی لە گۆشەنیگای سایکۆپۆلیتیکەوە دەخاتە ڕوو.

دەبێتە یەکێک لە خوێنەران، بەو هیوایەی زۆربن. وەک چۆن دایباب مافی ئەوەی نییە بۆ منداڵەکەی ئەوە دیاری بکات کە دەبێت چۆن بژی، نووسەریش ئەو مافەی نییە ئەوە دیاری بکات چۆن کارەکانی لێکبدرێنەوە. ئەو نووسەرانەی دەیانەوێت پەیامێکی یەکلایەنە بگەیەنن باشترە وتارێک بنووسن.

هەروەها ویستم خۆم لە پێشەکی بەدوور بگرم بۆ ئەوەی خوێنەر پرسیاری ئەوە نەکات کە ئاخۆ لە هەندێک شوێن مەبەستم چی بێت. زۆر گرنگترە لە کاتی خوێندنەوەی چیرۆکەکەدا پرسیار بکەیت، یان هەست بکەیت، چیت بەسەر دێت. هەروەها ئەوەش وا نییە هەموو شتێک بە مەبەستێکی پێشوەختە نووسرابێت. هەندێک شت تەنها پاش نووسینی بۆ خۆشم ڕوونبوویەوە، بە واتایەکی تر نووسەر خۆشی دەبێت وەک هەر خوێنەرێکی تر لێکدانەوەی بۆ بکات.

لەگەڵ ئەوەشدا کۆمەڵێک شت لە کاتی نووسیندا لە پێش چاوما بوون کە ڕەنگە بۆ خوێنەر سەرنجڕاکێشبن تا بیانزانێت.

سەرەتا ویستم چیرۆکێک بنووسم کە دەنگدانەوەی هەبێت لەگەڵ هەموو کەسێکدا، بەبێ گوێدانە بنەچە و باوەڕ. لە هەمان کاتدا ویستم تۆ وەک کوردێک بتوانیت چینێکی دووەمی ناساندن بدۆزیتەوە، وەک ڕیشەیەک بۆ کەلتووری هاوبەشمان. بۆ نموونە هەندێک دیمەن بۆ ئەو غەیرە کوردانەی پێداچوونەوەیان بۆم ئەم کتێبە کرد نامۆ دەیانبینی کە ڕەنگە هەر ئەوەش مەبەست بووبێت.

ئەمەش دەمباتەوە سەر خاڵی دووەم. بۆ من گرنگ بوو کە کارەکتەرەکان و بیروباوەڕەکانیان لەگەڵ جیهانبینی باوی دەوروبەری زاگرۆس شیاو بن. سەرەڕای ئەوەی کە زۆر باوە نووسەر بیروباوەڕەکانی خۆی بەسەر کارەکتەرەکانیدا دەشکێنێتەوە. بەڵام هەوڵمداوە وێنەیەکی ڕاستەقینەی جیهانبینی هەردوو پاڵەوانەکان و دژبەرەکان، سەرەڕای جیاوازیی گەورەی نێوانیان، بکێشم. لەوەش گرنگتر بۆ من ئەوە بوو کە خوێنەرێک بتوانێت خۆی لەو کارەکتەرانەدا ببینێتەوە، نەک تێیدا هەست بە وێنەیەکی کاریکاتێری خۆی بکات.

سێیەم: ویستم لەم چیرۆکەدا لە هەموو لێکدانەوەیەکی سیاسی خۆم بەدوور بگرم. بە هەڵە تێمەگە، مەحاڵە باوەڕە سیاسییەکانت وەک نووسەرێک

بە تەواوی بنبڕ بکەیت، بەڵام لانیکەم دەتوانیت هەموو هەوڵێک بدەیت بۆ ئەوەی نەهێڵیت دەست بەسەر چیرۆکەکەدا بگرن. چیرۆکەکە دەبوو لە مێژوویەکی ئەفسانەییدا ڕووبدات، سەردەم و شوێنێک کە هەرگیز نەبووە، هەرچەندە ڕەنگدانەوەیەکی هاوبەشمان لە نێویدا هەیە. ئەمە پانتاییەک لە ئازادی پێبەخشیم کە ڕاستییەکان و مێژوو لە هەندێ شوێن تێکئاڵێنم هەندێکی تر چاوپۆشییان لێکەم. بۆ نموونە دەستەواژەی شازادە و پاشا ئاماژەن بۆ پەیکەری دەوڵەت کە لە مێژووی کورددا شتێ نییە بە ئاشکرا لەو بارەوە دیار بێت. هەمانکات تا توانیم لەو ناوانەی کە هەنووکە دەوڵەتانی پێ پێناسە دەکەن خۆم بپارێزم.

زۆرن ئەوانەی خێرا چیرۆکەکانی شاهنامە دەناسنەوە. شاهنامە گێڕانەوەیەکی ئەفسانەیی فارسییە لە سەدەی دەیەمەوە لە مێژووی ئێراندا بووە. هەروەها هەست بەوەش دەکەن کە ئازادییەکی زۆرم لە گێڕانەوەکەمدا وەرگرتووە. بۆ نموونە لە شاهنامەدا زوحاک لە بری کوشتنی لە دەماوەند زیندانی دەکرێت، گۆڕانکارییەکە کە لە وتووێژی نێوان کاوە و ڕووناکدا ئاماژەی بۆ کراوە. هەروەها فەرەیدون ڕۆڵێکی زۆر گرنگتر دەگێڕێت لە ئەسڵەکەدا وەک لەم چیرۆکەی مندا.

شارەزایانی ئەفسانەی ناوچەکان لەوە تێدەگەن کە دووبارە لێکدانەوەی چیرۆکەکان پراکتیزەکردنێکی لەمێژینەیە. بۆ نموونە زوحاک یا زەهاک زۆر لە شاهنامە کۆنترە و تەنانەت دەتوانرێت لە ئاڤێستادا، کە یەکێکە لە کتێبە پیرۆزەکانی ئایینی زەردەشتی، لە سەدەی چوارەمدا بدۆزرێتەوە. لەوێ زوحاک بە "ئەژی دەهاکە" ناسراوە و زیاتر ئاماژەیە بۆ ئەژدیهایەک نەک مرۆڤ. ئەم چیرۆکە نەک هەر لە کاتدا دوور دەڕوات، بەڵکو سنووری وڵاتانی ئێستاش تێدەپەڕێنێت. تەنانەت دەتوانرێت زاراوەی ئەزدەها لە پاکستاندا بە مانای ئەژدیهای زمانی کوردی بدۆزرێتەوە.

هەمانشت بۆ ناوی وەک پەری، دێو، هتد دەشێت بوترێ. لێرە لەوە زیاتر لەسەری ناڕۆم چونکە زۆری تر لەم چیرۆکەدا ئاماژەیان پێدراوە کە بە ئەنقەست وردەکارییان بۆ نەکراوە. ئەوانە بۆ خوێنەر جێهێڵراون وەک بانگهێشتێک بۆ بەدواداچوونی زیاتر و دۆزینەوەی ئەم چیرۆکە دێرینانەی هەن.

ئەم کتێبە بەم شێوەیەی ئێستای نەدەبوو، بەبێ ئەو کەسانەی کە لێکۆڵینەوەیان لەمەڕ کورد و کاریان لەسەر چیرۆکی کۆن و وەرگێڕان کردووە. بەبێ

ئەو سەرنووسەرانەی کتێبەکەم وەک سابین مۆریتس و کیم لینسن سەرینەدەگرت. ئەو کارە بەبێ پێداچوونەوەرانی وەک نایک ڤێرڤۆرت، سۆز ڕەئوف، ئازاد قەزاز، شیبا حوسێن، بیرگول ئۆزمەن و نەوا عەزیزی نەدەکرا. بەبێ پێشنیارە ئەدەبییەکانی پرۆفیسۆر دکتۆر مارتن ڤان بروینسن نەدەهاتە دی. ئەگەر وێنە سەرسوڕهێنەرەکانی جولیان برزۆزۆڤسکی نەبوایە، هەر ڕوونەدەدا. بەڵام لەناو هەموو ئەوانەدا هاوڕێ دڵسۆزەکەم تیم ستاپ شایەنی سوپاسێکی تایبەتە. کەس هێندەی ئەو کاتژمێری بێ مووچەی بۆ تەرخان نەکردبوو. بە وتە وردو و فیدباکەکانی بەشدارکارێکی گرنگ بوو بۆ ئەوەی ئەم بەرهەمە بەرەو ئاستێکی ئەدەبی بەرزتر سەرکەوێ. سوپاسێکی زۆرم پێشکەش بەو دەکەم.

لە چەند ڕوویەکەوە ئەم کارە تراژیدیایە. پاڵنەری پرۆسەی نووسینەکە خەسارەتێکە هەرچەندە باسی کوردە، بەڵام نەمتوانی بە کوردی بینووسم. هەستێکی سەیرە کە بەدوای بنەچەی خۆتدا بگەڕێیت و ڕووبەڕووی بەربەستێکی زمانەوانی بیتەوە نەتوانی بیبڕیت. ئەو بەربەستەی کە دایک و باوکی ئێمەی منداڵانی ڕەوەند دەبوو تێپەڕێنین کەچی ئێستا وا بە ئاراستەی پێچەوانەوە لێمان دەدات.

بەڵام لە تراژیدیاوە جوانی دێتە ئاراوە و لەدەستدان دەرگا بەڕووی خودێکی نوێدا دەکاتەوە. هیوادارم ئەم چیرۆکە بتوانێت شایەتێکی بەردەوام بێت لەسەر ئەمە.

ئەم کەلێنە تارادەیەکی باش باوکم توانی پڕی کاتەوە کاتێ بە زمانی کوردی شیرین، هێندەی نەبرد پاش دەرچوونی بە زمانی هۆڵەندی، ئەم چیرۆکەی خستە بەردەستی خوێنەری کورد. دڵم گەلێ ئاوی خواردەوە و فێنکایی بە دڵم گەشت یەکەم نۆبەرەی بەرهەمم جگە لە زمانی هۆڵەندی بە زمانی کوردیش هاتە ژیانەوە. زۆر سوپاسگوزاری باوکمم کە ئەم ئەرکە پیرۆزەی لە ئەستۆی خۆی گرت.

هەمانکات گەلی سوپاسی بەڕێز دکتۆر عەلی زەلمی دەکەم کە ئەرکی پیداچوونەی وەرگێڕانە کوردییەکەی لە ئەستۆی خۆی گرت. سەرنج و تێبینییەکانی چیرۆکەکەی جوانتر کرد لەکاتێکدا کاتی زۆری لەبەردەستدا نەبوو، بەڵام بە خۆشحاڵییەوە ئەو کارەی ئەنجامدا. هەروەها گەلی سوپاسی خاڵی ئازیزم مامۆستا ڕابەر مەستی دەکەم کە ئەرکی هەڵەچنی گرتە ئەستۆی خۆی و بە وردی هەڵەبڕی تێدا کرد.